Astrid Greeven

NADELSTICHE

Autobiographie einer Drogensüchtigen

und Respekt für den Mut und die Offenheit, mit der Astrid ihre Geschichte erzählt und dabei alle unschönen Facetten einer Suchtkrankheit beschreibt.

Ich habe Ehrfurcht und Respekt für den Kampf, den sie geführt hat, um aus diesem Tal der Machtlosigkeit und der Selbstzerstörung herauszukommen, um mit dieser Krankheit zu leben, so gut sie es kann.

Ich bin tief berührt von ihrer Geschichte und freue mich sehr, dass sie ihr Leben in großen Zügen aufgeschrieben hat und mit allen teilt, die ihre Sichtweise kennenlernen wollen.

Und ich würde mich freuen, wenn Eltern, Lehrer und Trainer dieses Buch lesen würden und Astrids Lebenserfahrung als eine bereichernde Lehrstunde zum Thema Selbstwert verstehen und weitervermitteln könnten. Eine Handreichung dazu ist bereits in Arbeit. Ich würde mich freuen, wenn Astrid an den Schulen Jugendliche besuchen dürfte und ihre Geschichte dem ein oder anderen positive Unterstützung und Warnung zugleich sein könnte. Ich würde mich freuen, wenn dieses Buch Samen für eine noch liebevollere Kommunikation in Familien sein könnte.

Es steckt so viel Potenzial in diesem Buch. Ich wünsche ihm einen segensreichen Weg durch die Leserschaft.

Claudia Velz

Verlegerin

Vorwort

Liebe Leser,

das Manuskript von Astrid Greeven erreicht mich im Frühjahr 2014 über eine Anfrage von Astrids Schwester Iris, mit der ich über Facebook „befreundet" bin. Ich bin überrascht und gleichermaßen neugierig, denn ich stamme aus Büllingen, dem gleichen Heimatdorf wie Astrid und ihre Familie.

Astrid fragt mich beim ersten Gespräch, was ich über sie gehört habe. Ich antworte aufrichtig, nicht viel. Drogen, das Wort Drogen ist in meinem Gehirn mit dem Namen Astrid Greeven verlinkt. Mehr weiß ich nicht. Mehr habe ich nie gehört, keine Details, keine Gerüchte. Nichts.

Als ich dieses Buchmanuskript lese, kann ich nicht glauben, dass eine solche Geschichte bei uns im schönen, friedlichen, ländlichen Raum überhaupt möglich ist. Wie naiv ich bin. Beim Lesen wird mir nach und nach immer mehr bewusst: das hätte mir auch passieren können, genau dasselbe. In so vielen Charakterbeschreibungen und Vorlieben finde ich mich selbst zurück – schwarzes Schaf eben.

Astrids Geschichte hat mich mitgerissen wie ein Sog und beschäftigt mich unbewusst noch lange Zeit, selbst nach mehrmaligem Lesen. In einen Sog ist Astrid geraten, als sie mit den ersten Kontakten und vermeintlichen Freunden die Verführung der Drogen kennenlernt. Ich kann beim Lesen das ganze Drama sehr gut nachempfinden und habe Ehrfurcht

Teil 1

Luxemburg, den 15. Februar 2012

Wo fange ich an?

Wenn ich an meine Kindheit denke, dann tauchen sofort Bilder von Omas Garten auf, von einer Wiese voller Wiesenschaumblumen und jede Menge Erinnerungen an Lassie, unsere Collie-Hündin.

War ich glücklich? Ich kann meine Gefühle als kleines Mädchen nicht so richtig definieren. Ich weiß, dass ich oft fortlaufen wollte, dass ich die große, weite Welt entdecken und Abenteuer erleben wollte. Und ich wollte Süßigkeiten naschen …

Die ersten Sätze sind geschrieben und mit ihnen stürmen die Erinnerungen auf mich ein. Soviel will ich erzählen.

Aber so fange ich an:

Meine geliebten Töchter, dieses Buch ist ganz besonders für euch.

In Liebe

Mama

1.

Meine Oma hat ein Schuhgeschäft in Büllingen, einem kleinen Dorf im deutschsprachigen Teil Belgiens nahe der deutschen Grenze. Meine Mutter musste schon mit dreizehn Jahren die Schule verlassen, um als jüngste von vier Geschwistern im Schuhgeschäft zu arbeiten. Sie hat zwei Brüder, die nach Amerika ausgewandert sind und eine Schwester, die in Brüssel als Hausdame lebt. Und so ist es einfach ihre Pflicht, sich um das Schuhgeschäft zu kümmern. Sie wurde nicht nach ihren Träumen gefragt. Sie wird mir viele Jahre später erzählen, dass sie gerne studiert hätte, meine Oma aber strikt dagegen gewesen ist. Viele ihrer Freundinnen durften nach St. Vith, den nächstliegenden Ort mit Mittelschule, um da ihren Beruf zu erlernen, aber alles Bitten und Flehen meiner Mutter half nichts. Damals gehorchte man seiner Mutter noch, wird sie mir bei diesem Gespräch nicht ohne Hintergedanken betonen. In Büllingen lebt sie gerne, nur hätte sie gerne einen anderen Beruf gehabt, nämlich Sekretärin.

Mein Vater ist in meinen ersten Kindheitsjahren nicht oft zu Hause und hinterlässt mir aus dieser Zeit kaum Erinnerungen. Als meine Eltern sich kennenlernten, fuhr mein Vater auf einem Segelschiff, der Mercator. Er lernte meine Mutter kennen, als er auf Landurlaub seine Tante besuchte, die nicht weit vom Schuhgeschäft wohnte. In Büllingen wurde gerade an dem Wochenende Dorfkirmes gefeiert. Er fragte seine Kusine Lilo, ob sie nicht ein Mädchen kennen würde, das ihn möglicherweise zum Ball begleiten würde. Lilo und meine

Dinge so hin, wie sie kommen. Das muss meine Mutter von ihr gelernt haben. Auf mich springt diese Einstellung, zumindest in jungen Jahren, nicht über. Oma kocht immer noch Mittagessen für uns Kinder. Und wenn wir nachmittags in der Schule sind, macht sie ein Nickerchen. Iris ist dann normalerweise, wenn nicht zu viel los ist, bei meiner Mutter im Hotel.

Ich finde auch neue Freundinnen, zwei Mädchen die neben dem Hotel wohnen. Sie sind zwar ein Jahr jünger als ich, aber das macht mir nichts aus, wir verstehen uns gut. Bettina und Brigitte sind schon lange miteinander befreundet, aber ich darf trotzdem „bei ihnen mitmachen" – so drücken wir uns aus. Bettinas Eltern haben ein Café direkt neben unserem Hotel und sind sehr locker drauf. Bei ihnen sehe ich zum ersten Mal Zeitschriften für Erwachsene mit ganz vielen Fotos von nackten Frauen: Wow, ich kann mich gar nicht sattsehen an den vielen Bildern, die bei uns zu Hause verboten sind. Mit Brigitte komme ich nicht so gut zurecht: Ich halte sie für launig, aber durch sie lerne ich Hardrock Musik kennen. Sie hat zwei ältere Brüder, einer von ihnen hat eine ganz tolle Stereoanlage, die sein Heiligtum ist. Wenn die beiden und der Rest der Familie nicht da sind, schleichen wir uns in ihr Zimmer und drehen die Musik auf volle Lautstärke. Was wohl passiert wäre, wenn er uns erwischt hätte? Wir passen jedenfalls höllisch gut auf, keine Spuren zu hinterlassen. Lieber aber bin ich mit Bettina zusammen. Wir spielen Federball, fahren mit dem Fahrrad durch die Gegend, im Sommer bei sehr warmem Wetter auch schon mal bis zum

Bütgenbacher See, um dort eine Runde zu schwimmen. Ich bin sowieso immer gerne draußen auf der Suche nach neuen Abenteuern.

17.

Nun fange ich auch an, mich für Mode zu interessieren. Zu meinem Leidwesen haben meine Mutter und ich ganz andere Vorstellungen davon, was ich anzuziehen habe, ob die Kleidung modisch ist, interessiert sie nicht. Stoffhosen, Karohosen, Blümchenröcke und von der Oma selbstgestrickte Unterhosen sind nicht mehr das, was ich mir anziehen möchte. Ich will Jeanshosen, Jeansröcke und wenn es recht ist, bitteschön auch eine Jeansjacke. Meine erste Jeanshose kaufe ich mir dann von meinem eigenen gesparten Geld. Ja, ich habe gespartes Geld. Ich bekomme jede Woche zwanzig Franken an Taschengeld, ein Witz, ach was soll's. Den Rest klaue ich, wo es nur geht. Bei meinen Eltern liegt überall Geld rum und keiner zählt nach. Ich bin auch davon überzeugt, dass meine Hilfsarbeit es wert ist, dieses geklaute Geld als verdientes Geld anzusehen. Außerdem bekomme ich im Hotel viel Trinkgeld. Schnell habe ich den Dreh raus, freundlich und hilfsbereit zu sein. Ich lächle, bin höflich und kassiere.

Als ich meine Jeans dann zum ersten Mal trage, fühle ich mich so erwachsen! Diese Hose macht mich zu einem anderen Menschen. Am liebsten würde ich sie nie mehr ausziehen, wäre sie zum Schlafen nicht so unbequem.

Wenn im Hotel einmal nicht so viel Arbeit ist, dann trifft sich die ganze Familie bei Oma zum Abendessen und wir Kinder bekommen schon mal ein kleines Glas Wein zum Essen gereicht. Da merke ich dann, dass Alkohol lustig macht und gar nicht mal so schlecht schmeckt.

In diesem Frühjahr, ich werde bald zwölf Jahre alt, fahren meine Eltern nach Paris und nehmen mich mit. Da habe ich ein Erlebnis, das mich nicht mehr so schnell loslassen wird. Es ist unser zweiter Abend in dieser aufregenden Stadt. Wir bummeln an der Kathedrale Notre Dame vorbei, als ich plötzlich Musik höre, die auf einer Gitarre gespielt wird. Da sitzen lauter junge Leute auf der Treppe zusammen, sie sehen so glücklich aus und scheinen wie eine große Familie zusammen zu sein. Ich denke nur, dass ich dazu gehören will. Das Lied, welches gespielt wird, ist von Neil Young – „Heart of Gold", ich werde es nie vergessen. Drei Tage Paris schenken mir dieses ausschlaggebende Erlebnis für den Rest meines Lebens. Wie kann ich andern Menschen begreifbar machen, wie ein einziger Augenblick eine Sehnsucht wecken und damit alles verändern kann? Eine Stadt, ein Lied und nichts ist mehr, wie es sein soll.

Kurz vor Ostern gibt es ein großes Fest bei meinen Eltern im Hotel und ich muss mithelfen, habe aber gar keine Lust. Irgendjemand hat einen Martini bestellt und nicht abgeholt, und so trinke ich ihn einfach auf Ex. Gleich danach noch einen, und noch einen. Plötzlich macht mir das Helfen nichts mehr aus. Nein, ich habe sogar richtiggehend Spaß dabei, fühle mich gut gelaunt und beschwingt und leicht wie eine Wolke. Das Reden fällt mir wesentlich leichter und nichts kann mir noch etwas anhaben.

18.

Schnell merke ich, dass der Alkohol mir hilft, Schmerzen auszuhalten und irgendwie fühle ich mich mit Alkohol im Blut auch stärker. Im Hotel finde ich immer genug Möglichkeiten, mich heimlich zu betrinken, wobei ich darauf achte, dass es niemandem auffällt und es doch immer genug ist, damit ich selbst die Wirkung spüre. Auch binde ich den Alkohol in meine Spiele ein: Wenn jemand mich fragt, was ich mit den Flaschen mache, sage ich einfach, ich spiele Kellnerin und muss üben. Dann werde ich sogar noch gelobt.

Meine Eltern haben es nicht immer leicht in unserem Dorf. Weil mein Vater von auswärts kommt, muss er sich in so einem kleinen Kaff wie unserem erst einmal durchsetzen und sich einen Namen machen. Viele Leute reden schlecht über uns und machen meinen Eltern das Leben schwer. Ich bekomme immer nur Gesprächsfetzen über solches Gerede mit. Doch allen Unkenrufen zum Trotz, geht es langsam mit dem Hotel bergauf und immer mehr Gäste wollen sich bei uns eine schöne Zeit machen. Meine Mutter, die bis dato immer mit Leidenschaft im Kirchenchor mitgesungen hat, kann nicht mehr zu den Proben gehen, weil einfach keine Zeit mehr da ist. Sie hat auch immer öfter Schmerzen in den Händen und muss jede Woche nach Aachen zu einem Spezialisten, der ihr Spritzen in die Hände setzt, damit die Entzündung nachlässt, aber es sind immer nur momentane Erleichterungen, schmerzfrei ist sie nie.

Mit zwölf bin ich endlich meine verhasste Zahnspange los. Das Schlimme ist, sie hat nichts verbessert, sondern nur im Gegenteil alles verschlechtert. Meine Zähne sind für mein Alter eine Katastrophe. Kurz bevor meine Zähne gerichtet werden sollen, stirbt unser Zahnarzt. Und dann hat meine Mutter einfach keine Nerven gehabt, mit mir zu einem neuen Zahnarzt zu gehen. Meine immer wieder auftretenden Zahnschmerzen betäube ich nach wie vor mit Schmerztabletten, die ich nicht nur bei Oma, sondern auch im Hotel leicht finde. Sie liegen bei uns offen herum, da kann sich jeder dran bedienen. Es fällt auch niemandem auf, wenn welche fehlen. Mit dem Geld ist es dasselbe, ich bediene mich einfach, wann immer ich welches brauche.

19.

Mit zwölf Jahren soll ich ins Internat nach Vielsalm. Dieses Internat ist eine frankophone Nonnenschule. Ich kann mir darunter nichts vorstellen und freue mich irgendwie, somit dem ganzen Stress im Hotel zu entkommen. Ich habe nicht damit gerechnet, dass Nonnen so streng sind, aber mit den

Nonnen ist nicht zu spaßen. Das erste Jahr verläuft noch ziemlich ruhig. Ich muss mich sehr anstrengen um mithalten zu können, denn der ganze Lehrstoff ist in französischer Sprache. Anfangs finde ich das neue Internat noch aufregend. Neue Mitschüler, neue Lehrer, noch mal ganz von vorne anfangen, ohne Zahnspange und ohne Geläster. Mir gefallen der Sport- und der Kunstunterricht am besten. Leider müssen wir alle die gleichen blauen Schürzen tragen. Ich habe meine schnell mit Kugelschreiber verziert. Das ist zwar verboten, aber da bin ich nicht die einzige, die Wert auf einen Hauch von Individualität legt. Wir müssen morgens um sechs aufstehen, damit komme ich gut klar. Aber das Waschen mit eiskaltem Wasser, das ist brrrrr, gar nicht schön. Vor dem Frühstück geht es zur Kapelle zum Gebet. Die Nonnen müssen wir mit Ma Sœur anreden.

Wenn ich an den Wochenenden zu Hause bin, helfe ich meinen Eltern so gut ich kann. Es macht mir auch Spaß, wenn ich ehrlich bin, aber es ist trotzdem einfach oft zu viel. Ich bin ständig müde.

Mit den Mädchen aus meiner Klasse bin ich nicht so dicke. Es sind einige Zicken dabei, die sich für etwas Besseres halten. Am Ende des ersten Jahres bin ich immer öfter mit den älteren Mädchen aus den höheren Jahrgangsstufen zusammen und im zweiten Jahr werden richtige Freundschaften daraus. Die Nonnen sehen das natürlich nicht so gerne und versuchen auch, das zu verbieten. Die meisten der Älteren rauchen schon Zigaretten. Natürlich will ich das auch mal probieren. Hinter der Schule steht ein alter Schuppen, den wir zu unserem Treffpunkt machen. Nach dem Unterricht treffen wir uns dort heimlich. Es kommen auch regelmäßig Jungs aus der Umgebung dorthin, das macht die ganze Sache noch aufregender. Wir müssen natürlich höllisch aufpassen, nicht von den Nonnen erwischt zu werden und deshalb steht immer einer von uns Schmiere. Ich bin glücklich Mitglied einer Clique zu sein. Dazuzugehören ist ein sehr schönes Gefühl. Die verbotenen Taten sind da gar nicht so wichtig. Es kommt, wie es kommen muss, eines Tages erwischen uns die Nonnen. Meine Eltern bekommen daraufhin einen Anruf von der Schwester Oberin. Als ich nach Hause komme, setzt es mal wieder eine gehörige Abreibung von meinem Vater. Beim zweiten Erwischen werde ich zur Strafe für drei Tage von der Schule verwiesen, und mein Vater rastet aus. Danach habe ich so viele blaue Flecken, dass ich sie nicht zählen kann.

20.

Das alles hält mich natürlich nicht vom Rauchen ab, ich passe halt nur noch besser auf, nicht erwischt zu werden. Ich rauche nicht nur meine erste Zigarette in dieser Scheune … nein, ich knutsche mit dreizehn Jahren auch zum ersten Mal richtig mit einem Jungen. Er heißt André und ist siebzehn Jahre alt und hat schon ein bisschen Erfahrung. Mir gefällt sein schulterlanges Haar, auch seine Brille macht ihn in meinen Augen nur interessanter. Er erinnert mich ein bisschen an John Lennon, besonders wenn er seinen grünen Parka trägt. Es gefällt mir, dass ich seine Aufmerksamkeit errege, dass er seine Freunde links liegen lässt, um sich mit mir in eine stille Ecke zurückzuziehen, um mich zu küssen. Und wenn er mich dann küsst, hmmm, dann spür ich dieses Kribbeln im Bauch … Ich liebe es. Als er mir aber in die Hose möchte, mache ich instinktiv einen Rückzieher. Ich habe keine Ahnung, was er da von mir will und wahrscheinlich ist es mein Nicht-Wissen und meine Unerfahrenheit, die mich so reagieren lassen. Als ich meiner Freundin Lolita davon erzähle, muss sie mich erst mal aufklären. Lolita empfiehlt mir auch, die *Bravo* zu kaufen, damit ich nicht mehr so blauäugig durch die Gegend laufe. Und so erfahre ich lesend, wie und was es so alles zwischen Mann und Frau gibt. Zu der Zeit bekomme ich auch das erste Mal meine Periode und hätte ich die *Bravo* nicht gehabt, wäre es mir wie Carrie in dem Film von Stephen King ergangen.

Am Ende der Woche muss ich nach der Schule immer zwei Stunden Zeit totschlagen, bis der Linienbus nach Büllingen mich mit nach Hause nimmt. Eines Tages im Frühjahr, ich bin gerade vierzehn geworden, fragt mich Lilian, ob ich Lust habe, diese zwei Stunden mit ihr in eine Disco zu gehen. Ich bin Feuer und Flamme. Yes, ich bin dabei! Vor dem Bahnhof gibt es eine Disco, die bereits um vier Uhr nachmittags öffnet. Heute würde man das einfach ein Café mit lauter Musik nennen, aber für uns ist es das Größte. Es gibt nur ein Problem, ich bin noch keine sechzehn. Dass ich trotzdem rein gelassen werde, verdanke ich Lilian, die den Chef gut kennt. Als ich durch die Tür gehe, wird gerade Queen gespielt.

Noch nie habe ich so laute Musik gehört. Ich bin ganz high von der Lautstärke. Von nun an kann ich den Freitag kaum erwarten. Hier kann ich für zwei Stunden alles um mich herum vergessen.

Das klingt so, als sei mein Leben locker, fröhlich, leicht. Doch wenn ich den Drang fühle, alles um mich herum vergessen zu wollen, dann lässt sich erahnen, dass hinter diesen schönen Erfahrungen etwas Trauriges wuchert, das ich selbst nicht greifen kann. Wenn ich zu Hause ankomme, werde ich meistens mit den Worten erwartet: „Geh dich umziehen, du musst mithelfen!" Ich darf am Wochenende nur ausgehen, wenn nicht viel los ist und ich muss spätestens um 21 Uhr wieder zu Hause sein. Ich bin erst vierzehn, aber ich will so viel mehr. Morgens, noch bevor die ersten Gäste aufstehen, weckt mein Vater mich, damit ich Frühstück für die Gäste zubereite. Vor den Gästen bewahre ich so gut es geht ein freundliches Gesicht. Ich lasse mir meine gemischten Gefühle nicht anmerken. Abends, wenn ich alleine in meinem Zimmer bin und erschöpft auf meinem Bett liege, hege ich immer öfter Selbstmordgedanken. Ich fühle mich alleine und nicht wahrgenommen. Bei meinem Selbstmordszenario geht es mir meistens darum, das Ganze sehr dramatisch zu inszenieren, damit alle weinen und mich vermissen. Aber würde jemand weinen und mich vermissen?

21.

Aus den Selbstmordgedanken werden hin und wieder auch schon mal Mordgedanken. Sklaventreiberei, Prügel, Verbote, Pflichten, ich halte das kaum noch aus. Und ich fange an, meine Eltern regelrecht zu hassen. Stecken meine Hormone mit hinter all den Mordplänen, die ich spät abends im Schlafzimmer entsinne? Auch von Pubertät und hormonellen Schwankungen habe ich keine Ahnung. Natürlich bin ich keine Mörderin – außer eben schon mal in meiner Fantasie. Aber mein Drang, Aufmerksamkeit zu bekommen, treibt mich doch dazu, an meinen Pulsadern zu schnippeln. Es ist dies mehr ein Hilferuf nach etwas mehr echter Zuwendung als der ernsthafte Versuch, sterben zu wollen. Wahrscheinlich habe ich das aber auch erst viel später erkannt. In meiner Familie hört und versteht jedenfalls niemand diesen Ruf. Alle tun so, als sei nichts passiert. Meine innere Wut wird dadurch nicht geringer. Weil ich nicht weiß, wohin mit meinen Aggressionen, richte ich sie gegen mich selbst und fange an, mich mit Scherben oder Nadeln an den Armen zu ritzen. Ich weiß gar nicht, was es bedeutet, sich zu ritzen. Aber ich habe mit dem Schneiden an den Pulsadern doch bemerkt, dass es die anderen schockiert und verunsichert. Ich erhalte damit ein bisschen mehr Aufmerksamkeit. Und der Schmerz lenkt mich für kurze Zeit von der Realität ab. So bin ich ständig auf der Suche nach Aufmerksamkeit, Anerkennung und Liebe, die ich zu Hause einfach nicht fühle. Ich sehne mich so sehr nach Geborgenheit und Zuwendung, dass es weh tut. Die einzige

Person, die ein bisschen Verständnis für mich hat, ist meine Oma, aber helfen kann sie mir auch nicht.

Im Internat werde ich auch einmal richtig aggressiv gegen eine Mitschülerin. Ich habe ihr eine Ohrfeige verpasst und sie dabei aus Versehen an der Schläfe getroffen. Sie fällt einfach um und ist eine Zeit lang bewusstlos. Sie hat an der Toilettenwand *Astrid ist eine Hure* geschrieben und die Ohrfeige meiner Meinung nach auch verdient. Ich bin doch erschrocken, als sie so da am Boden liegt. Dass sie gleich ko geht, damit habe ich nicht gerechnet. Jetzt bin ich die Böse und sie wird bemitleidet, das war nicht Teil des Plans. Sie sollte wissen, dass sie so etwas nicht über mich schreiben darf.

Dass die Nonnen mich nach zwei Jahren undiszipliniertem Verhalten und besonders nach dieser Ohrfeigen-Aktion loswerden wollen, ist klar. Sie geben meinen Eltern auch kurz darauf unmissverständlich zu verstehen, dass ich kein weiteres Jahr mehr angenommen werde. Das bedeutet für mich, dass ich im kommenden Jahr wieder in Büllingen zur Schule gehen muss. Mittlerweile geht mein Bruder auch in ein französischsprachiges Internat. Er kann sich dort in Malmedy besser technisch weiterbilden. Er interessiert sich sehr für Technik, nervt mich, wenn er zu Hause ist, immer noch ohne Ende und ist auch immer noch Mamas Liebling. Manche Dinge ändern sich nicht.

Iris kommt schon in den Kindergarten. Sie ist zu Papas Liebling geworden. Manche Dinge ändern sich dann doch.

Sie schafft es immer wieder neu, ihn um den kleinen Finger zu wickeln. Sie ist sehr einfallsreich, wenn sie ihren Willen durchsetzen will und kann aus fast jeder Situation ihren Nutzen ziehen. Sie wird mal eine gute Geschäftsfrau werden.

In diesem Jahr bei den Nonnen habe ich es so gerade geschafft, nicht sitzen zu bleiben. Es ist mir aber eigentlich egal. Mittlerweile ist mir fast alles egal, was mit der Schule zu tun hat. Richtige Freunde oder Freundinnen in meinem Heimatdorf habe ich derzeit nicht. Ich glaube, ich habe derzeit in meinem Heimatdorf einen schlechten Ruf. Die Eltern der anderen Kinder wollen wohl nicht, dass ihre Kinder sich mit mir abgeben. Ich bin mittlerweile schon ein paar Mal negativ aufgefallen und in unserem kleinen Dorf macht jede Geschichte ganz schnell die Runde.

22.

Es hat mich nie jemand gefragt, was ich mal machen oder werden will. Für alle scheint klar zu sein, dass ich im Hotel arbeiten werde. Also steckt man mich in Büllingen genau wie schon im vorherigen Schuljahr in Vielsalm in eine Haushaltsklasse: Der Unterrichtsstoff wird dann schon die Vorbereitung für die mögliche Lehrlingsausbildung sein, die ich vermeintlich nach diesem Schuljahr bei meinen Eltern anfangen soll. Aber wahrscheinlich gibt man mir auch für den normalen Unterrichtsstoff gar keine Chance. Ich habe ja auch ganz andere Dinge im Kopf als Schule.

In unserem Dorf treffen sich die Jugendlichen am Zeitungsladen, der schräg gegenüber von unserem Hotel liegt. Die meisten Jungs im Dorf haben kleine Motorräder, die sie gerne selber aufmotzen und die man auch schon von weitem kommen hört. Unter diesen Motorradjungs ist Günter, ein in meinen Augen süßer Junge von siebzehn Jahren. Er hat braune Locken und ein nettes Lächeln, ihm haftet immer ein Geruch von Motoröl und Benzin an. Er lässt mich zum ersten Mal mitfahren und obwohl er nicht zu schnell fährt, bin ich beeindruckt von dem schönen Gefühl, die Geschwindigkeit und den Wind in meinem Haar zu spüren. Die Fahrt soll nie enden, denke ich. Ich genieße auch den Körperkontakt. Aus dieser Freundschaft wird mehr. Wir gehen zusammen. In seiner Garage hat er sich einen Raum als Werkstatt eingerichtet. Dort verabredet er sich mit seinen Freunden zum Rumschrauben. Seine Eltern lassen sich dort nie blicken, so können wir dort ungestört zusammen sein. Bei ihm lasse ich etwas mehr zu als nur Küsse, aber um aufs Ganze zu gehen, dazu bin ich noch nicht bereit. Die Sache mit ihm dauert nur ein paar Monate, sein Motorrad und seine Freiheit sind ihm wichtiger. Letztendlich hat er sich nie richtig für mich interessiert, so dass ich nicht einmal richtig traurig bin, als es vorbei ist.

Weil ich immer dann arbeiten muss, wenn andere Spaß haben und sich amüsieren, wird mein Frust immer größer. Mein Zimmer im Hotel liegt direkt neben dem meiner Eltern. Den Zimmerschlüssel haben sie mir abgenommen, um mich jederzeit kontrollieren zu können. Sie sagen, sie machen das wegen dem Rauchen. Wenn ich Musik hören will, muss ich warten bis keine Gäste mehr da sind, es könnte ja stören. Und natürlich wollen auch meine Eltern im Zimmer nebenan in ihrer nächtlichen Ruhe nicht gestört werden. Ich habe immer das Gefühl, das wahre Leben zu verpassen. Deshalb schleiche ich mich nachts, wenn alles ruhig ist, immer öfter heimlich aus dem Haus und mache mich auf die Suche nach Abenteuer und Ablenkung. Das ist gar nicht so einfach, denn erst einmal muss ich unbemerkt an der Schlafzimmertür meiner Eltern vorbei nach unten kommen und dabei jede Diele und jede Stufe, die knarren könnte, vermeiden. Wenn das geklappt hat, bin ich entweder durch den Garten oder durch die Garage ab durch die Mitte. Meistens ist nichts mehr los und ich streife durch leere Straßen auf der Suche nach irgendwas, um nur nicht wieder zurück in mein Zimmer zu müssen, wo mir nur düstere Grübeleien Gesellschaft leisten.

23.

Nina Hagen, Patchouli und zerrissene Jeanshosen halten Einzug in mein Leben, es sind dies drei Dinge, die meine Eltern zur Weißglut bringen und mir so manche Abreibung einhandeln. Sowieso ist die Beziehung zu meinen Eltern seit der Entlassung aus dem Internat noch schlechter geworden. An einem Sommertag arbeite ich hinter der Theke und trockne Gläser ab, als mein Vater zu mir kommt, an mir riecht und sagt:

AUS DIR WIRD NIE ETWAS, DU WIRST MAL EINE HURE!

Ich stehe da wie vom Donner gerührt, bekomme kein Wort heraus und frage mich nur, warum er so etwas zu mir sagt. Ich verstehe die Welt nicht mehr. Das Verhältnis zu meinen Eltern ist so miserabel, dass ich es kaum noch aushalten kann. Wir können uns gegenseitig nichts mehr recht machen. Aber schlimmer noch als jede Schläge und alle bösen Worte ist für mich, wenn mein Vater mich ignoriert, wenn er so tut, als sei ich Luft. Manchmal spricht er tagelang kein Wort mehr mit mir, gibt mir nur die nötigen Anweisungen, die ich für die Arbeit brauche. Meine Mutter steht immer nur daneben und sagt: das bist du selber schuld. Auf die Idee mich mal zu fragen, warum ich das oder jenes falsch mache, kommt niemand. Es ist nie Zeit für Gespräche da. Alles was mit dem Hotel zu tun hat, geht immer vor. Die Familie bleibt dabei auf der Strecke. Die Mauer, die ich um mich hochgezogen habe, wird immer dicker und höher. Wenn ich mal wieder verletzt werde, zwinge ich mich, nicht zu weinen, mir nichts anmerken zu lassen. Diese Genugtuung will ich niemandem geben, auch wenn es mir anfangs noch schwerfällt, eine Maske anzuziehen.

In meiner Haushaltsklasse lebe ich mich schnell ein, ein paar von den Mitschülern kenne ich noch aus den Zeiten vor dem Wechsel ins Internat und bald schon gehöre ich zu einer Clique von sechs Mädchen. Leider kommen die meisten von ihnen aus anderen Dörfern, so dass wir uns nur während der Schulzeit sehen können. Manchmal, wenn ich keine Arbeiten mehr zu erledigen habe, darf ich sie besuchen und auch mal bei der einen oder anderen übernachten. Das ist eine seltene aber eine willkommene Abwechslung.

24.

Der Direktor meiner Schule kommt jeden Mittag zu uns ins Restaurant, um mit seiner Frau zu essen. Das ist für mich eine Katastrophe, denn so werden meine Eltern immer aus erster Hand über meine ach so schlimmen Verfehlungen informiert. Bei den Lehrern bin ich als Klassenschreck bekannt, denn ich habe weder vor ihnen noch vor dem Lehrstoff Respekt. Ich verbringe die meiste Zeit während des Unterrichts mit Blödsinn machen. So nett und höflich ich zu Hause auch sein kann, in der Schule gebe ich mich vorlaut, frech und unnahbar. Ich entwickele mich zu einem richtig kleinen Spezialisten, was das Erfinden von Ausreden oder Lügen betrifft. Und im Klauen werde ich auch immer routinierter und abgebrühter. Einige meiner Mitschülerinnen und ich machen es sogar zu einem Wettbewerb, wer am meisten klaut, wer die schönsten Sachen klaut, wer sich am meisten traut. Ich halte mich für sehr schlau und bin mir sicher, nie erwischt zu werden. Als es dann doch passiert, habe ich noch Glück, dass die Ladenbesitzer nicht die Polizei rufen. Sie glauben mir meine herzerweichende Geschichte, die ich ganz spontan erfinde und lassen mich laufen. Ich habe mir nie Gedanken darüber gemacht, was ich erzählen würde, falls ich mal beim Klauen erwischt werden sollte. Dem aufgebrachten

Ladenbesitzer erzähle ich von meiner verlorenen Brieftasche, von Omas Geburtstag und dass das Parfüm, das ich in der Tasche habe, für sie sein soll. Dazu noch eine Krokodilträne auf Knopfdruck und ich darf tatsächlich gehen, ohne Parfüm natürlich. Die Lektion, die ich mir anschließend selbst erteile, besteht darin, noch besser aufzupassen. Etwas anderes daraus zu lernen, kommt mir gar nicht in den Sinn.

Das erste Mal, dass ich dann vermeintlich mit der Polizei zu tun bekomme, ist auf einer Klassenfahrt nach Lüttich. Wir sind zu dritt im Bahnhofsviertel unterwegs. Auf der Suche nach Verbotenem, was auch immer das sein soll, wollen wir ein Abenteuer erleben und ignorieren die Anweisung unserer Lehrer, ins Museum zu gehen. Für uns zählt nur, zum ersten Mal allein in einer großen Stadt auf Tour und für ein paar Stunden ohne Aufsicht zu sein.

Wir sind noch nicht lange unterwegs, als uns drei Männer auf Französisch ansprechen und wissen wollen, was drei so junge Mädchen alleine in der Stadt zu suchen haben. Sie sind schon etwas älter und bieten sich an, uns ein bisschen was von Lüttich zu zeigen. Vorerst sind sie noch ganz nett und bezahlen sogar unsere Getränke. Als dann aber klar wird, dass sie mehr von uns erwarten und uns nicht so ohne Weiteres gehen lassen wollen, bekommen wir es mit der Angst zu tun.

25.

Jetzt haben wir ein Problem! Die drei wollen uns nicht ohne Bezahlung gehen lassen – wie auch immer die genau aussehen soll. Sie erzählen uns, dass sie von der Polizei sind und wir großen Ärger bekommen, wenn wir nicht das tun, was sie von uns verlangen. Ob sie wirklich Polizisten sind, wissen wir nicht. Irgendwie können wir sie jedenfalls überzeugen, uns gehen zu lassen. Unsere Erklärung, dass man nach uns suchen wird, wenn wir nicht um 19 Uhr an der Jugendherberge sind, reicht aus, um sie für den Moment zu verunsichern. Dennoch fragen sie nach unseren Ausweisen und schreiben sich die Adressen auf. Erleichtert darüber, dass uns nichts Schlimmes passiert ist, wollen wir das kleine Abenteuer schnell vergessen. Als eine Woche später das Telefon bei uns zu Hause schellt, weiß ich mit dem Namen der Person am anderen Ende der Leitung nichts anzufangen und denke mir, jemand erlaubt sich einen Scherz mit mir. Als mir dann doch langsam dämmert, wer da in der Leitung ist, bekomme ich einen Schock. In was bin ich da nur hineingeraten? Sich seiner Macht bewusst, will sich der Typ am nächsten Tag mit mir treffen. Ich solle ja keine Probleme machen und niemandem davon erzählen, sonst werde ich schon sehen, was mit mir passieren wird. Am nächsten Morgen erfahre ich von meinen beiden Freundinnen, dass auch sie einen ähnlichen Anruf bekommen haben und genauso unter Druck stehen und Angst haben wie ich. Als die Typen nachmittags am verabredeten Treffpunkt aufkreuzen, wollen sie erst mal mit uns durch die Gegend fahren. Sie werden schon im Auto ziemlich aufdringlich, doch gelingt es uns, die Kerle aufzuhalten, indem wir ihnen eine Geschichte erzählen, jemand warte auf uns und würde uns vermissen. Sie lassen sich erneut auf später vertrösten. Erleichtert gehen wir nach Hause.

Dass die ganze Sache dann doch noch ein gutes Ende nimmt, haben wir meinem Vater zu verdanken. Einer der Kerle ruft mich am nächsten Tag wieder an, um ein neues Treffen zu vereinbaren. Mein Vater geht ans Telefon und als er hört, dass ein fremder Mann nach mir verlangt, schreit er den Typen lautstark an und erklärt, wenn er noch einmal anrufe, gebe es großen Ärger mit ihm. Mein Vater reagiert nur deshalb so wild, weil er es hasst, wenn ich mit Telefonieren die Leitung für potenzielle Hotelkunden blockiere. Welch ein Glück. Ohne zu wissen, worum es hier wirklich ging, hat mein Vater uns den Hintern gerettet. Wir hören auch nie wieder etwas von den drei Kerlen.

26.

Mit den Jungs läuft es nicht so gut bei mir. Wenn ich mit einem zusammen bin, langweilt er mich schon nach kurzer Zeit und ich mache bald wieder Schluss. Mir gefallen Jungs, die sehr dünn sind und langes Haar haben und ich verliebe mich fast jeden Tag aufs Neue. Sobald ich einen Kerl mit langem Haar sehe, ist es um mich geschehen. Das ist noch so eine Sache, mit der meine Eltern ein Problem haben: „So ein

Hippie kommt uns nicht ins Haus!“, ist der Spruch, den ich dann zu hören bekomme.

Ich glaube, die meisten Jungs wollen nur mit mir zusammen sein, weil sie so ein leichtes Spiel mit mir haben. Ich selber finde mich hässlich, ich bin viel zu dünn, habe Pickel und schlechte Zähne, obwohl ich mittlerweile mit fünfzehn Jahren meine ersten falschen Zähne bekommen habe. Meine oberen Schneidezähne waren so schlecht, dass sie gezogen werden mussten. Gleich sieben Stück wurden mir gezogen und meine unteren sollen auch noch dran glauben, aber dazu kommt es nicht mehr …

Also, was sollen Jungs schon an mir finden? Ich benutze die Jungs ja auch. Wenn ich in den Armen eines Jungen liege, kann ich für kurze Zeit alles um mich herum vergessen, es geht mir nicht um Sex. Nein, ich suche immer nach diesem Gefühl von Geborgenheit und Wärme. Als ich das erste Mal mit einem Jungen schlafe, ist es keine große Sache. Es passiert mit einem der Brüder, die vor einigen Jahren mit ihrer Mutter in unsere Nachbarschaft gezogen sind. Pat ist zwei Jahre älter als ich und hat schon Erfahrung mit Mädchen. Er ist auch sonst kein unbeschriebenes Blatt und die Polizei ist öfter bei ihm zu Besuch als der Briefträger. Während der Woche muss er nach Lüttich in ein Heim für schwererziehbare Jungen, an den Wochenenden ist er dann wieder bei seiner Mutter und macht die Gegend unsicher. Er sieht nicht mal besonders gut aus und ist auch sonst keine Leuchte, aber das Verbotene zieht mich magisch an. Als es passiert, frage ich mich, warum alle immer so ein Theater um

Sex machen, es ist nichts Besonderes, im Gegenteil, ich empfinde es schon eher als ein bisschen ekelhaft. Naja, in einem Keller auf dem Boden ist es ja auch nicht gerade romantisch. Pat war weder zärtlich, noch hat er sich Zeit genommen. Ich glaube ihm danach nicht mehr, dass er viel Erfahrung hat, denn die ganze Sache war schon nach fünf Minuten beendet. Mir ging es sowieso nur darum, keine Jungfrau mehr zu sein. Ich weiß, dass das ziemlich dumm ist, aber ich war mir so sicher, dass sich dadurch etwas bei mir ändern würde, dass ich mich erwachsener fühlen würde. Wir unternehmen danach noch ein paarmal was zusammen. Er nimmt mich auf seinem Motorrad mit, wenn irgendwo in einem anderen Dorf eine Party steigt und ich nicht weiß, wie ich hinkommen soll. Aber zusammen geschlafen haben wir nicht mehr. Es sind auch keine Gefühle mit im Spiel, wir sind nur noch Kumpels und reden nicht mal über die Sache. Im Nachhinein wünschte ich mir, es wäre anders passiert, so wie man sich das eben heimlich erträumt, aber das Wie ist mir in dem Moment einfach nicht wichtig gewesen.

An Verhütung denken wir beide nicht und bis zu meiner nächsten Periode schicke ich bestimmt eintausend Gebete zum Himmel. Ich habe noch mal Glück ... Für mich zählt rückblickend nur, keine Jungfrau mehr zu sein und mit den anderen mitreden zu können. Patrik gehört dann auch kurze Zeit später zu meinen Ex-Freunden. Ich bin froh, ihn los zu sein.

27.

Kurz vor den Sommerferien und der heißen Saison fahren meine Eltern noch einmal für ein langes Wochenende nach Paris und nehmen mich wieder mit dorthin. Auf der Hinfahrt machen wir einen Zwischenstopp in Nancy, um da in einem Hotel zu übernachten. Nach dem Abendessen fahren mein Vater und ich noch einmal in die Stadt, während meine Mutter im Hotelzimmer bleiben möchte, was uns beiden ganz recht ist. Zuerst gehen wir in ein normales Café und bestellen uns ein Bier. Wir überlegen, was wir mit dem angebrochenen Abend anfangen können und versuchen herauszufinden, wo man sich am besten amüsieren kann. Der Kellner meint, wir sollen besser nach Metz fahren, da sei mehr los. Er gibt uns die Adresse eines Nachtclubs. Als wir eine halbe Stunde später da ankommen, ist der Club schon ziemlich gut besucht. Mein Vater kommt schnell mit netten Damen, die nicht viel Stoff am Körper tragen, ins Gespräch. Dass wir in einem Animierclub sind, bemerke ich erst, als die netten Damen nicht aufhören, meinen Vater zu umlagern und einen Drink nach dem andern spendiert haben möchten. Eine der Damen ist von meinem Vater besonders angetan. Sie meint, wir sollen doch ein paar Häuser weiter in ein Striplokal gehen. Schon gut angetrunken machen wir uns auf den Weg und schleppen noch einen jungen Kerl mit, den wir unterwegs auf der Straße treffen. Weder in dem Animierclub noch im Striplokal interessiert jemanden mein Alter. Es gibt auch keinen Türsteher, wie sonst in diesem Milieu üblich. In dem Striplokal bestellen wir eine Flasche Whisky, die bis zum

Beginn der Show schon halb leer getrunken ist. Mein Vater, mittlerweile schon ziemlich stark angetrunken, knutscht wild mit der Dame rum. Es ist schon etwas komisch, meinen Vater mit einer anderen Frau knutschen zu sehen, denn mit meiner Mutter habe ich das nie erlebt. Wenn mein Vater sich schämen sollte, dann bemerke ich es nicht. Ich bin aber auch viel zu abgelenkt von dem ersten Showauftritt. Diese Stripperinnen können aber auch Sachen mit ihren Körpern machen, da vergeht mir Hören und Sehen. Und auch der junge Kerl wird nach dem ersten Strip mutiger und versucht sein Glück bei mir. Als der Club um vier Uhr morgens schließt, sind wir so betrunken, dass wir uns gegenseitig stützen müssen. Mit dem Taxi fahren wir zurück nach Nancy ins Hotel. Falls mein Gewissen sich gegenüber meiner Mutter kurz geregt hat, ist es spätestens wieder verschwunden, als ich am nächsten Morgen nach wenigen Stunden Schlaf ihr böses Gesicht sehe. Sie straft meinen Vater und mich mit eisigem Schweigen, als wir total verkatert die Weiterfahrt nach Paris antreten. Wir erzählen ihr zwar, dass wir die ganze Zeit in einem Café geblieben sind und dort die Zeit vergessen haben, aber ob sie uns das glaubt, lässt sich nicht sagen. Die Stimmung ist so eisig wie die Luft am Nordpol. Es wird die ganze Fahrt kein Wort geredet. In Paris angekommen, kauft mein Vater meiner Mutter ein teures Armband und mir einen Ring. Dass er meine Mutter bestechen will, ist mir klar. Aber mir etwas zu schenken, wäre nicht nötig gewesen, denn um nichts in der Welt würde ich uns verraten. Ich genieße es, jetzt ein Geheimnis mit meinem Vater zu haben, das nur uns beiden gehört. Ich sehe mein Geschenk also nicht als Bestechung, sondern als Erinnerung an unser Geheimnis.

28.

Als der Sommer kommt, will ich mich verändern und lasse mir vom Frisör eine Dauerwelle machen, die nicht das bringt, was ich erhofft habe. Mit den zu starken Locken sehe ich aus wie ein verunglückter Pudel. Dazu färbe ich mir die Haare mit Henna rot wie eine Möhre. Das nenne ich Veränderung! Ich bekomme jede Menge Aufmerksamkeit, die meisten finden die Farbe zu grell und ich selbst weiß, dass ich nie wieder eine Dauerwelle machen lassen werde.

Ich bin neuerdings viel mit Sabine zusammen. Unsere Mütter sind Bekannte und als ich Sabine bei einem Restaurantbesuch bei uns zum ersten Mal treffe, verstehen wir uns auf Anhieb. Wir haben den gleichen Geschmack was Musik, Mode und Jungs angeht. Außerdem träumen wir davon, zusammen nach Griechenland abzuhauen und in einer Hippie-Kommune unterzukommen. Aus Vorstellungen wird ein Plan. Geplant, gemacht. Der tatsächliche Versuch scheitert allerdings schon am zweiten Tag an der deutsch-belgischen Grenze. Ob die Zöllner von alleine misstrauisch geworden sind, als sie uns sehen, oder ob der LKW-Fahrer, der uns bis zur Grenze mitgenommen hat, nachgeholfen hat, wissen wir nicht. Wir haben zwar noch versucht, die Grenze durch den Wald zu überqueren, aber mit ihren Spürhunden finden sie uns sehr schnell, obwohl wir uns im Unterholz versteckt haben. Und nun sitzen wir seit mehr als acht Stunden auf dem Polizeirevier in Eupen und werden nacheinander verhört. Nach einer Nacht im Freien sind wir irgendwie beide erleichtert, dass das nicht so einfach geklappt hat. Ich sehe auch ein, mit kaum Geld in der Tasche und der Polizei im Nacken, ist der Plan von vornherein zum Scheitern verurteilt gewesen.

Sabine darf ich erst mal nicht mehr treffen. Ihre Eltern geben mir die Schuld an dieser Aktion und meinen, ich hätte einen schlechten Einfluss auf ihre Tochter. Meine Eltern bestrafen mich hierfür mit einem Ausgehverbot, aber sie fragen nicht, was mich dazu bewogen hat, das zu tun. Ich bemerke nur ihre schrägen, misstrauischen Blicke. Und ansonsten scheinen sie beschlossen zu haben, dem ganzen so wenig wie möglich Aufmerksamkeit zu schenken.

Kurze Zeit später lerne ich Martina kennen. Sie ist zwanzig Jahre alt, hat langes, braunes Haar und, wie ich bald mitbekomme, schon einige Erfahrung mit Drogen. Sie und ihr Freund Jochen kommen aus einem Nachbardorf. Ich treffe die beiden zum ersten Mal in einer Dorf-Disco, zu der ich ausnahmsweise einmal hin darf, weil keine Gäste im Hotel sind, und ich deswegen frei machen darf. Ich bin gerade in der Disco angekommen, stehe an der Theke und bestelle mir ein Bier, als sie mich nach einer Zigarette fragt, um einen Joint zu bauen. Auf die Frage, ob ich schon mal Haschisch geraucht habe, sage ich eiskalt: „Ja, schon oft!“. Sie lädt mich ein, sie zum Auto zu begleiten, um gemeinsam einen zu rauchen. Das Auto ist eine alte Ente, die auch schon bessere

Zeiten gesehen hat. Sie ist grün mit großen, bunten Blumen beklebt und passt zu ihrem Besitzer.

29.

Jochen ist ein Hippie, wie man sich ihn vorstellt: Sein langes, fettiges Haar sucht er mit einem riesigen Schlapphut zu verdecken, seine verschlissene Jeans steht von Dreck. Aber wen kümmert es? Mein erster Zug an einem Joint ist wie eine Offenbarung. Mit der Musik, die aus den Lautsprechern dröhnt, fühle ich mich wie auf Wolken und bekomme mein Grinsen nicht mehr aus dem Gesicht. Beim zweiten Zug verliere ich bereits die Kontrolle über meine Zunge und beim dritten muss ich mich übergeben. Gut, dass die beiden ein Auto haben, denn ich hätte den Weg alleine nicht mehr nach Hause gefunden. Bevor die beiden mich zu Hause absetzen, mache ich einen Termin mit Martina aus und gebe ihr mein letztes Geld, damit sie mir beim nächsten Treffen ein Stück Shit mitbringt. Im Bett liege ich noch lange wach, höre leise Musik und grübele über Gott und die Welt. Am nächsten Morgen weiß ich nicht mehr, wie ich an meine Eltern vorbei gekommen bin, aber sie haben an dem Abend nichts von diesem ersten Kontakt mit Haschisch bemerkt.

Ich selbst bin immer noch beeindruckt von der Wirkung und auch von den Gedanken, die mir zur gleichen Zeit durch den Kopf wirbelten. So habe ich noch nie über die Welt gedacht: Wenn alle Menschen sich lieben würden, gäbe es keine

Kriege mehr. Wenn die Reichen mit den Armen teilen würden, dann gäbe es keine Hungersnöte mehr. Die ganze Welt könnte eine große Familie sein. Es ist schwer, diese Love & Peace-Gedanken im klaren Kopf nachzuvollziehen. Ich und Weltverbesserungspläne, das kenne ich nicht von mir. Ich fühle mich, als hätte die Droge eine Tür zu einem anderen Universum aufgestoßen. Ich kann es kaum erwarten, bis Martina mir den nächsten Shit bringt.

Als sie eine Woche später auftaucht und mir das Hasch übergibt, fällt mir ein, dass ich ja gar nicht weiß, wie man einen Joint baut. Ich weiß nur, dass man Tabak und Blättchen braucht, aber das kann ich nicht so ohne Weiteres zugeben, denn ich habe zu viel Angst von ihr für blöde gehalten zu werden. Deshalb frage ich nichts. In meinem Zimmer mache ich einen ersten Versuch, der aber total scheitert. Ich stelle mich ziemlich dumm an und verschwende mehr als die Hälfte von dem guten Zeug, bevor ich endlich ein paar Züge machen kann. Als meine Mutter ohne anzuklopfen in mein Zimmer reinkommt und mich fragt, was das für ein Geruch ist, den sie bis im Flur riechen kann, bin ich schon ziemlich high. Ich probiere eine neue Tabaksorte aus, antworte ich schlagfertig und sie glaubt mir tatsächlich. Mach dein Fenster auf, ist alles, was sie dazu sagt. Da habe ich ja noch mal Glück gehabt, denke ich erleichtert.

An einem Abend schlafe ich mit einer brennenden Zigarette im Bett ein. Ein großes, schwarzes Loch in der Matratze und ein fürchterlicher Gestank sind die unübersehbaren, bzw. nicht zu überriechenden Spuren. Überall im Hotel stinkt es nach verbrannter Matratze, aber meine Eltern sagen rein gar nichts dazu. Es klingt unvorstellbar, aber genau so läuft es meistens. Ich wüsste wirklich zu gerne, was sie eigentlich denken.

30.

Sobald ich irgendwie von zu Hause fort kann, treffe ich mich mit Martina und Jochen. Wir fahren durch die Gegend, zum See oder setzen uns in den Wald und rauchen unsere Joints. Durch die beiden lerne ich Gerd kennen und verknalle mich sofort in ihn. Er ist genau mein Typ, so groß wie ich, schlank und trägt sein blondes Haar lang. Dummerweise wird er bald achtzehn und will dann nach Lüttich zur Uni gehen, um Psychologie zu studieren. Für ihn empfinde ich zum ersten Mal so etwas Ähnliches wie Liebe. Wenn er nicht bei mir ist, zähle ich die Stunden bis zu unserem nächsten Treffen und zum ersten Mal ist mir nicht mehr egal, was jemand von mir denkt. Ich träume von seinen blauen Augen und stelle mir eine Zukunft mit ihm an meiner Seite vor. Ich glaube, ein Leben ohne ihn sei nicht mehr lebenswert und ich versuche den Gedanken zu verdrängen, dass er bald fort ist. Eine Stunde Autofahrt und das Leben in zwei Welten würden uns dann trennen.

Für mich ist das Thema Schule abgehakt. In den Sommerferien muss ich viel im Hotel arbeiten. Im September startet meine Lehrausbildung bei meinem Vater. Weil ich so gut wie nie Freizeit habe, sehe ich Gerd immer seltener. Gerd wohnt mit seiner älteren Schwester bei der Mutter, sein Vater ist schon seit ein paar Jahren tot. Wir sind schon etliche Monate ein richtiges Paar, so empfinde ich es auf jeden Fall. Ich bin mir sicher, dass er mir in dieser Zeit treu ist und mich auch vermisst, wenn wir getrennt sind. Das mit dem Anrufen ist so eine Sache. Wenn überhaupt, dann sind es kurze Gespräche, nach ein paar Minuten steht mein Vater schon hinter mir und erinnert mich daran, dass Gäste anrufen könnten. Also reden wir nicht viel, denn wenn wir uns sehen, dann verbringen wir die Zeit lieber mit Knutschen. Viel weiß ich gar nicht über ihn. Er hat sich unterdessen eine Studentenbude im Zentrum von Lüttich gemietet und bereitet sich auf sein Studium vor, indem er das für sich einrichtet. Die zwei Leben prallen schon Ende des Sommers aufeinander und so lebt sich diese kurze, schöne Liebschaft relativ schnell auseinander.

Natürlich ist nicht alles in meiner Jugend schlecht. Es gibt auch immer wieder einige schöne Momente. Es ist zum Beispiel immer wieder ein toller Spaß, wenn mein Vater nach einem langen Arbeitstag das gesamte Personal in eine Disco einlädt und mit uns bis in die Morgenstunden durchfeiert. Wenn er nicht im Stress ist, zeigt er eine ganz andere Seite von sich. Während er die Runden spendiert, erzählt er eine lustige Geschichte nach der anderen und kann uns stundenlang mit Witzen zum Lachen bringen. Obschon ich seine Geschichten und Witze fast alle kenne, kann ich mir die immer wieder anhören. Er hat so eine Art zu erzählen, da wird es mir nie langweilig. Und es fallen ihm auch immer neue Geschichten ein, die ich noch nicht kenne. Ich genieße diese Momente und spüre auch immer wieder, wie stolz ich auf meinen Vater und seine ganzen Abenteuer bin. Meine Mutter begleitet uns nur sehr selten bei solchen Ausflügen. Meistens fühlt sie sich zu müde und bleibt lieber daheim, um in Ruhe fernzusehen oder mit einem spannenden Roman zu entspannen.

31.

Zu Beginn des Sommers, erfahre ich auf einer Party von einem Musikfestival in Bilzen, wo Gruppen wie AC/DC, White Snake, The Police und Uriah Heep auftreten sollen. Ich fühle sofort ganz klar, da will ich hin! Meine Eltern brauche ich gar nicht erst zu fragen, ob ich das darf. Die Lösung ist mir nur allzu klar: heimlich abhauen! Von Martina weiß ich, dass sie auch hin möchte. Deshalb weihe ich sie in meinen Plan ein. Ich habe noch Zeit mit den Vorbereitungen und freue mich schon riesig auf das Festival. Das Geld für das Festivalticket muss ich mir heimlich zusammen sparen. Weil ich nicht viel Taschengeld bekomme, klaue ich das meiste von meiner Oma und aus der Hotelkasse. Ein schlechtes Gewissen habe ich nur meiner Oma gegenüber, aber ich weiß anders nicht, wie ich die Summe zusammen bekommen soll. Ich nehme mir vor, es ihr irgendwann zurückzugeben. Was nach dem Festival sein wird, darüber mache ich mir erst mal keine Gedanken. Ich werde die Reaktion meiner Eltern schon überleben.

Arbeiten macht mir im Moment mit Ziel und Vorfreude doppelt so viel Spaß. Trotzdem genieße ich auch jede freie Minute. An einem warmen Sonntagnachmittag ist nichts los im Restaurant. Mein Vater erlaubt mir, bis neun Uhr abends fort zu bleiben. Er droht mir mit Konsequenzen, wenn ich mich nicht daran halte. Ich verspreche also hoch und heilig, pünktlich wieder da zu sein. Obwohl es mir verboten ist, mache ich mich per Anhalter auf den Weg, um Martina ein paar Dörfer weiter in einer Disco zu treffen. Jochen hat ein paar Tage zuvor seine Ente zu Schrott gefahren und nun keine Lust, seinen zugekifften Hintern vom Sofa zu heben. In der Disco werden wir von drei Typen angesprochen, die ich vom Sehen her kenne. Sie wollen woanders hinfahren, wo mehr los sein soll und bieten uns an, uns mitzunehmen. Ich bin einverstanden unter der Bedingung, dass jemand von ihnen mich pünktlich nach Hause bringt. Martina fährt auch mit. Zunächst läuft alles wie vorgestellt. Wir fahren von Weywertz nach Malmedy und ziehen dort von einer Kneipe zur anderen, trinken Bier und haben Spaß. Als es Zeit wird, mich nach Hause zu bringen, muss ich meine ganze Überredungskunst einsetzen. Sie haben noch gar keine Lust aufzubrechen. Ich erzähle ihnen, was mir blühen wird, wenn ich nicht pünktlich bin, damit wir endlich losfahren. Wir sind noch nicht lange unterwegs, als sie aufdringlich werden und die Enge im Auto ausnutzen wollen. Kurz bevor wir in meinem Heimatdorf ankommen, biegt der Fahrer in einen Waldweg ab. Ich habe nur einen panischen Gedanken: Ich werde niemals pünktlich zu Hause sein! Martina und ich schauen uns hilfesuchend um, aber außer Bäumen ist weit und breit nichts zu sehen, wir sitzen in der Falle.

Der Ältere von den Dreien packt mich an den Haaren und sagt mir, ich solle ihm einen blasen. Gleichzeitig drückt er mich auf die Knie und öffnet mit der anderen Hand den Reißverschluss seiner Hose. Mit meinen fünfzehn Jahren habe ich keine Ahnung, was er eigentlich von mir will. Da er denkt, dass ich mich nur blöd stelle, zwingt er Martina, es mir bei einem seiner Freunde vorzumachen. Obwohl ich Angst habe, versuche ich, mich zu wehren. Als der Typ mir sagt, er habe Zeit bis morgen früh, gebe ich nach, denn vor meinem Vater habe ich noch mehr Angst.

32.

Als ich schließlich eine halbe Stunde zu spät zu Hause ankomme, steht mein Vater schon in der Haustüre und erwartet mich. Er muss wohl an meinem Gesicht gesehen haben, dass irgendetwas nicht mit mir stimmt, denn über die Verspätung verliert er kein Wort, sondern schickt mich sofort auf mein Zimmer. Nachdem ich mir hundert Mal den Mund ausgespült habe, der Ekel aber immer noch nicht fort ist, bin ich runter in unsere Bar und nehme mir eine Flasche Schnaps mit aufs Zimmer. Nach dem vierten oder fünften Glas wird aus dem Ekel Wut. Und nach einigen weiteren Gläsern fange ich an, mein Zimmer zu zerlegen. Als ich mich beruhige, ist mein Zimmer ein einziger Trümmerhaufen. Im Chaos und in den Scherben sitzend, denke ich einmal mehr über mein Leben nach, wie es für mich weitergehen soll. Ich sehe nur zwei Lösungen für mich: entweder für immer fortlaufen oder sterben. Vor dem Tod habe ich keine Angst, im Gegenteil, ich sehne mich oft danach. Nun überlege ich, wie ich es am besten anstellen kann. Meine Antwort auf die Frage ist einfach: Tabletten! Schon am nächsten Tag fange ich an, Tabletten zu sammeln, überall. Meine Eltern machen es mir hiermit wirklich leicht. Weil beide unter Schlafstörungen leiden, finde ich auch starke Schlaftabletten. Es dauert nicht lange, bis ich so an die fünfzig Stück zusammen habe. Ich verstecke sie in meinem Zimmer für den richtigen Moment. Zu meinem Trümmerhaufen sagen sie kein Wort.

33.

Mit Medikamenten und ihrer Wirkung habe ich durch meine Zahnschmerzen schon einige Erfahrungen gemacht. Ich bin mir sicher, dass der richtige Tag, die Pillen zu schlucken, bald da sein wird. Doch zuerst will ich zum Festival. Mein Rucksack ist schon seit Tagen fertig gepackt und in der hintersten Ecke meines Schrankes versteckt. Ich muss es nur noch schaffen, mich heimlich aus dem Staub zu machen. Um einen Vorsprung zu bekommen, erzähle ich meinen Eltern, dass ich bei meiner Oma übernachten möchte. Ich hoffe, dass sie so spät wie möglich nach mir suchen werden. Ich muss erst mit dem Bus in die nächste Stadt, wo Martina schon auf mich wartet. Gemeinsam fahren wir mit dem Zug bis zum

Festival. Als wir endlich auf dem weitläufigen Gelände ankommen, hat gerade die erste Band angefangen zu spielen. Von weitem hören wir schon den Sound von AC/DC und machen ein Wettrennen bis zum Eingang. Ausgelassen und außer Atem drücken wir uns bis nach vorne zur Bühne durch. Ein Joint macht die Runde und mein Kopf explodiert beinahe. Es ist der reinste Wahnsinn in dieser wogenden, schreienden Menschenmasse mitten drin zu sein. Die Jungs von AC/DC bringen eine super Show und ich bereue keinen Moment, dabei zu sein. Wie ich zum Zelt zurückgefunden habe, weiß ich am nächsten Morgen nicht mehr. The Police und White Snake stehen heute auf der Bühne und wir wollen natürlich wieder bis ganz nach vorne an die Boxen, um auch nichts zu verpassen. Um vom Camping zur Konzertwiese zu kommen, müssen wir einen langen Feldweg entlang laufen bis hin zur Ticketkontrolle. Ich habe mir meine schönsten Hippieklamotten angezogen und um den Kopf ein Stirnband gebunden und bin frohgelaunt, als mich Martina plötzlich am Arm fasst und auf meinen Vater, seinen besten Freund V und meinen Bruder zeigt, die am Eingang stehen, um mich abzufangen. In dem Moment trifft mein Blick auch schon auf den meines Vaters. Ich drehe mich um und will fortlaufen, aber schon nach wenigen Schritten spüre ich die kräftige Hand meines Vaters an meinem Arm. Er zieht mich zurück und ich habe keine Chance mehr, ihm davonzukommen. Am Rande nehme ich noch wahr, wie Papas Freund und mein Bruder sich gegen ein paar Typen wehren, die sich solidarisch mit mir in den Weg gestellt haben, um zu verhindern, dass ich fortgebracht werde.

34.

Ich weiß nicht, wer mich verraten hat, aber es spielt auch keine Rolle mehr. Ich habe solche Angst, nach Hause zu kommen und bin mir sicher, dass mir eine gehörige Abreibung droht. Während der ganzen Rückfahrt wird kein einziges Wort geredet und je näher wir unserem Zuhause kommen, desto größer wird meine Angst. Plötzlich fällt mir ein, dass ich noch gut vierzig Schlaftabletten in meiner Tasche habe, ich muss sie nur schlucken, ohne dass jemand etwas bemerkt. Ganz vorsichtig und leise krame ich in meiner Tasche, bis ich die Dose finde. Dann würge ich eine nach der anderen ohne Wasser hinunter, was gar nicht so einfach ist. Als wir zu Hause ankommen, kann ich schon nicht mehr geradeaus laufen und muss mich schwer zusammenreißen, damit keiner mir etwas anmerkt. Meine Mutter, die schon im Eingang auf uns wartet, mustert mich von oben bis unten mit einem Blick, der sagen will: Wie siehst du denn aus? Sie sagt aber nur, dass ich auf mein Zimmer gehen und ordentliche Sachen anziehen soll. Das bekomme ich noch vage mit, während ich mich darauf konzentriere, einen Schritt vor den anderen zu setzen. Umgezogen habe ich mich auch noch, das Resultat ist eine Katastrophe, ich habe keine Kontrolle mehr, ziehe einen karierten Rock und eine geblümte Bluse an, die ich auch noch falsch zuknöpfe. Das Letzte, woran ich mich noch erinnere, ist das entsetzte Gesicht meiner Mutter, die an der Treppe steht und auf mich wartet. Ab dann Filmriss.

Zwei Tage später komme ich im Schlafzimmer meiner Eltern zu mir. Sofort fällt mir alles wieder ein. Aber warum liege ich in ihrem Zimmer? Und wieso lebe ich noch? Ich beschließe aufzustehen, da kommt gerade meine Mutter ins Zimmer herein: „Na, bist du endlich wach? Dann kannst du in die Küche runterkommen und mithelfen.“ Keine Fragen, keine Erklärungen, keine Strafe, alles geht weiter, als wäre nichts geschehen. Später erfahre ich, dass wir einen Arzt mit seiner Familie als Gäste im Hotel hatten. Er hat mir Salzwasser eingeflößt, damit ich mich übergebe und meinen Eltern aufgetragen, ein Auge auf mich zu haben. Und so endet mein erstes Festivalabenteuer. Und auch das Leben geht weiter.

35.

Ein paar Tage später kommt Martina vorbei, um mir meine Sachen zu bringen, die im Campingzelt zurückgeblieben waren. Natürlich fehlt die Hälfte meiner Klamotten, aber ich bin trotzdem froh, ein paar Sachen zurück zu haben. Da ich nicht vorgehabt habe, nach dem Festival wieder nach Hause zu gehen, sind alle meine Lieblingsklamotten dabei gewesen. Außerdem fällt mir auf, dass der Shit und noch ein paar andere Sachen aus meinem Rucksack fehlen, aber Martina kann mir darüber natürlich nichts sagen. Sie verschweigt auch, dass sie in meinem Tagebuch gelesen hat. Da drin habe ich meine ersten Liebesgedichte geschrieben und dazu auch die Namen der Jungs genannt, die ich toll finde. Sie macht sich jetzt überall lustig über mich und hat auch den Jungs davon erzählt. Ich stehe jetzt total bescheuert da, ohne Freundin, ohne echte Freunde.

Mein Alltag hat mich wieder: Aufstehen morgens um halb acht, dann Gäste bedienen, spülen, Zimmer machen, wieder Gäste bedienen, in der Küche helfen, putzen und so weiter bis ich mit schmerzenden Füßen und hundemüde spätabends ins Bett falle. Die Lehrlingsausbildung fängt erst im September an und so habe ich mittwochs noch meinen freien Tag. Dann treffe ich mich am liebsten mit ein paar Kumpels am See. Ich brauche eine halbe Stunde zu Fuß, bis ich am See bin. Den Weg dahin verbringe ich mit Träumereien und spinne mir die unmöglichsten Dinge zusammen: Ein Rockstar kommt vorbei, verliebt sich auf den ersten Blick in mich und entführt mich in seine Welt. Oder ich gewinne im Lotto, muss nie mehr arbeiten und mir keine Befehle von meinen Eltern anhören. Wenn ich denn Lotto spielen würde. Und so komme ich träumend am See an.

Bei schönem Wetter treffen wir uns immer etwas abseits von den Touristen in einer kleinen Bucht, wo wir ungestört sind und die Erwachsenen nicht sehen, wenn wir Bier trinken oder Joints rauchen. Meinen Shit besorge ich mir mittlerweile über diese Bekannte oder über ein paar zwielichtige Gestalten, die man in Malmedy in einem Café kontaktieren kann. Wir sind zehn bis fünfzehn Jungs und Mädchen. Junge Leute, die gerne etwas Verbotenes tun, finden sich eben immer. Norbert, ein zirka dreißigjähriger Bad Boy aus einem Nachbardorf, ist auch manchmal dabei. Er imponiert uns anderen mit seinem feuerroten Porsche. Er trägt einen Vollbart und langes, braunes Haar, das ihm bis auf die Schultern fällt. Er wohnt alleine in einem alten Bauernhaus und kann tun und lassen, was er will. Manchmal überrede ich ihn, mich mit zu sich nach Hause zu nehmen, um bei ihm Musik zu hören oder zu reden. Meine Eltern dürfen davon natürlich nichts wissen, denn sein Ruf ist wirklich nicht der beste und wenn er mich nach Hause fährt, muss er mich immer ein Stück weit vom Hotel aussteigen lassen. Aber so ein roter Porsche fällt natürlich auf und irgendjemand redet immer. Also erfahren meine Eltern auch von Norbert.

36.

Das Ende der Sommerferien ist für mich der Anfang der richtigen Lehrlingsausbildung im Hotel meines Vaters. Ich muss jetzt jeden Mittwoch zur Berufsschule, ansonsten ändert sich für mich nichts. Zur Berufsschule gehe ich nur, weil ich muss. Die Lehrer und Mitschüler öden mich an, ich schaue hunderte Male auf die Uhr und kann es nicht erwarten, von da zu verschwinden. Manchmal drehe ich mich morgens vor dem Schulgebäude wieder um und vertrödele meine Zeit in der Stadt Eupen. Da ist zwar auch nichts los, aber das ist immer noch besser als in der Schule zu sitzen. Es interessiert sowieso niemanden. Im Hotel gebe ich mir Mühe, alles richtig zu machen, aber es ist schwer, meinem Vater auch nur annähernd alles recht zu machen. Mit irgendetwas geraten wir ständig aneinander. Er brüllt sehr oft auf mich ein, ich ducke mich, lasse alles an mir abprallen, denn ich habe mir geschworen, nie mehr zu weinen, nie mehr zu zeigen, wie verletzt ich bin und wie es tief in mir drinnen aussieht. Oft höre ich meine Mutter sagen: „Mach mal ein anderes Gesicht! Du siehst unfreundlich aus, so kannst du dich den Gästen nicht zeigen.“ Aber was soll ich machen, wenn tief in mir alles schwarz und traurig ist, wenn ich nur noch vor Wut schreien könnte, wenn ich alles um mich herum hasse und mich selbst am meisten.

Diese Traurigkeit und Schwere kann ich am leichtesten vergessen, wenn ich in den Armen eines Jungen liege. Es geht mir nicht um den Sex, der bringt mir, so wie ich ihn bisher kennengelernt habe, gar nichts. Es geht mir um menschliche Wärme und Aufmerksamkeit. Und ich mag das Gefühl, schön und begehrenswert zu sein. Ich weiß, ich bin keine Schönheit, die Jungs sind nur mit mir zusammen, weil sie ein leichtes Spiel mit mir haben, aber ich will mir darüber nicht den Kopf zerbrechen und verdränge die Wahrheit. Alles ist so oberflächlich und unbedeutend, dass allein der Gedanke, ich könne jemandem wichtig sein, lächerlich klingt. Wie es mir geht oder was ich fühle, danach hat mich nie auch nur irgendjemand gefragt. Die Menschen um mich herum sehen zwar, wie unglücklich ich bin, aber es fragt niemand nach. Nein, ganz so stimmt das nicht, denn meiner Oma und meiner kleinen Schwester bin ich wichtig. Umgekehrt stimmt das auch, denn auch wenn Iris manchmal eine kleine Pest sein kann und wir uns auch regelmäßig streiten, bedeutet sie mir sehr viel.

Und meine Oma ist sowieso mein Vorbild. Diese kleine Frau hat mehr Mumm in den Knochen als so mancher Kerl. Sie hat beide Ehemänner verloren, fünf Kinder geboren, eins stirbt an Masern und die anderen vier hat sie alleine groß ziehen müssen. Um ihre Familie ernähren zu können, arbeitete sie so lange als Näherin, bis sie sich das Schuhgeschäft leisten konnte. Sie ist eine starke, ihrer Zeit weit voraus denkende Geschäftsfrau, die ihre Familie mit viel Kraft durch schwere Zeiten geführt hat. Sie war ihren Kindern eine strenge Mutter, aber für uns Enkel hatte sie ein Herz aus Gold. Ja, meine Oma ist eine tolle Frau. Ich schäme mich sehr dafür, dass ich sie belogen und bestohlen habe.

Bitte verzeihe mir, Oma!

37.

Da ich in der Berufsschule bereits nach wenigen Wochen immer seltener zu Gast bin, genieße ich die Ausflüge mit dem Bus nach Eupen immer mehr und lerne neue Leute kennen. Sein Name wird mir nicht im Gedächtnis bleiben, aber es bleibt die Erinnerung an Geschichten von Amsterdam ... Während wir mein mitgebrachtes Hasch rauchen, erzählt er mir von Amsterdam. Er beschreibt mir, wie toll es da ist, weil man überall Haschisch und andere Drogen kaufen kann. Seine Geschichten finde ich toll. Ist es das, was ich suche? In meinem Kopf tanzen seit meinem ersten Ausflug nach Paris immer noch Bilder von einer Gruppe glücklicher, junger Leuten, die zusammen leben, sich lieben, Musik machen und die einfach ihr Leben genießen. Das ist, was ich will. Ich will unbedingt das Gefühl haben, dazuzugehören. Eines Nachts, ich bin mal wieder heimlich aus dem Haus gestiegen, sehe ich eine Sternschnuppe am Himmel und wünsche mir ganz feste, so etwas zu finden. Ich bete sogar zu Gott: Bitte, bitte, mach, dass mein Wunsch in Erfüllung geht. Aber Gott hatte wohl andere Pläne mit mir.

Von meinem ersten Lehrlingsgeld kaufe ich mir eine Gitarre. Obwohl ich sie weder stimmen, noch einen Akkord darauf spielen kann, schleppe ich sie überall mit mir herum. Ich versuche auch, Liedtexte zu schreiben, aber darin liegt wohl auch nicht meine Begabung. Ich gebe schnell auf, und so bleibe ich nur vor dem Spiegel und in meinen Träumen ein Rockstar. Ich will unbedingt so sein wie Nina Hagen oder Patti Smith. In jeder freien Minute stehe ich mit einer Haarbürste als Mikro vor dem Spiegel und stelle mir vor, wie tausende Menschen mir zujubeln, Autogramme von mir wollen und mich toll finden. Spätestens in dem Moment, in dem die Stimme meiner Mutter mich lautstark ermahnt, die Musik leiser zu machen, weil ich die Gäste störe, komme ich auf den Boden der Tatsachen zurück.

38.

Weil man in kleinen Dörfern nun mal aufgeschmissen ist, wenn man kein Fahrzeug hat, muss ich, wenn ich nicht trampen will, immer nach einer Mitfahrgelegenheit suchen. Den Bus zu nehmen, habe ich keine Lust. Erstens kommt der nur dreimal am Tag durch unser Dorf, und zweitens braucht er mir mit seinen ganzen Zwischenstopps zu lange. Also frage ich lieber links und rechts. Als ich eines Tages Herbert frage, ob er nicht Lust hat, mich mit seinem neuen Motorrad zum See zu fahren, sagt er sofort ja. Herbert ist nicht aus unserem Dorf. Ich habe ihn erst vor kurzem auf einem Ball kennengelernt. Wir haben ein bisschen rumgeknutscht, mehr war nicht. Wir machen ab, dass er mich eine Stunde später am Hotel abholen kommt. Herbert sitzt mit seinen Freunden zusammen im Café nebenan und möchte noch ein bisschen dort bleiben. Ich bin in meinem Zimmer und warte auf ihn. Plötzlich höre ich einen lauten Streit vor der Tür und laufe ans Fenster. Dort sehe ich noch, wie Herbert ohne nach links und rechts zu schauen mit einem Höllentempo die Straße runterfährt. Was soll da passiert sein? Ein paar Stunden später kommt unser Lehrjunge in mein Zimmer gestürmt und sagt mir: „Astrid, Herbert hatte einen tödlichen Unfall und alle sind am Unfallort und suchen nach dir. Die denken, dass du dabei warst, weil du ja mit ihm verabredet warst!“ Alles, was mir dazu einfällt ist: „Scheiße, Scheiße das kann doch nicht wahr sein!“ Er ist, war erst neunzehn Jahre alt und ich hätte eigentlich dabei sein sollen. Weil meine Eltern an diesem Tag bei Freunden zu Besuch sind, erfahren sie erst am nächsten Tag davon. Und alles was mein Vater dazu sagt ist: „Du bist schuld, dass er tot ist!“

Dieser Satz lässt mich innerlich erfrieren. Mein Magen zieht sich zusammen, das Herz rast und ich bekomme kein Wort heraus. Anders kann ich den Sturm in mir nicht beschreiben. Ich verstehe nicht, wie er so etwas sagen kann, wage aber nicht, mich zu verteidigen und halte so wie immer meinen Mund. Später habe ich herausbekommen, dass Herbert sich tatsächlich mit seinem Kumpel wegen mir gestritten hat. Ich kann mir vorstellen, dass sein Kumpel schlecht über mich geredet hat und die beiden dann einen Streit hatten, der damit endete das Herbert voll Wut mit seinem Motorrad fortgefahren ist und dann die Kontrolle über sein Motorrad in einer Kurve verloren hat. In Weywertz auf dem Begräbnis sehe ich seine Familie zum ersten Mal. Er hat einen Zwillingsbruder. Ich halte mich bewusst zurück, habe Angst, dass die Familie mir auch Vorwürfe machen könnte, aber meine Sorge ist umsonst, niemand spricht mich an, und ich kann auch keine Blicke bemerken, die mir gelten und in die ich etwas hinein interpretieren könnte. Außer von meinem Vater habe ich keinen Vorwurf gehört. Ich wollte nie, dass so etwas passiert. Wenn es stimmt, was mein Vater gesagt hat, tut es mir sehr leid.

39.

Ich gehe jetzt nicht mehr so oft raus und verschanze mich lieber mit einem Buch in meinem Zimmer. Ich habe das Lesen schon zu lange vernachlässigt und freue mich jetzt, meine Freunde, die Bücher, wiederzuentdecken. Ich lese zurzeit *Der Herr der Ringe* und kann gar nicht mehr aufhören. Ich träume mich in die Geschichte hinein und kann auch so der Realität entfliehen. Und so ziehen der Herbst und das Jahresende an mir vorbei.

Im Januar wird üblicherweise das Hotel für drei Wochen geschlossen. Ich soll in der Zeit mit meiner Mutter nach Marokko fliegen und kann es gar nicht glauben. Womit habe ich das denn verdient? Zwei Wochen Agadir, Sonne, Strand und nichts tun! Ich freue mich riesig darauf und kann es gar nicht erwarten, bis es endlich losgeht. Mein Vater bleibt zu Hause und hält die Stellung. Vom kalten Belgien ins warme Marokko, den Moment, in dem ich aus dem Flugzeug steige, werde ich nie vergessen. Kaum öffnen sich die Türen vom Flugzeug, kommt uns eine duftend warme Luftbrise entgegen. Es riecht nach Orangen und Gewürzen, die Sonne scheint uns ins Gesicht und die Einheimischen lachen uns fröhlich zu. Mit dem Bus werden wir zu unserem Club gebracht. Es ist wie im Paradies, das Meer liegt direkt vor der Tür, Orangenbäume und Blumen blühen, soweit das Auge reicht. Meine Mutter lässt mich zudem die meiste Zeit in Ruhe, sie liegt den ganzen Tag am Pool und ich muss nur zu den Mahlzeiten da sein. Wir machen ein paar Ausflüge zusammen und schauen uns die Stadt mit ihrem Basar an. Ich habe ein paar Leute kennengelernt, mit denen ich am Strand Kiff rauchen und rumhängen kann. Es ist eine so schöne Zeit für mich, warum kann es nicht immer so sein? Als es wieder an der Zeit ist zurückzufliegen, muss ich tatsächlich heulen. Ich möchte so gerne noch länger bleiben, aber ich muss wieder in die Kälte nach Belgien zurück. Auch hier denke ich: Irgendwann komme ich wieder, da bin ich mir sicher.

40.

Der Unterschied zwischen Urlaub und Alltag ist zu krass. Jetzt weiß ich wieder ganz genau, dass ich so nicht weiter leben will. Und deshalb mein Beschluss: Ich haue wieder ab! Und dieses Mal mache ich es richtig. Ich halte es zu Hause nicht mehr aus. Kaum sind wir aus dem Urlaub zurück, habe ich schon wieder einen Riesenkrach mit meinen Eltern. Es ist so schlimm, dass ich sogar den Ring, den mein Vater mir in Paris geschenkt hat, weggeschmissen habe. Wenn sie nur mit mir reden und nicht immer sofort zuschlagen und schreien würden! Aber reden beschränkt sich bei uns auf Befehle wie „Mach das oder mach jenes“, „Nein, das darfst du nicht!“ oder „Halte deinen Mund, davon hast du keine Ahnung!“

Ich habe niemals erlebt, dass meine Eltern sich über private Dinge vor unseren Ohren unterhalten hätten. Haben sie sich je in den Arm genommen oder geküsst? Ich weiß es nicht. Ich sehe nur, wie sich ständig alles nur um das Hotel und die Gäste dreht. Ich muss hier raus. Ich will hier raus. Und ich will nach Amsterdam. Angst, dass mir in Amsterdam etwas passieren könnte, verspüre ich nicht, denn alles scheint mir besser, als das Leben, das ich hier habe. Ich will nur noch fort.

Es ist ein kalter Mittwochmorgen, den ich mir aussuche um zu verschwinden. Eigentlich soll ich zur Berufsschule, und weil der Unterricht bis abends geht, wird mich bis dahin niemand vermissen. So bekomme ich einen guten Vorsprung. Ich nehme nur das Nötigste an Klamotten mit und habe so an die fünftausend Franken dabei (zirka 125 €). Um Geld zu sparen, trampe ich und bin gegen Mittag in Maastricht, wo ich bis zum Abend bleiben will. Weil ich Maastricht aber schnell langweilig finde, trampe ich noch weiter bis nach Heerlen. Da will ich versuchen, einen Schlafplatz zu finden. Mittlerweile ist es ziemlich kalt geworden, ich merke, ich habe nicht genug warme Sachen eingeapckt, um draußen zu übernachten. Ich denke an meine Eltern. Sie müssen unterdessen bemerkt haben, dass etwas nicht stimmt. Es ist zehn Uhr abends und ich müsste jetzt längst wieder zu Hause sein. In Heerlen angekommen gehe erst mal in einen Coffeeshop. Mir ist kalt und ich bin hundemüde. Draußen regnet es. Wenn ich hier niemanden finde, bei dem ich übernachten kann, dann habe ich ein Problem.

41.

Glücklicherweise ist der Coffeeshop gut besucht und meine Hoffnung, einen Schlafplatz zu finden, steigt. Nach einem ersten Joint komme ich mit einem Typen an der Theke ins Gespräch und erzähle ihm, dass ich für die Nacht einen Platz zum Schlafen suche. Natürlich sage ich nicht, dass ich erst fünfzehn und von zu Hause fortgelaufen bin.

Mein Name ist Marie, ich bin achtzehn Jahre alt, komme aus Deutschland und meine Eltern haben mich rausgeschmissen, so die Story, die ich ihm erzähle. Ob er nicht wüsste, wo ich übernachten kann, frage ich. Er zeigt auf einen Typen etwas weiter an der Theke und stellt mich ihm vor. Jan ist der Hausdealer vom Coffeeshop und hat gleich Feierabend. Wenn ich warte, bis er fertig ist, kann ich mit zu ihm. Als der Coffeeshop nach einer weiteren Stunde schließt, gehen wir gemeinsam zu seiner Wohnung. Die liegt nur ein paar Straßen weiter, allerdings muss ich erst einmal kotzen. Ich habe wohl ein bisschen zu viel gekifft und mir fällt ein, dass ich den ganzen Tag noch nichts gegessen habe. Unterwegs erzählt mir Jan, dass er noch mit anderen Drogen dealt. Wenn ich Interesse hätte, er habe alles was high macht in seiner Wohnung. Bei ihm zu Hause angekommen baut er erst mal eine Wasserpfeife. Nach einem einzigen Zug bin ich so hinüber, dass ich im Sitzen einschlafe. Am nächsten Morgen werde ich um zehn Uhr aus dem Schlaf gerissen, weil jemand an der Haustür klingelt. Ich habe die ganze Nacht im Sitzen geschlafen. Jetzt tut mir jeder Muskel weh. Außerdem habe ich immer noch nichts gegessen. Jan kommt ins Zimmer geschlurft, nuschelt irgendetwas, dass sich wie „Scheisse godverdumme ich hauenana verdamme youw blabla" anhört. Daraufhin entscheide ich, noch ein bisschen abzuwarten, bevor ich ihn frage, ob er etwas Essbares im Haus hat. Der Kerl an der Tür ist sein erster Kunde. Der will Trips kaufen. Jan verschwindet in die Küche und kommt nach ein paar Sekunden mit der gewünschten Ware zurück, um sie dem Kerl zu geben. Der Kerl hat es sich mittlerweile neben mir auf dem Sofa bequem gemacht und dreht sich seelenruhig einen Joint.

42.

Nachdem ich mich getraut habe, Jan nach etwas Essbarem zu fragen, fühle ich mich schon ein wenig besser und denke zum ersten Mal wieder an zu Hause: Was da jetzt wohl los ist, ob sie nach mir suchen? Für mich gibt es jetzt kein Zurück mehr, ich zieh das durch.

Bei Jan kommt ein Kunde nach dem andern angetanzt. Er scheint wirklich jede nur mögliche Droge zu verkaufen. Auf seinem Kühlschrank steht ein Empfänger-Gerät, das den Polizeifunk abhört. Er ist ziemlich paranoid, schaut ständig aus dem Fenster. Das macht wiederum mich reichlich nervös.

Nachmittags wird es etwas ruhiger und er fragt mich, ob ich schon mal einen Trip genommen habe? Ich sage nein, würde aber gerne mal probieren. Er gibt mir ein Stückchen Papier ungefähr so groß wie mein Fingernagel. Das LSD soll ich einfach runter schlucken. Nach zirka einer halben Stunde merke ich, wie die Wände sich auf mich zubewegen. Mir wird ganz komisch. Schatten tanzen um mich herum. Jan redet mit mir, aber ich verstehe kein Wort von dem, was er sagt. Ich selber bekomme keinen Ton mehr raus, alles um mich herum sieht grell und unwirklich aus. Ich habe ein Gefühl, als ob tausende Ameisen über meinen Körper krabbeln, ich traue mich nicht mehr, mich zu bewegen, aus Angst ich könnte umfallen, ich bin ein Pendel im Wind. Plötzlich muss ich anfangen zu lachen, kann gar nicht mehr aufhören. Mein Lachen hört sich für mich selbst so an, als käme es aus einem Lautsprecher. Was passiert mit mir, bleibe ich jetzt immer so?

Ich verliere jedes Zeitgefühl, bekomme Angst und will hier raus, aber Jan lässt mich nicht. Er sagt, dass es zu gefährlich für mich ist. Ganz langsam komme ich wieder runter. Wow, ganz schön verrückt so ein Trip! Und ich bin froh, dass es vorbei ist.

43.

Ich bin jetzt seit drei Tagen bei Jan und davon die meiste Zeit zugekifft bis oben hin. Er fragt mich, was ich denn noch so vorhabe, ich glaube er will mich loswerden.

Am vierten Tag geht plötzlich alles ganz schnell. Nachdem ich geduscht habe, steht Jan im Zimmer, drückt mir einfach meine Sachen in die Hände und sagt, ich müsse sofort gehen. Er will mich noch zum Bahnhof bringen, ich hatte ihm erzählt, dass ich eigentlich nach Amsterdam will. Am Bahnhof bezahlt er sogar noch meinen Fahrschein und wartet mit mir, bis der Zug mit mir an Bord abfährt. Ich denke noch, dass cs nctt von ihm war, mcin Tickct zu bczahlcn und freue mich, das Geld gespart zu haben. Ich habe ein Abteil für mich alleine und freue mich auf Amsterdam. Aus Langeweile fange ich an, meine Tasche auszuräumen und will mein Geld zählen, ich öffne meine Brieftasche und sehe schon auf den ersten Blick, dass mein ganzes Geld fort ist, nur ein paar Münzen sind mir noch geblieben. Jetzt verstehe ich auch die ganze Hektik: Er muss wohl meine Tasche durchsucht haben während ich unter der Dusche stand. Dabei hat er meinen Ausweis gefunden und gemerkt, dass ich nicht die Wahrheit über mich und mein Alter gesagt habe. Ich kann ja verstehen, dass er sauer ist, aber er hätte mir schon ein bisschen Geld lassen können. Was mache ich denn jetzt, es reicht nicht mal mehr, um mir etwas zu Essen zu kaufen.

Um vier Uhr nachmittags fährt der Zug im Amsterdamer Bahnhof ein, mein Magen knurrt, ich bin müde und habe keine Ahnung, wie es jetzt weitergehen soll. Ich war noch nie alleine in so einem großen Bahnhof, geschweige denn in so einer großen Stadt. Ich schlendere erst mal Richtung Zentrum, um mir einen Eindruck zu verschaffen. Ich weiß gar nicht, wohin ich gehen oder schauen soll, es ist alles so fremd. Zum ersten Mal bekomme ich Zweifel. Wenn ich nur etwas Geld hätte, könnte ich mich in ein Café setzen, um mal in Ruhe zu überlegen, was ich machen soll. Ich bin total verwirrt und fühle mich verloren. So hatte ich mir das nicht vorgestellt.

44.

Ich laufe jetzt schon seit Stunden im Kreis, meine Füße tun mir weh, meine Klamotten sind durchnässt und ich friere. Gegessen habe ich immer noch nichts. Als es dunkel wird, spricht mich ein Kerl an. Ob ich Probleme habe, fragt er, er habe mich schon ein paar Mal an dieser Stelle vorbeilaufen sehen. Mittlerweile bin ich so verzweifelt, dass ich sein Angebot, mit zu ihm zu gehen, annehme. Ich habe Glück! Er ist nett und macht mir sogar etwas zu essen. Nachdem ich einen Annäherungsversuch von ihm abwehren kann und ihn auf morgen vertröste, lässt er mich in Ruhe auf dem Sofa schlafen. Am Morgen, noch bevor er aufwacht, verschwinde ich aus seiner Wohnung und nehme noch Kleingeld mit, das ich auf dem Küchentisch finde. Ich habe wieder neuen Mut gefasst.

Heute will ich mich in der Stadt umsehen und vielleicht Leute kennen lernen, die mir weiterhelfen können, mich hier zurechtzufinden. Die Stadt ist so groß, das ich mich verlaufe, und das Wetter macht auch schlechte Laune. Gegen Mittag spricht mich ein Straßen-Dealer an, ob ich an Drogen interessiert bin und zeigt mir ein Stück Haschisch. Ich sehe sofort, dass er mich linken will. Das, was er in der Hand hält, ist niemals Hasch. Daraufhin zeige ich ihm einen Vogel. Doch ich frage ihn einfach, ob er mir helfen kann, irgendwo unterzukommen, erzähle ihm dass ich auf der Straße lebe und niemanden hier kenne. Yes! Ich habe Glück, er kennt ein Crackhaus, so nennt man hier leer stehende Häuser. Er will mich abends mitnehmen. Ich glaube, er war ein bisschen beeindruckt, dass ich seine Masche durchschaut habe und mich nicht habe hereinlegen lassen. Dieses Mal erzähle ich keine Story über mich, und er gibt mir Tipps wie ich mich am besten hier verhalte, um der Polizei aus dem Weg zu gehen. Er weiß nämlich, dass die Polizei öfter Ausweiskontrollen macht, weil es hier in Amsterdam viele Ausreißer gibt.

45.

Wir fahren mit der Straßenbahn, natürlich ohne zu bezahlen, Richtung Crackhaus. Als wir zu Fuß in die Straße einbiegen, sehe ich von weitem einen Altbau aus rotem Backstein, dessen Fenster alle bunt bemalt oder einfach nur bekritzelt sind, damit niemand rein sehen kann. Mir ist sofort klar, zu welchem Haus wir gehen, die anderen Häuser in dieser Straße sehen alle gepflegt und sauber aus. Während wir auf das Haus zugehen, bleibt mein Blick an einem dieser Fenster hängen, in gelb und blau ist dort ein Zeichen gemalt, ein Kreis mit einer Schlangenlinie hindurch, es nimmt fast die ganze Scheibe ein. Später erfahre ich, dass es einen Namen und eine Bedeutung hat. Ohne das alles zu wissen, berührt das Yin-Yang-Zeichen meine Seele sofort.

Als wir durch die violette Tür ins Haus gehen, bekomme ich doch einen kleinen Schrecken. Die Räume sind leer, es liegen nur verdreckte Matratzen und Müll umher, es gibt weder Strom noch Wasser und es stinkt nach Pisse, Kotze und menschlichem Elend. Bein Reinkommen sehe ich, wie ein Typ sich gerade einen Schuss setzt. Seine Arme sind total zerstochen und voller Blut, er schaut nicht mal hoch zu uns, ich kann sein Gesicht nicht erkennen, weil es von langem, fettigem Haar verdeckt wird. Er flucht, weil er keine Ader findet. Wir sollen verschwinden. Matti, so heißt mein Retter, zieht mich mit in einen anderen Raum, wo es auch nicht besser aussieht. Es stinkt nur nicht so extrem wie in dem ersten Raum, und ich kann mich endlich mal hinsetzen. Matti zeigt in eine Ecke und sagt mir, dass ich da schlafen kann, dass derjenige der vorher da geschlafen hat, schon seit ein paar Tagen nicht mehr aufgetaucht ist, wahrscheinlich verhaftet, erklärt er.

Es ist bereits dunkel und wir haben nur eine Kerze. Ich muss aufs Klo und frage nach dem Weg, Matti der schon halb schläft, zeigt mit dem Finger in eine Ecke und sagt Eimer oder du gehst nach draußen hinter dem Haus. Ich wähle die zweite Variante und ertaste mir meinen Weg nach draußen, denn sehen kann ich nicht mehr viel. Hier kann man doch nicht leben, denke ich, aber für diese Nacht muss es reichen. Ich bin zu müde, um noch mal was anderes zu suchen. Die Kerze ist fast runter gebrannt, ich lege mich an den Rand der Matratze und versuche die Kälte zu ignorieren. Es ist so kalt, dass ich meinen Atem sehen kann. Irgendwann muss ich doch eingeschlafen sein, denn als ich wach werde, ist es schon hell draußen. Ohne es zu merken, habe ich mich in der Nacht in die Mitte der Matratze gerollt, mein Kopf hat neben einer alten Lache von Kotze gelegen. Igitt, wie das stinkt, hoffentlich habe ich nichts in den Haaren bekommen, das ist alles so ekelhaft hier. Matti ist auch schon wach und hält mir eine Flasche Bier entgegen. Ich trinke einen Schluck, um den bitteren Geschmack aus meinem Mund zu vertreiben, aber das macht es auch nicht besser, das Bier schmeckt total abgestanden, ich muss würgen, um mich nicht zu übergeben.

46.

Mittlerweile ist es so hell geworden, dass ich etwas mehr von meiner Umgebung erkennen kann. Überall an den Wänden sehe ich Graffitis und Geschmiere, der Putz bröckelt, neben mir auf dem Boden liegen gebrauchte Spritzen, vertrocknete Zitronen, und nur Gott alleine weiß, was sonst noch alles.

Matti will mir heute die Stadt zeigen, aber vorher müsse er noch etwas zu kiffen besorgen. Er lässt mich alleine in dieser Müllhalde zurück. Nachdem ich eine halbe Stunde die Schimmelflecken angestarrt habe, entschließe ich mich, den Hinterhof noch mal anzuschauen, denn nachts in der Dunkelheit habe ich etwas gesehen, was da meiner Meinung nach eigentlich nicht hingehört. Gleichzeitig will ich mich noch mal erleichtern. Nachdem ich mir den Weg durch Müll und Schrott gesucht habe, stehe ich tatsächlich vor einem alten Juden-Denkmal. Es passt so gar nicht in diesen runtergekommenen Hinterhof. Ob sich noch jemand daran erinnert, dass dieses Denkmal hier steht? Es macht mich traurig, es so runtergekommen zu sehen.

Auf dem Weg zurück ins Haus höre ich Stimmen und entschließe mich, ihnen nachzugehen. Matti ist wieder da und unterhält sich mit dem Typen, der sich gestern einen Schuss gesetzt hat. Er stellt uns vor und erzählt mir, dass Bert aus Deutschland kommt, schon seit drei Jahren hier lebt und mit Heroin dealt. Bert sieht genauso aus, wie man sich einen Junkie vorstellt: Er besteht nur noch aus Haut und Knochen, trägt blutverschmierte Klamotten und sein pickeliges Gesicht wird umrahmt von langem fettigem Haar. Ich frage mich, wann er sich zum letzten Mal gewaschen hat. Sein Körpergeruch lässt mich einen Schritt zurückgehen, und sein Blick ist auch nicht gerade freundlich. Ich weiß nicht, was ich sagen soll und setze mich erst mal zu Matti auf die Matratze. Die Unterhaltung der beiden verstehe ich nur zur Hälfte, denn sie reden auf Holländisch, aber ich kann heraushören, dass es sich dabei um Drogengeschäfte handelt. Ich verstehe auch, dass gleich ein Großdealer vorbeikommen wird, und sie nicht wissen ob sie mir vertrauen können.

47.

Als es an der Tür klopft, schickt Matti mich in den Nebenraum, aber schon ein paar Minuten später kommt er mich wieder holen und erklärt, dass der Dealer kein Problem damit hat, wenn ich bei dem Geschäft dabei bin. Der Großdealer sieht aus wie ein Pornostar, und obwohl es im Zimmer nicht sehr hell ist, trägt er eine Sonnenbrille, an seinem Hals hängen mindestens fünf Goldketten und seine Lederjacke ist am Kragen mit Fuchspelz besetzt. Nachdem Geld und Ware den Besitzer gewechselt haben, wendet der Typ sich an mich und fragt ob ich interessiert bin, für ihn zu arbeiten, ich könne viel Geld verdienen und bräuchte nicht mehr in so einem Loch wie diesem hier zu hausen. Ich will es mir überlegen, antworte ich ihm, er werde bei seinem nächsten Besuch eine Antwort von mir bekommen. Als der Kerl fort ist, sagt Matti mir, ich solle aufpassen, es seien schon viele Mädchen mit ihm mitgegangen, die nie mehr gesehen worden sind. Ich verstehe nicht, wie er das meint, was bitteschön soll denn an Arbeit gefährlich sein? Als er mir erklärt, dass es bei dieser Arbeit um Prostitution geht, komme ich mir ziemlich blödc vor. Dieser Typ wollte mich taxieren, das war der eigentliche Grund, warum er nichts dagegen hatte, mich bei dem Geschäft dabei zu haben. Jon hat seine Finger in allen möglichen Geschäften, klärt mich Matti weiter über den Banditen auf: Drogen, Prostitution, Waffen und Falschgeld, er schrecke vor nichts zurück, ich solle ihm lieber nicht in die Quere kommen. Das habe ich nicht vor, ich denke nicht mal daran, mich von irgendeinem dahergelaufenen Möchte-gern-Paten zu irgendetwas zwingen zu lassen. Ich werde schon noch eine bessere Schlafstelle finden, so schnell bin ich nicht zu entmutigen.

Bert ist dabei, die neue Ware zu prüfen und fragt mich, ob ich mir auch einen Schuss setzen möchte. Er bietet mir sogar eine seiner Spritzen an. Er kommt gar nicht auf die Idee, dass ich noch nie harte Drogen genommen haben könnte.

48.

Ich bin total aufgeregt und schaue genau zu, wie Bert alles für den Schuss vorbereitet. Auf einem verbogenen Suppenlöffel gibt er etwas braunes Pulver, das er aus der von Jon mitgebrachten Tüte nimmt. Mit der Spritze zieht er Wasser aus einer Plastikflasche auf, spritzt es über das Pulver und aus einem mir unerklärlichen Grund gibt er noch ein paar Tropfen Zitronensaft dazu. Er hält den Löffel mit der Mischung über eine Kerzenflamme, bis sich alles aufgelöst hat und nur noch eine bräunliche Flüssigkeit übrigbleibt. Zum Schluss zieht er alles wieder durch ein kleines Stück Watte in die Spritze. Als er den Ärmel seiner Jacke hochzieht, bleibt mir die Luft weg. Über den ganzen Arm verteilt sehe ich blutige Löcher, viele bereits vernarbt und viele noch ganz blutig frisch. Er bemerkt meinen Blick und erzählt, dass er vor drei Jahren angefangen hat, sich Heroin zu spritzen. Als er sich die Nadel in ein offenes Loch setzt, wird mir doch ein bisschen komisch. Nach ungefähr zehn Stechversuchen schafft er es endlich, eine Ader zu treffen, und mir ist die Lust auf einen Schuss fast vergangen. Aber nur fast. Nachdem Bert seine Spritze mit etwas Wasser aus einem schmutzigen Glas ausgespült hat, sinkt er mit einem Seufzer zurück auf die Matratze und meint noch: Guter Stoff!

Jetzt bin ich dran. Meine Hände zittern, als ich versuche es genauso zu machen wie Bert. Matti fragt, ob er mir dabei helfen soll, ich sage ja. Ich bin erleichtert, dass ich mir die Spritze nicht selber setzen muss, das wäre bestimmt peinlich geworden. Matti trifft sofort meine Ader und ich spüre kaum etwas von diesem ersten Nadelstich. Das Heroin fließt durch meine Blutbahnen. Kaum ist das Zeug in meinem Körper, wird mir ganz warm. Mein Magen zieht sich zusammen. Es ist so, als ob ich in eine andere Dimension gleite. Ich will mich gerade auf die Matratze zurückfallen lassen, da verkrampft sich mein Magen so sehr, dass ich alles, was an

Nahrung in ihm drin ist, heraus kotzen muss. Es scheint dazuzugehören, denn es stand schon ein Eimer bereit. Und wenn nicht, das hätte auch niemanden gejuckt. Wie ich schon in meiner ersten Nacht dort bemerkt habe, Kotze stört da schon lange keinen mehr. Das Kotzen hört gar nicht mehr auf. Bert und Matti schauen nur zu. Bert meint, das sei normal, wenn man nicht daran gewöhnt ist.

49.

Nachdem die Wirkung am Nachmittag etwas nachgelassen hat, gehen wir zusammen in die Stadt. Bert muss sein Zeug verkaufen. Kaum sind wir im Zentrum angekommen, laufen ihm schon die ersten Kunden entgegen, jeder will der erste sein. Fast alle sehen wie Zombies aus, nur die Frauen scheinen nicht ganz so kaputt zu sein. Matti und ich trennen uns von Bert und bummeln durch die Stadt. Matti erklärt mir, dass die meisten Mädchen hier auf den Strich gehen, um die Droge bezahlen zu können. Die Kerle dagegen, die nicht dealen oder sich sonst wie Geld beschaffen könnten, hätten es da schon schwerer, viele würden schnell im Knast oder auf dem Schwulenstrich landen.

Matti zeigt mir all die Plätze in der Stadt, die von jungen Leuten bevorzugt werden und verspricht mir, abends noch mit mir ins „Melk-Way“ zu gehen. Das Melk-Way ist eine umgebaute Fabrik, in der jetzt Konzerte, Theaterstücke oder andere Veranstaltungen gezeigt werden. Außerdem gibt es da

Stände an denen alle möglichen Sorten Haschisch sowie Schmuck und allerlei Krimskrams angeboten werden, und auf jeder Etage gibt es Imbissstände für den Haschhunger. Direkt gegenüber steht das vierte Polizei Revier. Man munkelt, dass das beschlagnahmte Haschisch seinen Weg vom Revier zum Melk-Way findet, und dass beide Seiten so ihren Profit machen. Allein der Eintritt kostet fünf Gulden und ich muss Matti leider sagen, dass ich kein Geld mehr habe. Kein Problem, meint er nur, ich zeige dir, wie man Touristen anschnorrt. Der Erlös soll geteilt werden. Nachdem ich Matti ein paar Minuten zugeschaut habe, traue ich mich selber zum ersten Mal einen älteren Mann anzusprechen. Der schaut mich nur verständnislos an, als käme ich von einem anderen Stern. Er versteht mich nicht und ich muss mich enttäuscht an die nächste Person wenden. Dieses Mal versuche ich es bei einer Frau. Ich bin überrascht: Ohne dass ich ihr irgendwas erzählen muss, legt sie mir ein zwei Gulden-Stück in die offene Hand. Nach einer viertel Stunde haben wir fast zwanzig Gulden zusammen, mehr als wir uns erhofft haben.

50.

Am Abend steht uns dann nur noch eine Hürde im Weg: die Türsteher des Melk-Ways. Die Kontrollen sind sehr streng. Besteht auch nur der geringste Verdacht, dass man etwas mit harten Drogen zu tun hat, kommt man nicht mal bis zur Kasse, geschweige denn in die heiligen Hallen. Ich setze mein unschuldigstes „ich-kann-kein-Wässerchen-trüben“-

Gesicht auf, und mache mich so klein wie möglich. Der Türsteher ist ein schwarzer Riese, hat aber ein freundliches Gesicht. Ich wähne mich schon an ihm vorbei, da nimmt sein Kennerblick mich genauer unter die Lupe. Er fragt nach meinem Alter. Achtzehn, kommt mit piepsiger Stimme aus meinem Mund. Ich hoffe, dass er nicht nach meinem Ausweis fragt. Ich habe Glück, tatsächlich winkt er mich mit einem verschwörerischen Grinsen durch. Matti ist schon drinnen und wartet vor einem Haschisch-Stand auf mich. Er fragt mich, ob ich Lust hätte, ein Konzert mit Herman Brood anzuhören, Nina Hagen solle angeblich als Special Guest eine Nummer mit ihm singen. Herman Brood ist in Holland ein Superstar. Die beiden drehen hier in Amsterdam einen Film zusammen. Es wird erzählt, dass die beiden ein Paar sind. Ich bin ein großer Fan von Nina und kenne fast alle ihre Songtexte auswendig. Natürlich will ich sie gerne sehen. Wir müssen uns den Weg an allen möglichen Verkaufsständen, Schaustellern, Zauberern und Freaks vorbeigekämpfen. Das Konzert hat schon lange angefangen. Wir müssen ganz hinten stehen und können die Bühne kaum sehen. Herman singt so schlecht, weil er stinkbesoffen ist und zu allem Übel hat Nina abgesagt. Mir reicht's, ich muss hier raus, es ist zu warm, zu viele verschiedene Gerüche, alles ist so eng hier, … und ich habe Hunger! Ich glaube, wenn ich nicht bald etwas esse, falle ich um. Dass hier überall diese Stände mit leckeren Sachen stehen, macht es auch nicht besser. Hier drinnen kann ich mir aber nichts kaufen, es ist viel zu teuer. Darum entscheide ich mich, wieder zu gehen. Nachdem ich mich von Matti verabschiedet habe, bin ich auf dem schnellsten Weg nach draußen und steuere schnurstracks auf die nächste Imbissbude zu.

51.

Nicht weit vom Melk Way gibt es einen Platz, hier treffen sich die ganzen Nachtschwärmer noch zu einem letzen Imbiss oder Bierchen. Die Holländer unter sich sind ein sehr geselliges Volk, aber zu Fremden sind sie sehr kühl und distanziert. Während ich auf meine Pommes warte, spricht mich ein Mann an. Längeres Haar als bei ihm habe ich vorher nie gesehen. Ich verstehe, dass er aus Prag kommt, Musiker ist und nur sehr schlecht Deutsch spricht. Wir verständigen uns mit Händen und Füßen, und etwas später nimmt er mich mit zu sich nach Hause. Hoffentlich hat er ein Bad oder eine Dusche, über ein sauberes Bett würde ich mich auch freuen. Unterwegs erzählt er mir, er sei ein politischer Flüchtling. Er teile sich seit drei Monaten mit zwei Freunden ein kleines Zimmer, die beiden seien aber im Moment bei Verwandten in Italien auf Besuch, weshalb er mich auch jetzt einfach so mitnehmen könne. Ich bin erstaunt über die aufgeräumte, saubere Wohnung, in die er mich einlässt. An den Wänden hängen bunte Tücher und es stehen überall Kerzen herum. Nachdem wir einen Tee getrunken haben, werde ich müde. Jetzt würde ich mich gerne auf eines der drei Betten breitmachen, aber mir dämmert langsam, dass André andere Pläne mit mir hat. Ich frage ihn, ob er etwas in den Tee getan hat. Daraufhin zeigt er mir ein Tütchen mit kleinen roten

Pillen, sagt „very good trip" und grinst bis über beide Ohren. Oh je, ich habe wirklich keine Lust, wieder so komisch drauf zu kommen wie beim ersten Mal und würde am liebsten aus der Wohnung verschwinden. André denkt natürlich nicht daran, mich einfach so meiner Wege gehen zu lassen und zieht mich zum Bett hin, wo er sofort anfängt, mir die Kleider vom Körper zu reißen. Ich versuche ihm zu sagen, dass er mich in Ruhe lassen soll, dass er mir weh tut, aber er scheint mich nicht zu hören oder zu verstehen. Mein Körper scheint schwer wie Blei zu sein, ich bekomme keine Luft mehr, als er sich mit seinem ganzen Gewicht auf mich fallen lässt. Ich versuche, ihn von mir herunter zu drücken, versuche mich zu wehren, aber das macht ihn nur noch wilder und ich weiß nicht mehr weiter.

52.

Als er – nach einer Ewigkeit wie mir scheint – von mir runter geht, denke ich, ich hätte das Schlimmste hinter mir, aber als er mich auf den Bauch dreht und mich in den Hintern fickt, möchte ich am liebsten sterben. Ich kann vor Schmerzen nicht mehr atmen und habe das Gefühl, das alles in mir zerreißt. Ich habe noch nie davon gehört, dass es Männer gibt, die darauf stehen, Frauen in den Hintern zu ficken. Ich hab zwar schon einiges erlebt und bin dennoch so unschuldig. Ich habe wirklich keine Ahnung, was es sonst noch so alles an Sexpraktiken gibt. Diese hier kennenzulernen, darauf hätte ich gerne verzichtet. Irgendwann merke ich, wie etwas Warmes meine Schenkel runter läuft und sehe wie mein Blut auf die Matratze tropft. Als es vorbei ist, gibt er mir einen Klaps auf den Hintern und deutet mit dem Finger auf das Badezimmer. Er selber streckt sich mit einem Joint auf dem Bett aus und grinst selbstzufrieden vor sich hin. Wut kocht in mir hoch. Am liebsten würde ich ihn in seine Visage schlagen. Als ich aus dem Bad komme, liegt er immer noch so da, wie ich ihn verlassen habe, sein schrumpeliger Schwanz ist mit meinem Blut verschmiert und hängt schlaff zur Seite. Ich schaue in sein Gesicht und sehe nichts mehr von dem netten Kerl, der mich angesprochen hat.

Was war das nur für ein Zeug, das er mir in den Tee getan hat? Ich fühle mich gar nicht gut, jede Bewegung schmerzt, mein Mund ist trocken und ich habe das Gefühl, als ob ich Scheiße gegessen hätte. Ich muss hier raus, bevor er wach wird, aber das ist nicht so einfach, denn er hat den Schlüssel von der Eingangstür gezogen. Mir fällt es schwer, logisch zu denken. In meinem Kopf spielt ein Blasorchester, und ich merke, wie ich auf die Tücher an der Wand stiere, anstatt nach dem Schlüssel zu suchen. Ich muss mich zusammenreißen und schaffe es endlich, mich fertig anzuziehen, aber den Schlüssel habe ich immer noch nicht gefunden. Als ich schon fast aufgeben will, sehe ich ihn auf dem Küchentisch in einer Obstschale liegen. Bevor ich gehe, durchsuche ich noch seine Hosentaschen nach Geld, aber außer der Tüte mit den Pillen ist da nichts drin. Ich werfe noch einen Blick zurück, und weil ich nichts finde, was ich gebrauchen kann, nehme ich nur die Pillen mit. Vielleicht kann ich sie ja verkaufen.

Einen Moment überlege ich, ob ich seine Wohnung in Brand stecken soll, ich habe solch einen Hass in mir. Stattdessen schließe ich nur die Tür von außen ab und nehme den Schlüssel mit, so dass er mir nicht so leicht folgen kann.

53.

Ich habe keine Ahnung, wo ich hier bin, für mich sieht alles ähnlich aus. Ich versuche den Weg, den wir gekommen sind, wieder zurückzufinden, habe aber schnell das Gefühl, mich im Kreis zu drehen. Als ich endlich auf eine Hauptstraße stoße, bin ich bis auf die Knochen durchgefroren, aber ich weiß immer noch nicht, wohin ich jetzt eigentlich soll. Ich habe den Namen der Straße vergessen, in die mich Matti gestern gebracht hat. Das Crackhaus wäre jetzt eine passable Alternative. Aber selbst wenn ich mich an den Straßennahmen erinnern könnte, sehe ich um vier Uhr morgens niemanden in den Straßen, den ich nach dem Weg fragen könnte.

Ein Taxi fährt an mir vorbei und ich weiß nicht, was über mich kommt, ich halte es einfach an. Mir ist das Juden-Denkmal eingefallen. Mit klappernden Zähnen versuche ich dem Fahrer zu erklären, wo ich hin möchte. Als er mir sagt, dass er die Straße mit dem Denkmal kennt, kann ich mein Glück kaum fassen. Jetzt bleibt nur noch der finanzielle Aspekt. Als der Tacho bei achtundzwanzig Gulden stehen bleibt, sind wir tatsächlich an der richtigen Adresse. Erst überlege ich, ob ich einfach fortlaufen soll, entscheide mich aber dann, erst mal reinzugehen und Matti oder Bert nach Geld zu fragen. Nachdem ich ein paar Mal an die Tür geklopft habe, macht Bert auf und schaut mich mit einem Blick an, der sagen will: Ich bringe gleich jemanden um. Ich erkläre ihm kurz die Situation und dass ich mir nicht mehr anders zu helfen wusste. Nachdem er den Taxifahrer bezahlt hat und wir drinnen auf der stinkenden Matratze sitzen, erzähle ich ihm die ganze Story und lasse nur ein paar Details aus, für die ich mich zu sehr schäme. Das Geld für das Taxi, sagt er, brauche ich ihm nicht zurückzugeben. Dann fragt er, ob ich einen Schuss Heroin haben will. Von dem ganzen Rumgemache ist mittlerweile auch Matti aufgewacht. Er setzt sich zu uns, Bert erzählt ihm was mit mir passiert ist. Matti schaut mich mitleidig an und meint, er habe genau das richtige Zeug für solch eine Situation dabei. Er holt ein Tütchen Koks aus seiner Hosentasche. Dabei fällt mir ein, dass ich noch die Pillen von dem Arschloch bei mir habe und zeige sie ihnen.

54.

Beim Zählen der Pillen meint Bert, es müsse sich um irgendein chemisches Zeug handeln. Er will sich morgen bei einem Bekannten erkundigen, weiß aber schon, dass man in jedem Fall mit dem Verkauf Geld machen kann. In der Tüte sind fast vierzig Stück davon. Ich hoffe, dass sich der miese Typ grün ärgert, weil sie fort sind. Nach dem Zählen, bereitet

Bert einen Cocktail aus Heroin und Koks vor. Ich soll den ersten Schuss bekommen und mich auf die Matratze legen, damit ich nicht umkippe. Die Nadel ist kaum in meinem Arm, da geht auch schon ein Feuerwerk durch meinen Körper. Der Schweiß bricht mir aus allen Poren aus und ich denke nur noch: „Wow, was ist das für ein geiles Gefühl!“ Ich kann nicht behaupten, in meinem jungen Leben mit den Beziehungen, die ich hatte, schon einmal einen Orgasmus gehabt zu haben, aber wenn es stimmt, was die Leute so erzählen, dann ist das hier, was ich gerade fühle, noch tausend mal besser. Ich werfe einen Blick auf Matti und Bert, sie sitzen in einer Ecke und sind jeder mit sich selber beschäftigt. Daraufhin lasse ich mich entspannt in eine unglaubliche Phantasiewelt gleiten. Ich kann nicht mehr unterscheiden, was real ist und was nicht, ich rede mit Menschen die nicht da sind, diskutiere mit Neil Young über Musik und Blumenerde …! Ja genau, Blumenerde! Ich erkläre ihm, warum man sie besser nicht essen sollte. Dann sehe ich, wie es in der Zimmerecke aus einer Wolke regnet und bekomme plötzlich Angst zu ertrinken.

Wenn ich meine Augen öffnen möchte, sind sie so schwer wie Blei. Ich will mir eine Zigarette anzünden, bekomme aber noch nicht mal meinen Arm bis zu den Lippen gehoben, ich drifte immer wieder fort. Speichel tropft aus meinem Mund auf meine Hose und hinterlässt einen ekelhaften Fleck. Ich schaffe es irgendwann die Zigarette anzuzünden, aber jedes Mal, wenn ich daran ziehen will, fällt sie mir auf den Boden, dabei brennt sie mir ein Loch in meine Bluse. Matti geht zu einem Bekannten, will das mit den Pillen herausfinden. Ich mache die Augen auf und er ist wieder da, ich habe kein Zeitgefühl mehr.

55.

Das Loch in meiner Bluse ist ärgerlich, konstatiere ich in einem Moment, wo mir nicht gerade alles egal ist. Es war eine meiner Lieblingsblusen, die ich so nicht mehr anziehen kann. Ich scherze mit Matti und Bert: „Warum habt ihr mir vorher nicht gesagt, dass ich nicht rauchen soll, wenn ich in andere Sphären schwebe?“

Wie viele Tage sind vergangen, seit der Nacht mit dem miesen Kerl, ich weiß es nicht … Die Pillen sind schuld. Sie waren finanziell gesehen ein Glücksfall. Matti hat sie für fünfhundert Gulden verkaufen können und ist dann mit Koks und Heroin zurückgekommen. Seitdem haben wir uns einen Schuss nach dem anderen gesetzt. Ansonsten ernähren wir uns von flüssigem Pudding und von Bier. Ich brauche keine Hilfe mehr, wenn ich mir einen Schuss setze, es ist gar nicht so schwer. Beim ersten Mal kostete es mich noch einige Überwindung, aber jetzt geht es wie von selbst.

Ich fange an zu stinken und kann Bert überreden, mit mir in ein öffentliches Badehaus zu gehen. Unterwegs kaufen wir Duschzeug und neue Unterwäsche. Von den fünfhundert Gulden bleiben uns nur noch siebzig übrig. Nach dem Duschen fühle ich mich wieder wie ein neuer Mensch, aber meine Klamotten stinken immer noch und ich will mir von dem restlichen Geld neue kaufen. Ich mache mich alleine auf den Weg, denn ich brauche ein bisschen Zeit für mich, Zeit um nachzudenken. In einem Hippie-Laden kaufe ich mir einen Rock und eine Bluse. Die Teile sind dunkelblau mit Fransen an Ärmel und Saum, der Rock geht mir bis zu den Knöcheln und an den Rändern sind Stickereien. Ich habe mich sofort in diese Kombi verliebt und ziehe sie noch im Laden an. Jetzt bleiben mir noch ein paar Gulden. Damit bezahle ich mir den ersten Döner meines Lebens. Seit ich von zu Hause fort bin, habe ich nichts Richtiges mehr gegessen. Allein der Geruch vor der Imbissbude lässt meinen Magen laut knurren, mir läuft das Wasser im Mund zusammen. Den ersten Bissen kann ich gar nicht richtig genießen, so schnell schlucke ich ihn runter, um dieses Hungergefühl zu bändigen. Aber dann nach einigen Bissen schmecke ich auch den Salat und das mit Knoblauchsoße durchtränkte Brot heraus und genieße das gegrillte Fleisch in vollen Zügen.

Als ich wieder auf Matti und Bert treffe, erzählen sie mir, dass sie ein besseres Haus gefunden haben, da soll es sogar Strom und Wasser geben. Wir machen uns sofort auf den Weg, denn es liegt nur ein paar hundert Meter von unserem Crackhaus entfernt.

56.

Nach ein paar Minuten sind wir am Ziel und stehen vor einem Altbau, in dem sogar noch alle Fensterscheiben intakt sind. Wir müssen in die dritte Etage hinauf. Beim Treppensteigen erzählt Matti mir, dass Van Gogh ganz in der Nähe gelebt hat und dass, wenn ich Lust dazu habe, er das Museum mit mir besuchen würde. Ich wundere mich immer mehr über Matti und frage mich nicht zum ersten Mal, was dieser Kerl hier verloren hat. Ich nehme mir vor, ihn bei nächster Gelegenheit nach seiner Geschichte zu fragen. Er sieht nicht schlecht aus, er ist fast ein Meter neunzig groß, hat blondes, schulterlanges Haar, einen winzigen Spitzbart am Kinn und blaue Augen. Bert, obwohl er langes bis zu den Hüften reichendes Haar hat, ist überhaupt nicht mein Typ, sein Gesicht ist rund, mit riesigen, abstehenden Ohren, seine Figur würde ich als XXS dürr beschreiben, und als wir endlich auf der dritten Etage ankommen, sieht sein Gesicht wie eine überreife Tomate aus.

Ich bin angenehm überrascht, denn es ist warm in dem Zimmer. In einer Ecke steht ein Waschbecken, im Raum verteilt gibt es zudem ein altes Sofa, eine Doppelmatratze und einen kleinen Tisch. Zwar fällt die Tapete von den Wänden, aber im Vergleich zu der Ruine, in der wir vorher gehaust haben, ist das hier der pure Luxus.

Auf dem Sofa sitzt ein großer, dünner Kerl mit kurzem, braunem Haar. Er ist ganz in schwarzes Leder gekleidet. „Frank“, stellt er sich vor. Er kommt aus der Schweiz und will hier mit Drogen das große Geld machen. Er selber nimmt nur ab und zu Kokain, sagt er. Wenn er genug hier in Amsterdam verdient hat, will er zurück in die Schweiz und dort eine Discothek eröffnen.

57.

In dieser Nacht schlafe ich ohne zu frieren und ohne die Angst, dass eine Ratte über mich stolpert. Ich muss mir zwar die Matratze mit Bert und Matti teilen, das ist etwas eng, aber ich bin so glücklich, hier zu sein, dass ich das gerne in Kauf nehme.

Um mir etwas Geld zu verdienen, helfe ich den beiden beim dealen. Entweder darf ich schmiere stehen oder ich spreche junge Touristen an und frage sie, ob sie Drogen suchen. Wenn ja, führe ich die Touristen zu den beiden hin, die etwas entfernt warten. Ich finde mich jetzt gut zurecht und lerne immer mehr Leute kennen, die meisten sind Ausreißer so wie ich. Wir alle haben eins gemeinsam: Wir sind alle auf der Suche nach etwas, das wir da, wo wir herkommen, nicht bekommen haben. Jeder hat seine eigene traurige Geschichte und irgendwie ziehen wir uns gegenseitig an. Amsterdam ist der Treffpunkt der Verstoßenen, der Einsamen und derer, die nichts mit ihrem Leben anzufangen wissen.

Ich bin jetzt so ungefähr drei oder vier Wochen hier, Matti und ich sind seit Kurzem ein Paar. Den ersten Schritt hat Matti eines Abends gemacht: Bert, er und ich liegen total mit Heroin zugedröhnt auf unserer Matratze, als ich Mattis Hand auf meiner Hüfte spüre. Bert liegt mit geschlossenen Augen und offenem Mund daneben, ob er schläft? Wahrscheinlich ist er weit weg und bekommt nichts von alldem mit. An diesem und auch an den nächsten Abenden passiert nicht mehr als Geknutsche und Gefummel. Wir schlafen immer ein, bevor mehr passieren kann. Es ist auch so, dass wir immer mit den Klammotten auf der Matratze liegen, weil Decken Mangelware sind. Ich glaube, dass Bert eifersüchtig ist. Gestern hat er Matti ohne Grund eine gescheuert und ist dann fluchend aus dem Zimmer gestürmt. Seitdem haben wir ihn nicht mehr gesehen, wahrscheinlich ist er wieder in das andere Haus zurück. Na ja, jetzt haben wir etwas mehr Platz auf der Matratze.

Als Frank für ein paar Tage in die Schweiz fährt, haben wir das Zimmer zum ersten Mal für uns alleine. Bisher haben wir immer nur rumgeknutscht. Jetzt wollen wir von unserer Zweisamkeit profitieren. Nein, ich bin immer noch nicht wild auf Sex, aber ich will diesen Mann in mir spüren und das letzte Stück Intimität, das man von sich selbst preisgibt, wenn man miteinander schläft, teilen. Aber als es so weit sein soll, bekommt Matti keinen hoch. Ich weiß nicht, wem es peinlicher ist, ihm oder mir. Er sagt, dass das von den Drogen kommt und dass alle Männer, die Drogen nehmen, dieses Problem haben. Weil ich mich nicht geschlagen geben will, versuchen wir es noch drei oder vier Mal in dieser Nacht, um dann irgendwann total frustriert nebeneinander einzuschlafen. Ich habe mich noch gefragt, ob es nicht doch an mir liegt.

58.

Die Tage in Amsterdam gleichen sich immer mehr. Wenn ich nicht am Leitse-Plein um Geld bettele, helfe ich Matti beim dealen. Wenn wir genug Geld für einen Schuss zusammen haben, verschwinden wir in unser kleines Zimmer, hängen dann mit zugedröhnter Birne rum, bis die Wirkung nachlässt und wir wieder auf die Straße müssen, um neues Geld zu besorgen. Das Wetter ist auch nur mies und kalt, die meiste Zeit regnet es. Ich habe mir das alles ganz anders vorgestellt. Morgens wenn ich aufwache, wünsche ich mir fast, ich wäre wieder zu Hause. Um mir eine Freude zu machen, geht Matti mit mir ins Paradiso.

Das Paradiso ist eine umgebaute Kirche, in der jetzt Konzerte und andere Events stattfinden. Am späten Abend soll da eine holländische Punk Band auftreten. Matti steht auf Punk, ich eher weniger, aber neugierig bin ich trotzdem. Der Eintritt kostet nicht viel. Nach dem Konzert schwöre ich mir, nie wieder auf ein Punk Konzert zu gehen. Ein Punk alleine geht ja noch, zwei auch, aber eine ganze Horde von ihnen ist nur schwer zu ertragen. Von der Musik kann man nichts hören, weil schon nach dem ersten Song die Hälfte der Verstärker zerstört worden ist. Nachdem mir auch noch einer auf die Schuhe kotzt und ich von allen Seiten angerempelt werde, bin ich wieder raus, um meine blauen Flecken zu zählen. Das ist definitiv nichts für mich.

Den Rückweg müssen wir zu Fuß machen, weil um diese Zeit keine Straßenbahn mehr fährt. Wir sind noch nicht weit gekommen, als wir in eine Polizeikontrolle geraten. So, denke ich, jetzt ist es vorbei, sie haben mich und werden mich wieder nach Hause schicken. Der Polizeibeamte fragt nach meinem Ausweis und gibt ihn mir nach einem kurzen Blick darauf ohne ein weiteres Wort wieder zurück. Nachdem auch Matti die Kontrolle problemlos übersteht, dürfen wir gehen. Ich kann es nicht glauben! Haben die wirklich nicht gesehen, dass ich erst fünfzehn bin?! Matti meint, dass die keine Lust haben, sich wegen einer Ausreißerin Arbeit zu machen, die würden so viele von meiner Sorte sehen, dass es ihnen egal geworden ist, was mit uns passiert.

59.

Tief in meiner Seele bin ich enttäuscht, dass sie mich nicht mitgenommen haben. Ich frage mich zum wiederholten Male, ob mich jemand vermisst und ob jemand nach mir sucht. Nein, wohl nicht, sonst hätte die Polizei mich doch nicht wieder laufen lassen ... Es verletzt mich mehr, als ich mir selber eingestehen will. Andererseits rede ich mir ein, dass ich alleine besser zurechtkomme. Meine Schwester hat bald Geburtstag, was sie wohl gerade macht? Und meine Oma, hoffentlich geht es ihr gut? Sie ist nicht mehr die Jüngste. Meine Eltern haben sowieso nur ihr blödes Hotel im Kopf, die denken bestimmt nicht an mich, die sind ohne mich alle besser dran, ich habe doch nur Ärger gemacht …

Als wir wieder in unserem Zimmer sitzen und die Wände anstarren, kommt Matti auf die Idee, Tapete zu Geld zu spinnen. Die Reste, die noch an der Wand hängen sind mit einem Muster von kleinen Kleeblättern bedruckt. Sein Plan ist es, die Tapete als Trips zu verkaufen. Wir machen uns sofort an die Arbeit. Erst müssen wir jedes Kleeblatt ausschneiden, dann werden einzelne Kleeblätter mit echten Trips präpariert, die wir dann als Probe anbieten wollen. Außerdem haben wir ein bisschen flüssiges LSD, das wir, wenn nötig, dem misstrauischen Kunden ins Getränk mischen wollen. Die Sache ist nicht ganz ohne Risiko, denn wenn der Kunde uns auf die Schliche kommt, kann es gefährlich werden. Und doch legen wir los.

Matti und ich arbeiten als Team zusammen. Er besorgt die Kunden und bringt sie an einen Ort, wo ich mit den präparierten Trips auf sie warte, meistens ein CoffeeShop. Manchmal schaffen wir es nicht, dass der Kunde uns vertraut und einen präparierten Trip nimmt. Dann lenkt Matti ihn irgendwie ab, und ich mische ihm unterdessen etwas flüssiges LSD ins Getränk. Der Kunde glaubt dann, er bekomme gute Ware und das Geschäft wird abgewickelt. Die meisten kaufen zwischen fünfzig und cinhundert Stück, einer kostet sieben Gulden. Zur Sicherheit verkaufen wir nur an Ausländer, damit das Risiko, wiedergefunden zu werden, nicht so groß ist. Aber irgendwann läuft es dann doch schief und wir werden beim Betrügen erwischt.

60.

Die Menge LSD, die wir dem Kunden ins Glas mischen, muss sehr genau dosiert sein, es darf nicht zu viel aber auch nicht zu wenig sein. Wir haben einen Kunden an Land gezogen, der fünfzig Stück kaufen will. Alles läuft nach Plan. Nachdem der Kunde ein Stück Tapete geschluckt hat, das er für einen Trip hält, muss ich ihm nur noch etwas LSD ins Glas mischen, damit er eine Wirkung spürt. Ich weiß nicht, ob die Dosis, die ich ihm gegeben habe, zu gering war oder ob er schon zu sehr an LSD gewöhnt ist, aber es passiert nichts. Matti macht mir ein Zeichen, ich solle ihm noch etwas mehr ins Glas geben. Und dabei erwischt er mich. Der Typ flippt total aus und will uns verprügeln. Glücklicherweise kommt er doch noch langsam auf den Trip und kann nicht mehr schnell genug reagieren. Wir ahnen auch nicht, dass draußen ein paar Kumpels auf ihn warten, wir dachten er wäre alleine. Als wir raus gehen, bekommt einer von ihnen mich zu fassen und will mich in eine Gracht werfen. Ich brülle wie eine Irre: „Die wollen mich umbringen, die wollen mich umbringen!“ Während Matti verprügelt wird, kann der CoffeeShop-Besitzer die Kerle so gerade davon abhalten, mich in die Gracht zu werfen oder mich auch windelweich zu prügeln. Matti geht mit gebrochener Nase, einer gebrochenen Rippe und einem blauen Auge nach Hause. Mit dem Verkauf von falschen Trips ist also erst mal Schluss. Ich muss mich damit abfinden, wieder Touristen anzuschnorren.

In der ganzen Zeit, die ich in Amsterdam bin, ist noch kein Tag vergangen, an dem ich nicht high war, langsam merke ich das auch körperlich. Wenn ich morgens aufwache, bin ich schweißgebadet, in meinen Beinen habe ich Krämpfe, ich kann meine Beine nicht mehr ruhig halten. In meinem Kopf dreht sich alles nur noch darum, wie ich mir am schnellsten was besorgen kann. Ich will nicht so werden wie die Mädchen, die ich jeden Tag auf dem Strich sehe, die mit jedem noch so ekelhaften Kerl mitgehen, um ein paar Kröten zu verdienen, und dann doch noch das meiste davon an ihre Zuhälter abdrücken müssen.

61.

Meine Zähne machen mir wieder Probleme, ich kann die ganze Nacht vor Schmerzen nicht schlafen. Ich habe ein riesiges Loch in einem Backenzahn und glaube, dass ein Nerv freiliegt. Einen Zahnarzt kann ich mir nicht leisten und Tabletten zeigen dieses Mal auch keinerlei Wirkung. Wenn nicht bald etwas passiert, gehe ich noch die Wände hoch. Als ich gerade überlege, in eine Notaufnahme zu gehen, kommt Matti auf die Idee, es mit Koks zu versuchen. Eigentlich ist das Zeug zu teuer, um es einfach so auf Zähne zu schmieren, aber das ist mir im Moment so was von egal. Mit unserem letzten Geld kaufen wir ein halbes Gramm und als ich mir das Zeug auf das Zahnfleisch reibe, ist der Schmerz wie fortgeblasen. Ich weiß natürlich, dass das keine Lösung auf Dauer ist, aber für den Moment reicht es mir und tut unglaublich gut. Ich bin so erleichtert, die Schmerzen scheinen verschwunden, vielleicht hat das Koks den Nerv abgetötet. Gut geht es mir trotzdem nicht. Ich denke immer öfter an zu Hause, denn so wie es jetzt ist, habe ich mir das nicht vorgestellt. So weitermachen will ich auf Dauer auf gar keinen Fall. Ich fühle mich einsam und verloren, ich bin jetzt fast zwei Monate hier und in ein paar Tagen werde ich sechzehn Jahre alt, manchmal stehe ich vor einer Gracht und stelle mir vor, wie es wäre, wenn ich einfach hineinspringen würde … Aber ich kann schwimmen … Und außerdem muss Ertrinken kein sehr angenehmer Tod sein.

62.

Alles läuft daneben. Bei uns im Haus haben wir die Polizei für eine Razzia zu Besuch. Dabei werden Matti und zwei Marokkaner, die neben uns wohnen, festgenommen. Dabei wurde die Eingangstüre aufgebrochen und auch die wenigen Gegenstände, die in unserem Zimmer stehen, werden dabei komplett zerstört, die Matratze einfach aufgeschlitzt. Ich war zufällig nicht im Haus und sehe beim Zurückkommen aus der Ferne, wie die Polizei mit den Dreien abfährt. Matti taucht bis zum Abend nicht wieder auf. Weil ich mich in diesem Haus ohne ihn nicht sicher fühle, gehe ich zu Bert. Das ist immer noch besser, als im Park oder unter einer Brücke zu übernachten. Jetzt bin ich wieder genau an demselben Punkt angelangt, wie am Tag meiner Ankunft. Ich bin zwar um ein paar Erfahrungen reicher, aber letztendlich noch genau so verloren. Am nächsten Tag stehe ich wieder auf der Straße und schnorre Passanten an. Ein Kerl spricht mich an und will mich zum Essen einladen. Weil ich total ausgehungert bin, gehe ich mit ihm und lasse mich auch noch ins Kino einladen. Wir schauen uns die Blechtrommel von Regisseur Volker Schlöndorff an. Zum ersten Mal seit langer Zeit kann ich noch mal völlig abschalten. Doch sobald das Licht im Kinosaal wieder angeht, lande ich zurück in die Realität. Der Kerl, der mich eingeladen hat (ich nenne ihn Blondi) schlägt vor, zusammen in einem Hotel zu übernachten. Er will mir, wenn ich mit ihm gehe, hundert Gulden geben. Ich gehe mit. Nicht wegen dem Geld … Naja, ein bisschen schon, aber ich glaube, mich locken ein richtiges Bett und eine Dusche noch viel mehr. Obwohl er mir versichert, dass er mich zu nichts nötigen wird, mache ich mir keine Illusionen über seine Motive. Bevor wir aufs Zimmer gehen, überrede ich ihn noch, mit mir in eine Bar zu gehen. Ich will genug trinken, damit ich nicht mehr zu viel von allem mitbekomme.

Und es kommt, wie ich es befürchtet habe. Mitten in der Nacht macht er sich an mich ran, ich hätte es über mich ergehen lassen, aber sein Schwanz ist so groß, dass er mich fast zerreißt. Meine Schmerzschreie hält er für Stöhnen. Mir kommt es wie eine Ewigkeit vor, bis er endlich fertig ist. Danach fragt er mich doch tatsächlich, ob es mir gefallen hat.

63.

Nachdem mir Blondi den Hunderter gegeben hat, komme ich mir ziemlich schäbig vor, ich habe genau das getan, was ich mir geschworen hatte, nie zu tun: Ich habe mich verkauft. Wenn ich die Mädchen auf dem Strich gesehen habe, habe ich mich immer für cleverer gehalten und gedacht, dass ich niemals so tief sinken würde. Vielleicht habe ich mich auch für etwas Besseres gehalten, jetzt bin ich jedenfalls von meinem hohen Ross herunter und fühle mich sehr beschämt. Mein Vater hat wohl doch Recht mit dem, was er mir einmal prophezeit hat … Ich bin unendlich traurig und enttäuscht von mir selbst.

Seit Matti verhaftet wurde, sind jetzt drei Tage vergangen. Ich habe keine Ahnung, was mit ihm passiert ist, wohin sie ihn gebracht haben. Bert denkt, dass er wahrscheinlich ausgewiesen wurde oder irgendwo im Knast sitzt. Ich bin zwar nicht in ihn verliebt, aber ich vermisse ihn doch ein bisschen, irgendwie war alles leichter, als er noch da war. Wenn ich jetzt durch die Stadt laufe, ist es als ob ich mich ständig im Kreis drehe, ohne jemals an ein Ziel zu gelangen. Die bunte, grelle, mit Millionen von Lichtern beleuchtete Stadt sehe ich schon lange nicht mehr, ich laufe die meiste Zeit in den Schatten und den dunklen Gassen, und wenn ich nicht bald etwas ändere, werde ich selber noch zum Schatten. Ich kann es mir noch nicht eingestehen, aber eigentlich will ich von hier fort, wenn ich nur wüsste wie und wohin. Nach Hause? Wenn ich so einfach zurück nach Büllingen gehen würde, dann müsste ich ja allen meine große Niederlage eingestehen. Dafür bin ich zu stolz. In ein anderes Land vielleicht? Aber in welches, und womit?

Das meiste Geld, das ich mir zusammen schnorre, geht immer noch für Drogen drauf. Ich bin die meiste Zeit am Melkweg, da sind die Leute am besten drauf und geben oftmals ein bis zwei Gulden auf einmal. Seit der Sache mit Blondi habe ich jede Nacht bei Bert in der Ruine geschlafen. Bei ihm muss ich nicht aufpassen, dass er nachts über mich herfällt; er ist so kaputt, dass selbst wenn er wollte, er keinen mehr hoch bekäme. Außerdem gibt er mir immer was von seinem Heroin ab, wenn es bei mir mal nicht so gut gelaufen ist. Und weil es nachts immer noch bitterkalt ist, wärmen wir uns gegenseitig unter unseren versifften Decken.

64.

Irgendwann im Mai werde ich mit einem ekelerregenden Würgen wach, der Gestank von frischer Kotze in der Nase. Ich bleibe noch einen Moment so liegen. Heute werde ich eine Entscheidung treffen: Sterben oder leben.

Ich, Astrid, 16 Jahre alt, wo gehöre ich hin? Wenn ich hier bleibe, werde ich langsam aber sicher untergehen. Die Gedanken drehen sich im Kreis. Wenn ich mich überwinde, um zurück nach Hause zu gehen, dann werde ich mich wie eine Verliererin fühlen. Dann muss ich meinen Eltern in die Augen sehen und mich bei ihnen entschuldigen. Ich werde mich elendig fühlen. Und ich ahne im Voraus, erst wenn ich meiner Oma und meiner Schwester gegenüberstehe, werde ich mich besser fühlen und aufatmen können. Wie kann ich das anstellen? Ich brauche einen guten Plan. Ich muss mir überlegen, wie ich die Rückkehr nach Hause am besten inszeniere, ohne ganz mein Gesicht zu verlieren. Einfach so anrufen, dazu fehlt mir der Mut. Ich weiß auch gar nicht, was ich meiner Familie am Telefon sagen sollte. „Hallo, ich bin's, kann mich mal jemand in Amsterdam abholen kommen?", nein, das bringe ich nicht fertig.

Ich rappele mich auf und laufe noch einmal durch die Straßen. Ich möchte den Moment noch ein bisschen hinauszögern, denn ich habe den Entschluss gefasst, mich der Polizei auszuliefern und sie zu bitten, meine Eltern zu benachrichtigen. Weil ich Angst habe, Bert könnte mich umstimmen, bin ich ohne Abschied losgegangen und habe alle meine Sachen zurückgelassen. Alles, was ich mitnehme, sind die Kleider, die ich am Körper trage. Bevor ich aufs Polizeirevier gehe, besorge ich mir vom letzen Geld, das ich besitze, noch ein Gramm Heroin. Mich mit klarem Kopf der Polizei und meinen Eltern zu stellen, ist dann doch zu viel auf einmal. Und der Drogenentzug wird noch früh genug auf mich zukommen, das weiß ich. Dem stelle ich mich, wenn es so weit ist. Ich habe mir das Polizeirevier vor dem Melkweg ausgesucht. An der Tür atme ich noch einmal tief durch, nehme all meinen Mut zusammen, gehe rein und spreche den ersten Beamten an, den ich treffe.

65.

Der Polizist hört mir geduldig zu. Ich scheine nicht die erste Ausreißerin zu sein, die ihre Entscheidung bereut hat und sich nun freiwillig in ihre Hände begibt. Ich werde nicht einmal durchsucht. Er nimmt mir nur meinen Ausweis ab und verfrachtet mich dann in eine kleine Zelle. Nach einer halben Stunde bringt er mir ein Brötchen mit vertrocknetem Käse und sagt mir, dass er meine Eltern erreicht hat. Es werde bald jemand mich abholen kommen. Durch ein kleines Fenster kann ich nach draußen schauen, ich sehe genau auf den Melkweg. Ich beobachte die Menschen die dort ein- und ausgehen und sich auf einen schönen Abend freuen. Ich denke an den ersten Abend zurück, den ich dort mit Matti verbracht habe. Wie aufregend da noch alles für mich war.

Langsam bekomme ich ein mulmiges Gefühl, es kann nicht mehr lange dauern, bis jemand da ist. Ich frage mich, wer kommen wird. Meine Mutter? Mein Vater? Oder beide? Der Polizist konnte es mir nicht sagen, aber am Telefon hat er wohl mit meiner Mutter geredet.

Die Zeit will einfach nicht vorbei gehen. Wenn nicht bald jemand kommt, bereue ich meine Entscheidung noch. Die Zelle ist nicht abgeschlossen, ich muss nur schnell sein, wenn ich wieder hier raus will. Die Polizisten sind mit anderen Dingen beschäftigt und haben keine Zeit, sich mit mir abzugeben. In dem Moment, wo ich wieder gehen will, steht meine Mutter vor mir. Und zur Verstärkung hat sie Papas besten Freund dabei. Das Wiedersehen fällt recht kühl aus.

Ich versuche den Blicken meiner Mutter auszuweichen, denn ich habe Angst, sie könne in meinem Gesicht lesen, was ich alles getan habe und was mit mir passiert ist.

Wenn sie mich gefragt hat, wie es mir geht, dann habe ich daran keine Erinnerung. Auch an die Rückfahrt habe ich beim Schreiben meiner Geschichte keinerlei Erinnerung. Ich weiß aber noch genau, dass ich auf Entzug bin, als wir im Hotel ankommen und ich so schnell wie möglich zur Toilette will, um mir einen Schuss zu setzen.

66.

Was ich nicht mitbekommen habe, ist die Tatsache, dass der Polizist meiner Mutter angedeutet hat, ich könne womöglich abhängig geworden sein und eventuell Hilfe brauchen.

Die erste Begegnung mit meinem Vater: Kalt! Aber was habe ich auch anders erwartet? Es ist schon spät abends und so wie es aussieht, ist das Hotel voll ausgebucht. Es ist keine Zeit, sich um die heimgekehrte Tochter zu kümmern. Die Gäste dürfen von alldem ja auch nichts mitbekommen. Es hat sich nichts geändert. Nach dem kühlen Empfang kann ich es gar nicht erwarten, ein Bad zu nehmen und endlich wieder saubere Klamotten anzuziehen. Danach schlage ich mir den Bauch so richtig voll, eine Wohltat! Noch an demselben Abend kommt unser Hausarzt vorbei und untersucht mich. Er lässt meiner Mutter ein Rezept für Valium und andere Medikamente da. Sie soll die Medikamente wegschließen und ja darauf achten, dass ich sie nicht in die Finger bekomme. Sie muss die Dosierung kontrollieren.

Nach einer ersten unruhigen Nacht in meinem eigenen Bett, stehe ich vor allen anderen auf, um mir in der Toilette einen Schuss zu setzen. Meine Eltern haben den Schlüssel von meiner Zimmertür abgezogen und so kann ich nie sicher sein, wann jemand rein kommt. Ich nehme also die sichere Variante auf der Toilette, um nicht ertappt zu werden. Noch drei oder vier Spritzen, dann wird nichts mehr übrig sein. Dann werde ich zum ersten Mal in meinem Leben einen richtigen Entzug machen müssen. Mir graut davor. Bisher habe ich das immer nur bei anderen mitbekommen. Das was ich gesehen habe, macht mir wirklich Angst und ich frage mich, wie ich das durchstehen soll.

Nach dem Frühstück will ich zuerst einmal zu meiner Oma gehen, aber meine Mutter will mich nicht alleine gehen lassen und so muss ich warten, bis wir die paar Meter mit dem Auto zu ihr fahren können. Oma gibt mir das Gefühl, sich ehrlich zu freuen, mich wiederzusehen. Sie scheint mich vermisst zu haben. Auch Lassie kann gar nicht mehr aufhören, mich abzuschlecken. Und als Iris aus dem Kindergarten kommt, fällt sie mir um den Hals und will mich gar nicht mehr loslassen. „Wo warst du solange? Was hast du gemacht? Hast du mir was mitgebracht und bleibst du jetzt hier?“, waren nur ein paar von ihren Fragen.

Ich habe dich auch vermisst, Iris.

67.

Es erstaunt mich in den folgenden Tagen doch sehr, dass mich niemand nach meiner Zeit in Amsterdam fragt. Nichts! Die Stimmung ist kälter als am Nordpol, aber ansonsten geht einfach alles seinen gewohnten Gang, als ob ich nie fort gewesen wäre. Hätte ich erzählt? Ich glaube schon, dass ich über den Drogenkonsum hätte reden können, aber nicht über die sexuellen Dinge. Von mir aus ein Gespräch zu beginnen, das habe ich mich nicht getraut. Ich wusste nicht, wie man ein solches Gespräch führt. Ich habe es ja nie kennengelernt.

Durch die Medikamente, die ich täglich nehme, ist der Entzug nicht weiter schlimm. Nach einer Woche kann ich schon wieder durchschlafen. Meine Mutter fährt mit mir zu verschiedenen Psychologen nach Malmedy und Lüttich, wie ich mir später zusammen reimen muss, wahrscheinlich um meinen Zustand einschätzen zu lassen. Bei den Gesprächen mit den Psychologen ist meine Mutter immer anwesend. Durch die Tabletten und den Entzug habe ich keinerlei Erinnerungen an den Inhalt der Gespräche. Ich nehme das nicht sehr ernst, aber die Fragen berühren mich auch nicht. Bei mir geht das Gesagte zum einen Ohr herein und zum anderen wieder heraus. Weil ich nichts Besseres zu tun habe, lasse ich das alles kommentarlos über mich ergehen. Und weil niemand mit mir über meine Zukunft redet, glaube ich, dass alles so weiter gehen wird wie vor meinem Ausflug nach Amsterdam. Aber es kommt ganz anders.

Ungefähr eine Woche nach meiner Rückkehr fährt meine Mutter mit mir zur Klinik Wied im Westerwald, eine Klinik für Suchtkranke. Das erfahre ich allerdings erst, als wir dort ankommen. Zum Einstieg haben wir ein Gespräch mit dem Leiter in seinem Privathaus. Dort erfahre ich im Dialog zwischen meiner Mutter und dem Leiter, dass einer unserer Nachbarn vor etlichen Jahren dort eine Therapie gemacht und sich mit dem Leiter angefreundet hat. Durch diese Verbindung ist es meiner Mutter gelungen, für mich diesen Besprechungstermin zu bekommen. Wenn ich ehrlich bin, habe ich keine Ahnung, was man sich unter einer Therapie vorzustellen hat und wozu sie gut sein soll.

Dass es bei diesem Besuch um mich geht, habe ich gar nicht verstanden. Er stellt mir zwar einen Haufen Fragen zu meiner Drogengeschichte, aber ich dachte, das seien Höflichkeitsfragen. Dass es bei den Fragen um einen Therapieplatz für mich geht, hat er nicht durchblicken lassen. Ich hatte das Gefühl, der Leiter sei auch mit meiner Mutter befreundet, weil er unseren Nachbarn regelmäßig mit seiner Frau besucht und dann bei uns im Hotel übernachtet. Es fühlte sich nach einem Freundschaftsbesuch an. Aber ich habe von seinem Beruf ja auch keine Ahnung.

Zu der Klinik gehören mehrere Häuser, zwei für Alkohol- und Medikamentenabhängige und eins für Menschen, zu deren Schwächen Drogen- und Medikamentenmissbrauch zählt. Nachdem dieser Leiter einen Spaziergang durch ein idyllisches Tal mit uns bis zu dem Haupthaus der Klinik gemacht und uns noch ein wenig durch die Anlage herumgeführt hat, fahren wir wieder nach Hause. Dass ich das alles in ein paar Tagen wiedersehen sollte, wäre mir zu diesem Zeitpunkt niemals in den Sinn gekommen.

68.

Am darauffolgenden Tag würde ich gerne Norbert, meinem Bekannten mit dem Porsche, einen Besuch abstatten. Weil ich meinem Vater Respekt zeigen will, beschließe ich, ihn vorher um Erlaubnis zu bitten. Meine Frage ist noch nicht ganz ausgesprochen, da spüre ich auch schon seine Hand in meinem Gesicht. Diese Ohrfeige lässt mich Sterne sehen. Seine Erklärung dazu lautet: „Als du fortgelaufen bist, hast du mich auch nicht erst um Erlaubnis gefragt!“ An diesem Tag bleibe ich in meinem Zimmer und denke, dass es keine gute Idee war, wieder zurückgekommen zu sein, es hat sich wirklich nichts verändert.

Weil ich mit jemandem reden muss, mache ich mich am nächsten Tag, wohlbemerkt ohne noch mal nachzufragen, auf den Weg zu Norbert. Vielleicht weiß er ja einen Ausweg für mich. Ich trampe zum Nachbarort, in dem er wohnt. Als er mir die Türe öffnet, sieht er nicht begeistert aus, mich zu sehen. Er will mich nicht mal zu sich hereinlassen und schickt mich wieder weg. Er habe schon genug Ärger wegen mir gehabt. Ich schaue ihn mit großen Augen an und er versteht, dass ich ahnungslos bin. Daraufhin erzählt er mir, dass mein Vater an dem Tag, an dem ich verschwunden bin, bei ihm war, und zwar mit einer geladenen Pistole. Er habe ihm gedroht, wenn er nicht sage, wo ich bin, er ihn abknallen würde. Außerdem erzählt er mir, dass mein Vater mit einem ähnlichen Auftritt bei anderen Leuten vorstellig geworden ist. Er habe sich erhofft, etwas über meinen Aufenthaltsort zu erfahren. Letztendlich habe nur die Polizei ihn stoppen können, indem sie die Pistole meines Vaters konfisziert hätte. Alle Bedrohten hätten Anzeige gegen meinen Vater erstattet, und nur weil er Freunde bei der Polizei gehabt habe, hätte man ihn nicht sofort verhaftet.

Mit einem Knoten im Magen mache ich mich wieder auf den Heimweg. Ich bin so durcheinander. Was war nur in meinen Vater gefahren? Ich verstehe das nicht. Er gibt mir so oft das Gefühl, dass er mich hasst und dass ich ihm nichts bedeute. Und dann hat er bei meinem Verschwinden Himmel und Hölle in Bewegung gesetzt, um mich zu finden. Wenn er doch nur mit mir reden würde, dann könnte ich ihm sagen, dass ich ihn liebe und dass ich doch nur wieder von ihm geliebt werden möchte. Wenn ich die Chance hätte, ich würde alles für meine Eltern tun, auch wenn sie mir das im Moment nicht glauben.

69.

Ende Mai fährt meine Mutter mich zur Klinik. Kurz nach dem Frühstück überrascht sie mich mit dieser Ankündigung: „Pack deinen Koffer, ich bringe dich in die Klinik Wied, du hast da einen Therapieplatz bekommen." Sie hatte mir bereits Hygieneartikel und Tabak besorgt. Das ist mal wieder typisch, nichts mit mir besprechen und dann auch noch bis zum letzten Augenblick warten, um mich überhaupt zu informieren! Ich bin sauer. Der Besuch bei dem Klinikleiter fällt mir ein, und nun wird mir auch bewusst, warum er mir so viele Fragen gestellt hat! Hatten meine Eltern Bedenken, mit mir darüber reden aus Angst, ich könne einen Aufstand machen oder wieder fortlaufen? Die vergangenen Tage zu Hause haben mir deutlich gezeigt, dass sich etwas verändern muss. Und ich sehe auch ein, dass ich anscheinend die Ursache aller Probleme bin. Deshalb liegt es wohl auch an mir, die Veränderungen in die Hand zu nehmen und diese Therapie zum Wohle aller durchzuziehen – was immer da auf mich zukommen würde. Ich habe keine Ahnung, was eine Therapie sein soll und wenn mich jemand gefragt hätte, ob ich eine Therapie brauche, hätte ich ihm geantwortet: „Never ever!" Mich hat aber niemand gefragt.

Als wir in der Klinik ankommen, stehen die Zeiger der Uhr auf zehn im Vormittag. Eine Sekretärin nimmt mich in Empfang, meinen Koffer und meine Handtasche muss ich bei ihr zurücklassen. Meine Mutter erledigt noch ein paar Formalitäten, nimmt mich kurz in den Arm und verabschiedet sich mit den Worten: „Pass auf dich auf und mach keine Dummheiten!"

Die Sekretärin bringt mich zu einer Ärztin, die mich untersuchen soll und erklärt mir beim Gehen, dass gleich danach ein Bus mich zu meinem Haus bringen wird. Ich soll in das Haus für Drogen- und Medikamentenabhängige nach Neustadt, nicht sehr weit von Wied entfernt. Nach der Untersuchung durch die Ärztin bleibt mir noch etwas Zeit, mich ein wenig umzusehen. Das ist wirklich der Arsch der Welt, denke ich bei mir, nur Wälder, Bauernhöfe und Langeweile, soweit das Auge reicht, na wenn ich hier mal nicht versauere.

70.

Mein erster Eindruck von dem Haus, in dem ich die nächste Zeit verbringen soll, ist gar nicht so übel. Das Gebäude liegt isoliert auf einem Hügel inmitten von Wäldern und Wiesen. Der Fahrer erzählt mir unterwegs, dass das Haus früher mal ein Hotel war und von den Kliniken Wied nach seiner Pleite aufgekauft worden ist. Das Gebäude ist weiß, hat zwei Stockwerke, und unter jedem Fenster im Erdgeschoss steht eine Bank auf der die verschiedensten Gestalten sitzen. Die Zimmer im oberen Stockwerk haben Balkone, auf denen Sonnenschirme und Blumenkübel stehen. Es ist ein Bild wie aus einem Reiseprospekt. Man muss genau schauen, um zu erkennen, dass die Gestalten nicht so recht in diese Idylle rein passen.

Als ich aus dem Wagen steige, drehen sich alle Köpfe zu mir herum. Es sind etwa gleich viele Frauen und Männer im Alter von zwanzig bis vierzig Jahren vertreten. An der Eingangstür werde ich schon vom Hausleiter erwartet, meine Koffer muss ich abgeben, bevor ich ihm in sein Büro folge, wo noch ein paar Formalitäten geklärt werden. Achim, so heißt der Leiter, erklärt mir, dass mir gleich eine Patientin alles zeigen wird, aber erst muss ich noch eine Leibesvisitation über mich ergehen lassen. Das erledigt eine Krankenschwester. Erst danach darf ich Kontakt mit den anderen Patienten haben.

Es ist schon später Nachmittag, als alles erledigt ist, und endlich lerne ich die anderen Bewohner kennen. Alle sind erst mal erstaunt, wie jung ich noch bin. Die Zweitjüngste ist achtzehn Jahre alt und heißt Gitta. Nachdem geklärt ist, dass Bärbel meine Patin wird und wir im selben Zimmer schlafen, bekomme ich auch meinen Koffer wieder. Beim Auspacken werden meine Sachen noch einmal kontrolliert. Ich muss meine Hippie Klamotten und alles, was mich „mit früher“ verbindet, aussortieren und abgeben. Bärbel sagt mir, dass ich meine Sachen bei guter Mitarbeit in ein paar Wochen wiederbekomme. Im Stillen denke ich, na das werden wie ja noch sehen. Ich habe jetzt schon nicht vor, so lange zu warten.

71.

In unserem geräumigen Zimmer stehen drei Betten, große Fenster lassen viel Licht in den Raum, ein Balkon liegt dahinter, ein eigenes Badezimmer für uns drei steht uns zur Verfügung. Das dritte Bett wird von Sabine belegt, die gerade auf einer Heimfahrt ist und erst in zwei Tagen zurückerwartet wird. Bärbel und Sabine sind beide Medikamenten- und alkoholabhängig, sie sind beide blond, etwas fülliger und Anfang zwanzig. Von Sabine hängen überall Fotos an den Wänden. Bärbel erzählt mir, dass Sabine ziemlich eitel und nicht leicht zu ertragen ist. Nachdem ich mich eingerichtet habe, zeigt Bärbel mir den Rest vom Haus.

Es gibt insgesamt zwölf Zweibett-Zimmer und zwei Dreibett-Zimmer, mehrere Therapieräume, eine Werkstatt, ein Fotolabor, welches von Sabine geleitet wird, einen riesigen Garten, einen Aufenthaltsraum mit Fernseher, einen Speisesaal, eine Küche usw. Da das Rauchen im Haus streng verboten ist, stehen draußen die ganzen Sitzbänke. Bärbel mahnt, mich nie beim Rauchen im Haus erwischen zu lassen, denn das sei ein Grund, um rauszufliegen. Das kann ja lustig werden, denke ich. Nachdem mich Achim und Bärbel nochmal ins Gebet genommen und mir alle Regeln schriftlich gegeben haben, damit ich sie auswendig lernen kann, darf ich endlich ins Bett.

Ich bin noch zu aufgedreht, um einzuschlafen. Mir gehen tausend Dinge durch den Kopf … Was hatten sie noch mal gesagt? Achtzehn Monate soll ich hier bleiben! Wie lange darf ich keinen Außenkontakt haben? Aber ich werde doch sicherlich telefonieren dürfen? Über'm Grübeln fällt mir ein, dass ich mich gar nicht richtig von meiner Oma und meiner kleinen Schwester verabschiedet habe, ich wurde total überrumpelt. Ich fühle mich abgeschoben und einsam, dabei hätten sie doch nur mit mir reden brauchen, mir ein paar Freiheiten zugestehen können, mich nicht nur als Arbeitskraft sehen, sondern mich als Tochter wahrnehmen sollen, die Aufmerksamkeit und Liebe braucht. Ich brauche keine Therapie, ich brauche Eltern!

Irgendwann in der Nacht habe ich den Entschluss gefasst, der Therapie eine Chance zu geben, ich habe nichts zu verlieren. Wer weiß, was sich daraus noch ergeben wird und vielleicht wird doch noch alles gut.

72.

Beim Frühstück um halb acht kann ich mir die Leute ein bisschen genauer anschauen. Es sind ganz interessante Leute dabei. Man kann den Unterschied zwischen Frischlingen und schon länger Anwesenden sofort erkennen. Die Neueren wie mich hat man zusammen an einen Tisch gesetzt. Bei denen, die schon länger hier sind, bemerkt man etwas mehr Elan, sie sehen erholt aus, nicht so abgekämpft. Alle Bewohner, die meisten zwischen fünfundzwanzig und dreißig Jahre alt, sind in drei Gruppen aufgeteilt worden, Gruppen mit den originellen Namen A,B und C. Ich soll in die Gruppe B.

Mein Gefühl sagt mir, dass ich als Jüngste mit besonders viel Rücksicht behandelt werde und das gefällt mir. Ich werde umsorgt, verwöhnt, und man lässt mir meinem Empfinden nach manche Dinge großzügig durchgehen, für die die anderen getadelt werden. Ich weiß auch nicht, wann ich mich irgendwann in meiner Vergangenheit so unbeschwert und vollkommen sicher gefühlt habe. Wenn ich etwas zu sagen habe, hört man mir zu, wenn ich traurig bin, werde ich getröstet und wenn ich aus irgendeinem Grund mal bockig oder aufsässig bin, findet sich immer eine Person, die mich wieder runterbringt.

Der ganze Haushalt wird von den Bewohnern erledigt. Jede Woche werden drei Leute für die Küche eingeteilt, jeder ist mal mit kochen an der Reihe. Wer wegen ansteckender Krankheit wie Hepatitis nicht in die Küche darf, muss im Garten mit anpacken.

Jeden Tag finden Gruppengespräche statt, in denen jeder seine seelischen Abgründe preisgeben kann. In Rollenspielen werden Szenen nachgespielt und neue Lösungsansätze ausprobiert. Auch Atem- und Entspannungsübungen gehören zum täglichen Programm. Nachmittags ab vier ist meistens Freizeit angesagt. Wir können dann machen, wozu wir gerade Lust haben. Natürlich müssen die neuen Patienten auf dem Gelände bleiben, bis die Kontaktsperre aufgehoben ist. Die anderen dürfen, nachdem sie sich abgemeldet haben, ins nächste Dorf oder einfach nur spazieren gehen.

73.

Der Westerwald ist eine sehr schöne Gegend, und weil unser Haus so abgelegen liegt, kann ich fast vergessen, dass es irgendwo da draußen noch eine andere Welt gibt, in der nicht alles harmonisch und friedlich ist. Ich habe mich ziemlich schnell eingelebt und komme mit allen Bewohnern gut klar.

Mit einigen verstehe ich mich besonders gut, dazu gehören Gitta, Ingrid, Britta, Jürgen, Alex und Udo – mein zukünftiger Ehemann.

Weil die anderen Bewohner „nur“ Medikamenten- oder alkoholabhängig sind, denken wir Junkies, wir seien etwas Besseres und lassen die anderen das durch kleine Sticheleien spüren. Die meisten Bewohner sind nicht freiwillig hier. Bei der Überzahl hat ein Richter seine Hand im Spiel, für diejenigen gab es nur die Wahl zwischen Gefängnis oder Therapie. In meiner Gruppe bin ich diesbezüglich sogar die Ausnahme. Ich höre den anderen immer voller Spannung zu, wenn sie aus ihrem Leben und von ihren Erfahrungen erzählen. Ingrid zum Beispiel ist schon in Indien gewesen und hat eine kleine Tochter. Gitta ist mit ihren achtzehn Jahren schon durch halb Europa getrampt. Auf sie bin ich besonders neidisch, denn mit ihrem langen, schwarzen Haar, ihrem olivfarbenen Teint und ihrer Traumfigur ist sie der Schwarm aller Männer im Haus. Ich frage mich immerzu, warum ein so tolles Mädchen Drogen nimmt. Jeder von meinen Freunden hat seine eigene Geschichte und kann so unglaublich viel erzählen, daneben komme ich mir sehr unerfahren, naiv und langweilig vor.

Die Zeit vergeht wie im Flug, wenn man glücklich ist. Ich lerne hier eine Art zu leben kennen, die für die meisten Menschen normal ist. Ein geregeltes Leben zu führen, ist in einem Hotel fast unmöglich. Und so entdecke ich neu, wie es ist, geregelte Mahlzeiten, feste Schlafzeiten und einfach eine Halt schenkende Routine im Alltag zu haben.

Wir machen auch viel Sport. Alle zwei Wochen gehen wir nach Wied ins Hallenbad. Wir unternehmen Ausflüge, üben Theaterstücke ein und wenn die Sonne scheint, liegen wir nur faul auf der Wiese herum. Bei Regenwetter treffen wir uns oftmals bei dem einen oder anderen im Zimmer, um zu erzählen und dabei Tee zu trinken. Tee ist für uns etwas Besonderes geworden. Wir stehen sogar bald im Wettkampf gegeneinander, wo es drum geht, wer die meisten Teesorten kennt, wer die ausgefallensten Aromen oder das schönste Teeservice hat. Größere Sorgen habe ich im Moment keine.

74.

Mit meinen sechzehn Jahren kann ich diese Therapie als solche noch nicht so wirklich ernst nehmen. Für mich ist das Ganze eher wie ein Ferienlager. Dass es für einige von den Leuten um mich herum um ihr Leben geht, kann ich noch nicht nachvollziehen. Ich kann auch gar nicht verstehen, wenn mal einer abhauen will oder mit Suchtdruck zu kämpfen hat.

Für die Alkoholiker im Haus ist es am schwersten, denn die sind der Versuchung bei jedem Ausflug oder jedem Einkaufsbummel ausgesetzt. Weil wir Heroinabhängigen tatsächlich denken, dass wir mit Alkohol ja kein Problem haben, kommt es nicht selten vor, dass wir bei unseren Ausflügen etwas trinken. Natürlich passen wir auf nicht zu übertreiben, denn das Alkoholverbot gilt auch für uns. Würden wir erwischt, dürften wir unsere Koffer packen.

Nach drei Monaten darf ich zum ersten Mal für ein Wochenende nach Hause fahren. Ich sehe diesen Tagen mit gemischten Gefühlen entgegen. Als meine Mutter am Freitagabend vor der Tür steht, um mich abzuholen, weiß ich nicht, wie ich mich ihr gegenüber verhalten soll. Die Fahrt nach Hause macht mir schon ein bisschen Angst. Je näher wir dem Ziel kommen, umso größer wird der Knoten in meinem Magen. Wie wird mein Vater mir gegenübertreten? Wird er sich freuen, mich zu sehen oder ignoriert er mich?

Zu Hause angekommen fällt die Begrüßung kurz und kühl aus. Mein Vater war noch nie Herr großer Worte oder Gefühlsausbrüche gewesen. Außerdem sind viele Gäste im Haus, die er bekochen muss. Ich kenne das alles ja schon, aber enttäuscht bin ich trotzdem. Ich beschließe kurzerhand, nachdem ich meine Oma und Iris begrüßt habe, den Rest des Wochenendes woanders zu verbringen. Zuerst denke ich darüber nach, Gerd in Lüttich zu besuchen, bin mir aber nicht sicher, ihn dort anzutreffen. Sicherheitshalber leihe ich mir schon mal etwas Geld bei Oma. Leihen ist der falsche Ausdruck: „Oma, kannst du mir bitte ein bisschen Geld geben? Ich gebe es dir zurück, sobald ich mein Taschengeld bekomme …“ Sie hat fast nie Nein gesagt und natürlich nie etwas zurückbekommen. (Sie hat aber auch nie danach gefragt, muss ich hier zu meiner Verteidigung einschieben.) Mit dem Geld mache mich auf den Weg nach Heerlen in den

Niederlanden. Ich komme gut voran als Tramperin und bin schon am Nachmittag dort.

75.

Wenn ich ehrlich bin, war das von Anfang an im Hinterkopf: Heroin besorgen! Von dem Augenblick an, als man mir gesagt hat, ich dürfe übers Wochenende nach Hause, lässt die Möglichkeit, an Heroin heranzukommen, mich nicht mehr los. Zugegeben hätte ich das aber nicht. Doch jeder Schritt aus dem Hotel heraus ist nicht zufällig, sondern von meiner Gier gelenkt. Die Droge hat mich fest im Griff. Einmal in Heerlen kann ich an gar nichts anderes mehr denken und so lasse ich mich direkt am Bahnhof absetzen, Treffpunkt Drogenszene. Aus der Ferne erkenne ich schon einen Typen, den ich ein paarmal bei Jan gesehen hatte. Ich weiß, dass er Heroin verkauft. Er kommt auch sofort auf mich zu und meint, er habe das beste Zeug, das es je auf dem Markt gegeben hat. Ich bin mittlerweile so gierig, dass meine Hände zittern. Ich kann es nicht mehr erwarten, mir die Nadel in den Arm zu stechen. Um das Geschäft zu erledigen, gehen wir in einen ausrangierten Eisenbahnwagon. Für meine achtzig Gulden gibt er mir ungefähr ein halbes Gramm und noch eine seiner Spritzen dazu, denn ich habe natürlich keine dabei. Weil man in dieser Szene immer damit rechnen muss, betrogen zu werden, lade ich den Typen ein, sich auch einen Schuss zu setzen, um zu sehen, was er macht. Meine Sorge scheint unbegründet, er packt sofort sein Spritzbesteck aus und ich gebe genug Heroin für uns beide auf den Löffel, den wir uns teilen. Bevor ich mir den Schuss setze, sagt er mir noch, ich solle aufpassen, das Zeug sei wirklich sehr stark. Aber das behaupten sie ja alle, und so schlage ich seine Warnung in den Wind.

An das, was daraufhin passierte, sollten mir nur lückenhafte Erinnerungen bleiben. Nachdem ich mir die Nadel in den Arm gestochen habe, kippe ich um. Ich spüre den Typen an mir herum rütteln, aber meine Augen wollen einfach nicht offen bleiben. Du musst hier raus, du musst laufen, höre ich seine Stimme wie aus einer anderen Dimension. Ich will ja, aber mein Körper gehorcht mir nicht … Es ist viel einfacher, sich treiben zu lassen. Und so tauche ich immer tiefer in eine Welt ab, die mich nahe an die Grenze der Unendlichkeit bringt und von der es keine Rückkehr mehr gibt.

76.

Doch es erwartet mich die Hölle. Und ich sollte wohl dankbar für die Arbeit meines Gedächtnisses sein, das mir nur einige Flashbacks gestattet:

Ich sitze in einem Taxi, neben mir ein Schwarzer.

Ich stehe unter einer Dusche, gleite immer wieder an der Wand herunter, der Schwarze liegt auf mir und fickt mich.

Ich sitze wieder in einem Taxi, das mich vor dem Bahnhof absetzt, ein Typ führt mich in ein Abrisshaus, ich liege neben dem Mann auf dem Boden zwischen Schutt und Abfällen, es ist Nacht und ich habe Durst.

Es ist wieder hell, es muss jetzt Sonntagmorgen sein und mein Verstand weiß, dass ich abends zurück zur Therapie muss.

Das Zeug war wirklich verdammt stark, ich schaffe es auch jetzt kaum, meine Augen für mehrere Sekunden aufzuhalten. Der Typ redet auf mich ein, ich solle bei ihm bleiben. Ich versuche ihm glaubhaft zu vermitteln, dass ich nur fortgehen möchte, um Geld zu besorgen und dann wiederkomme. Es ist zu anstrengend, mit ihm zu diskutieren, ich will nur noch hier raus und dann zurück. Es ist noch ein weiter Weg nach Hause und sonntags ist kein guter Tag zum trampen.

An der Autobahnausfahrt habe ich Glück, schon nach ein paar Minuten hält ein Auto für mich an. Ein älterer Mann erklärt sich bereit, mich ein Stück weit mitzunehmen, aber schon ein paar Kilometer weiter hält er vor einem kleinen Haus an, packt mich am Handgelenk und zwingt mich, ihm zu folgen. Schon im Flur fängt er an, mir die Kleider vom Leib zu reißen. Ich kann mich nicht wehren. Die Droge schwächt mich zu sehr. Der Mann ist ein fetter Anzugträger mit Glatze und er hat Mundgeruch. Er hört nicht auf, mir seine ekelhafte Zunge in den Mund zu stecken, ich muss kotzen, aber mein Magen ist schon lange leer. Er fordert mich lautstark auf, mich ja nicht so anzustellen, ich sei ja keine Jungfrau mehr. Wenn ich mache, was er verlangt, würde er mich nach Verviers fahren. Ich könne ihm noch dankbar sein.

Ich habe keine Wahl, lasse alles über mich ergehen. Es ist ekelhaft: er schwitzt, er grabscht mich mit seinen feuchten Händen überall an und wenn ich die Augen schließe, um seine Visage nicht mehr sehen zu müssen, schlägt er mich ins Gesicht. Er will von mir hören, wie toll er ist und dass er in keinem Fall aufhören soll, er stöhnt und röchelt, so dass ich Angst bekomme, er könne über mir zusammenbrechen – was ihm ganz recht geschehen würde. Mit seinen feuchten, klebringen Fingern kneift er in meine Brustwarzen, bis ich vor Schmerzen schreie. Das stachelt ihn nur noch mehr an. Der Kerl ist so pervers, er will tatsächlich, dass ich meine Finger in sein Arschloch stecke. Weil ich mich weigere, beißt er mich in den Hals, bis ich den Schmerz nicht mehr aushalte und ihm nachgebe.

77.

Ich kann gar nicht beurteilen, wie lange das alles gedauert hat, aber als er endlich von mir runter rollt, ist mein ganzer Körper mit blauen Flecken übersät. Er wirft mir ein Handtuch ins Gesicht, mit dem ich mich abwischen soll.

Ich will nur noch hier raus! Mir ist es egal, ob er mich noch nach Verviers fährt. Ihm scheint es nicht egal zu sein, er besteht darauf, mich zu fahren und so steige ich wieder in seinen Wagen. Unterwegs hat er die Frechheit, mich zu fragen, ob ich mit ihm nach Paris möchte! Er habe beruflich dort zu tun. Ich will aus diesem Auto raus und lehne dankend ab. Das würde diesem Schwein wohl so passen. Jetzt, wo er hatte, was er wollte, ist er wieder der nette Saubermann. Ich kann es nicht glauben. Er plaudert mit mir und erzählt mir, dass er seit drei Jahren geschieden ist und zwei erwachsene Töchter hat, die er nur noch sehr selten sehen darf. Es ist fast so, als würde er versuchen wollen, sein Verhalten damit zu erklären und zu entschuldigen. Ich habe wirklich ein Talent, immer solchen Perversen zu begegnen.

Es ist vier Uhr nachmittags, als er mich in Verviers vor dem Bahnhof aussteigen lässt, zu spät um noch mit dem Bus nach Hause fahren zu können. Ich muss mich überwinden und meine Mutter anrufen, damit sie mich hier abholen kommt.

Als sie nach einer Stunde vor mir steht, schaut sie nur prüfend in mein Gesicht. Die blauen Flecken und die Bisswunden an meinem Hals sind nicht zu übersehen. Ich kann ihr die Wahrheit einfach nicht sagen und erzähle, dass ich in Lüttich auf einem Konzert war. Wie könnte ich meiner Mutter auch beichten, dass ich mir die Birne so zugedröhnt habe, um kurz vor einer Überdosis zu stehen. Wie soll ich ihr sagen, dass ich gleich zweimal vergewaltigt wurde und mich nicht mal wehren konnte, weil ich die Kontrolle über meinen Körper und meinen Geist verloren hatte. Und ich hätte auch Angst, herauszufinden, wie sie reagieren würde: Was würde sie zu mir sagen? Würde sie mich in den Arm nehmen und mich trösten, so wie ich es mir wünschen würde? Nein, sie würde mir Vorwürfe machen und mir sagen, dass es meine eigene Schuld ist, dass ich ja zu Hause hätte bleiben können. Und ich müsste ihr und mir eingestehen, dass sie Recht hat.

Ich mache es also wie die anderen Male auch, ich verschließe alles in mir und versuche zu vergessen.

78.

Zu Hause im Hotel angekommen, habe ich nur noch Zeit meine Sachen einzupacken und mich zu verabschieden. Um acht muss ich mich im Therapiezentrum zurückgemeldet haben. Wir schaffen es noch so gerade und werden schon von Achim, dem Hausleiter, an der Tür erwartet. Nachdem meine Sachen nach Drogen durchsucht sind, darf ich in mein Zimmer und bin erleichtert, endlich den Blicken meiner Mutter zu entkommen. Im Auto habe ich zwar so getan, als würde ich schlafen, aber die Blicke, die sie mir von der Seite aus zugeworfen hat, habe ich sehr wohl bemerkt. Ich frage mich, was sie gedacht hat. Ich glaube nicht, dass sie mir die Sache mit dem Konzert abgekauft hat.

Weil ich keine Urinprobe abgeben muss, beschließe ich, nichts von meinem Rückfall zu erzählen und hoffe, dass die geübten Augen der Fachkräfte mir nichts anmerken. Ich will am liebsten nicht mehr daran erinnert werden. Meine blauen Flecken erkläre ich mit einem wilden One-Night-Stand. Es gibt keine weiteren Fragen und ich bin erleichtert, keine weiteren Erklärungen abgeben zu müssen.

Ich bin ziemlich gut darin geworden, alles Unangenehme zu verdrängen und mich nicht damit auseinanderzusetzen. Ich mogele mich aus allem heraus. Dass ich damit eine Chance verpasse, an mir zu arbeiten und mich zu ändern, ist mir nicht klar. Ich habe nicht über meine Nasenspitze hinaus gesehen und keinen Gedanken an meine Zukunft verschwendet.

Ich lebe nur für den Tag und denke, dass ich noch alle Zeit der Welt habe, um Entscheidungen zu treffen und mich mit Dingen wie Arbeit zu beschäftigen. Mir gefällt es besser, mich mit den Problemen der anderen zu befassen und sogar anderen gute Ratschläge zu geben, die ich selber nie befolgt hätte, und so zu tun, als käme meine Welt wieder in Ordnung, wenn ich einfach nur fest genug daran glaube. Und eigentlich ist die Welt, so wie sie ist, für mich in Ordnung. Den Therapeuten erzähle ich das, wovon ich annehme, dass sie es hören wollen. Und wenn mal einer ein bisschen tiefer bohrt oder mir unangenehme Fragen stellt, reagiere ich entrüstet, werde wütend oder drohe damit, die Therapie abzubrechen und schon habe ich wieder meine Ruhe.

79.

Nach vier Monaten Therapie kommen Udo Grünewald und ich uns näher. Er hat seine Therapie zwei Wochen vor mir begonnen und wir sind von Anfang an in derselben Gruppe. Nun verbringen wir auch außerhalb der Therapiestunden die meiste freie Zeit zusammen. Mittlerweile gehören wir zu denjenigen, die das Gelände ohne Aufsicht verlassen dürfen.

Udo ist elf Jahre älter als ich, stammt aus Limburg an der Lahn, ist seit zehn Jahren Heroin abhängig und wenn er sich aufregt, fängt er an zu stottern. Vom Aussehen ist er gar nicht mein Typ, er trägt sein schwarzes Haar kurz geschnitten und hat einen Oberlippenbart. Er kleidet sich am liebsten in Anzügen mit weißen Hemden, speziell und ganz anders also als die Typen, auf die ich sonst so stehe. Das will nicht heißen, dass ich ihn unattraktiv finde, im Gegenteil, er ist ein schöner Mann und hat viel Charme.

Am meisten berührt mich aber sein schweres Schicksal. Im Alter von drei Jahren hat er seine Mutter verloren, sie starb an Unterleibskrebs, seinen Vater hat er nie kennengelernt. Er verrät mir, dass sein Vater angeblich ein Soldat aus Amerika ist, der in Limburg stationiert war, und mit dem seine Mutter eine kurze Affäre gehabt haben soll. Weil Udos Hautfarbe etwas dunkler ist, tippe ich allerdings eher auf einen Spanier oder einen Italiener, aber den Gedanken behalte ich für mich.

Seine drei Geschwister waren älter, im Abstand von sieben Jahren sind die vier zur Welt gekommen. Sie haben jeweils einen anderen Vater. Nach dem Tod seiner Mutter, wurde er von Nonnen in einem Waisenhaus aufgezogen. Die ersten fünf Jahre war der zehnjährige Bruder noch bei ihm. Sein ältester Bruder war einundzwanzig Jahre älter und lebte auf Hawaii. Seine siebzehnjährige Schwester Lilo, die damals schon mit einem Oberkommissar vom BKA verheiratet war, konnte sich nicht um ihn kümmern, weil sie ihr eigenes Leben führte. Udo erzählt mir, dass er gerne studiert hätte, um Anwalt zu werden, aber die Nonnen wollten das Studium nicht finanzieren. Er wurde gezwungen, eine Lehre als Installateur zu machen. Er war so unglücklich in diesem

Beruf und griff zu den Drogen, um sein Unglück nicht fühlen zu müssen. Irgendwann später hat er zwar noch mal eine Umschulung zum Sachbearbeiter gemacht und für die AOK gearbeitet, aber aus dem Drogensumpf half das ihm nicht mehr hinaus. Dass er auch Probleme mit Alkohol und Tabletten hat, kann er im Moment noch nicht zugeben und wird mir auch erst viel später klar.

80.

Paarbeziehungen werden von den Therapeuten nicht gerne gesehen, deshalb versuchen wir, uns nichts anmerken zu lassen. Nur unsere Mitbewohner wissen über uns Bescheid, aber irgendwann kommen uns die Therapeuten doch auf die Schliche. Es werden unzählige Paargespräche geführt, die aber nichts zwischen uns ändern können. Im Gegenteil, wir klammern uns nur noch fester aneinander. Ich bewundere Udo in vielen Dingen. Er ist schon so erfahren, hat viel erlebt, er ist intelligent, selbstbewusst und hat einen solch witzigen Charme, ich bin richtig verliebt und kann mir ein Leben ohne ihn nur noch schwer vorstellen. Er hat auch eine mystische, vielleicht sogar düstere Seite an sich. Das macht ihn für mich aber nur noch interessanter und geheimnisvoller. Er erzählt mir von Friedhöfen, die er nachts besucht und von Engelsfiguren, die er in seiner Wohnung gesammelt hat. Er liebt es mit einem dunkelvioletten Talar durch die Stadt zu laufen, um die Menschen zu provozieren.

Wie so viele andere Bewohner im Haus, ist er von einem Richter vor die Wahl gestellt worden, Knast oder Therapie. Die Polizei hatte ihn beim dealen erwischt. Dadurch hat er auch seine Arbeitsstelle bei der AOK verloren. Daraufhin wurde ihm seine Wohnung in Wiesbaden gekündigt und zum guten Schluss hat ihn seine Freundin auch verlassen. Wie der Teufelskreis nun mal so geht.

Was nach der Therapie sein würde, darüber machten wir uns keine Gedanken, wir lebten und träumten in den Tag hinein, wir waren unbeschwert und mussten uns keine Sorgen machen. Dass dies für lange, lange Zeit die unbeschwertesten Monate in meinem Leben sein würden, kann ich derzeit nicht ahnen.

Weil wir nur selten alleine sein können, dauert es sehr lange, bis wir das erste Mal Sex miteinander haben. Es passiert während einem Spaziergang auf einem Hochsitz, der am Rande einer Lichtung steht und von dem man einen unglaublichen Ausblick auf die Umgebung hat. Das Wetter ist angenehm warm und die Luft so klar, dass man Kilometer weit die Wälder, Dörfer und Felder sehen kann. Udo und ich sind verlegen. Es ist eine verwirrende Situation für uns beide. Keiner traut sich den Anfang zu machen, wir benehmen uns wie zwei unerfahrene Teenies, ungeschickt und gehemmt. Letztendlich mache ich den Anfang, indem ich ihn frage, ob er eine Nackenmassage haben möchte. Er sagt ja. Vom Nacken an arbeite ich mich dann weiter vor. Es hätte schön sein können, wenn ich in meinen Gedanken nicht immer wieder zu den Typen abschweifen würde, die mich vergewaltigt haben.

Ich kann nichts dagegen tun, die Bilder kommen und damit auch die negativen Gefühle, die damit einhergehen. Udo merkt nicht, dass ich nicht wirklich ganz bei der Sache bin, und auch nicht, wie verkrampft ich eigentlich bin. Von uns beiden hat nur er seinen Spaß. Auf dem Weg zurück frage ich mich, ob es jetzt immer so für mich ablaufen wird oder ob das Gefühl beim Sex irgendwann besser oder sogar schön sein wird.

81.

Nach fünf Monaten fängt dieses behütete Leben an mich zu langweilen. Viele der Leute aus meiner Gruppe werden entlassen oder sie haben ihre richterliche Auflage erfüllt und entscheiden sich zu gehen. Es gibt schließlich noch ein Leben außerhalb dieser Käseglocke. Weil Udo seine sechs Monate Therapiezeit zwei Wochen vor mir beendet, beschließe ich gegen den Rat der Therapeuten gemeinsam mit ihm das Zentrum zu verlassen. Alle Überredungsversuche, meine Aufenthaltszeit um ein paar Monate zu verlängern, stoßen bei mir auf taube Ohren. Je mehr sie mich bearbeiten, umso hartnäckiger sträube ich mich dagegen und versuche sie meinerseits mit allen möglichen Argumenten zu überzeugen, dass ich keine Therapie mehr brauche.

Dass ich es da draußen nicht schaffen könnte, kommt mir nicht in den Sinn. Ich bin mir so sicher, dass es auf andere schon fast überheblich wirken muss. Die gut gemeinten Ratschläge und Warnungen sind für mich die Hirngespinste überbesorgter Erwachsener, die mir meine Selbstständigkeit nicht zutrauen, mich einengen und kontrollieren wollen.

Weil Udo keine Wohnung mehr hat, überlegt er erst einmal zu seiner Schwester zu fahren. Sie ist mittlerweile von ihrem Hauptkommissar geschieden und lebt mit ihrer Tochter in einer Sozialwohnung in Limburg. Es sieht so aus, als müssten wir uns damit abfinden, erst einmal getrennt unsere Wege zu gehen. Wir versprechen uns aber, in Verbindung zu bleiben.

Ich habe zwar nie mit meinen Eltern darüber geredet, aber für mich ist immer klar gewesen, dass meine Zukunft bei ihnen im Hotel liegen wird. Und die Hoffnung, nach der Therapie könne alles anders sein, lebt auch in mir. Eine klare Vorstellung, wie das andere aussehen soll, habe ich nicht. Ich will alles auf mich zukommen lassen.

Am Tag seiner Entlassung überredet Udo mich, für ein paar Tage mit nach Wiesbaden zu kommen. Ein Freund von ihm würde ihm für eine Woche seine Wohnung überlassen. Überreden muss er mich da nicht lange. Ich möchte mir diese Gelegenheit, mal längere Zeit mit ihm alleine zu sein, nicht entgehen lassen. Ich rufe meine Mutter an, die über diesen Entschluss gar nicht erfreut ist, packe meinen Koffer, lasse noch ein paar gut gemeinte Ratschläge über mich ergehen und fahre nach einem kurzen Abschied von allen anderen

Bewohnern und Angestellten zusammen mit Udo im Taxi erst einmal Richtung Limburg, um dann von dort den Zug nach Wiesbaden zu nehmen. Um meine Nase weht der Wind der Freiheit. Nach so langer Zeit der Kontrolle, habe ich endlich wieder das Gefühl: Die Welt gehört mir! Das dazugehörige Kribbeln in meinem Bauch fühlt sich gut an.

82.

Udo ist total aufgeregt und gönnt sich schon vor Limburg im Speisewagen einige Cognacs. Weil ich keine Spaßbremse sein will, versuche ich, mit ihm mitzuhalten. Gut angetrunken dauert es nicht lange, bis wir uns einig sind, erst einen Abstecher nach Frankfurt zur Szene zu machen, um uns einen Schuss zu besorgen. Einmal ist keinmal, reden wir uns ein. Es könne ja nicht schlimm sein, schließlich haben wir ja eine Therapie hinter uns und wüssten sicherlich damit umzugehen. Immer wieder versichern wir uns gegenseitig, dass es bei diesem einen Schuss bleiben wird. Und haben wir uns nicht eine Belohnung verdient? Wir stacheln uns dermaßen auf, sind so heiß auf dieses Zeug, dass wir alles, was wir während der Therapie gelernt haben, in den Wind schlagen.

Weil Udo während der Therapiezeit Krankengeld bezogen und davon nicht viel ausgegeben hat, ist er nun im Besitz von fast viertausend Mark. Eigentlich ist diese Summe als Kapital für eine neue Wohnung gedacht und soll ihm die erste Zeit über die Runden helfen. Eigentlich …

Am Frankfurter Bahnhof finden wir schon nach ein paar Minuten den ersten Dealer und kaufen für zweihundert Mark Heroin ein. Wir sind so gierig auf einen Schuss, dass wir gar nicht abwarten wollen, bis wir ungestört in der Wohnung von Udos Freund in Wiesbaden sind. Udo kennt sich in Frankfurt gut aus und führt mich in ein Nordsee-Restaurant, nicht weit vom Bahnhof entfernt. Wir bestellen uns egal was zu essen. Während wir warten, geht Udo zur Toilette, es kommt mir wie eine Ewigkeit vor, bis er wieder auftaucht. Nachdem ich mir auch einen Schuss gesetzt habe, ist an Essen nicht mehr zu denken. Die Bedienung bekommt das mit und setzt uns nicht sehr höflich vor die Türe.

Ich bin dermaßen high, wenn Udo nicht bei mir wäre, hätte ich mich wohl auf die erstbeste Bank gesetzt und wäre dort weggetreten. Udo nimmt mich wie ein kleines Kind an die Hand, damit es nicht verloren geht. Wir machen uns auf den Weg nach Wiesbaden. An die Zugfahrt, die Ankunft in Wiesbaden und den Weg bis zur Wohnung kann ich mich nicht mehr erinnern. Erst am nächsten Morgen bin ich wieder in der Lage, klar zu denken. Das Erste, was ich sehe, als ich die Augen aufmache, ist Udo, der sich einen Schuss setzt.

83.

Das war wohl nix mit einmal ist keinmal. Auch die großartige Behauptung, wir haben die Kontrolle, scheint ein großer Bluff zu sein. Schon alleine die Tatsache, dass wir für zweihundert Mark Heroin gekauft haben und somit mehr als vier Schuss pro Person zur Verfügung haben, beweist wie wenig wir uns im Grunde selbst vertrauen und uns selbst belügen. Dennoch reden wir uns immer noch ein aufzuhören, sobald alles aufgebraucht ist. Irgendwie wollen wir auch glauben, dass wir es können.

Die Wohnung von Udos Freund Burghard ist super luxuriös ausgestattet. Als Musiker, er spielt hauptsächlich Saxofon, muss er wohl gut sein, denn seine Einrichtung ist nur vom feinsten. Die Woche mit Udo in dieser Luxusbude verbringe ich die meiste Zeit in einem Zustand den ich als „Niemand-Zu-Hause-Zustand" beschreiben möchte. Von Wiesbaden sehe ich so gut wie nichts. Wir sind noch zweimal nach Frankfurt gefahren, um uns neu mit Heroin einzudecken. Nur zwanzig Minuten Zugfahrt braucht es dazu. Während dieser Woche begleite ich Udo zu seinem Arzt, von dem er sich Vesperax, ein sehr starkes Schlafmittel, verschreiben lässt. Doktor Dimitrow ist kein gewöhnlicher Arzt. Eigentlich ist er Psychiater, aber für zwanzig Mark bekommt man fast alles von ihm. Jeder in Wiesbaden, der sich mit Medikamenten die Birne zuhauen will, kennt seine Adresse, und die Abhängigen geben sich bei ihm die Klinke in die Hand.

Von Udo lerne ich dann, dass es verschiedene Medikamente auf dem Markt gibt, die sehr beliebt sind. Dazu gehören neben Vesperax noch Medinox, Mandrax usw., aber sein persönlicher, absoluter Favorit sind Valeron Tropfen, ein sehr starkes Schmerzmittel. Von seinen Freunden und Bekannten wird er auch Valeron-Udo genannt.

Ich merke gar nicht, wie schnell die Zeit vergeht und wie kurz eine Woche ist, wenn man ständig in einem Zustand von „Ich kriege nichts mehr mit“ und „Wer bin ich?“ ist. Bevor ich wieder zurück zu meinen Eltern fahre, decke ich mich mit Udos Hilfe noch mit einem Vorrat an Vesperax ein. Ich erhoffe mir davon auch eine leichter zu ertragene erste Begegnung mit meiner Familie. Außerdem können die Pillen mir den Abschied von Udo erträglicher machen. Ich glaube immer noch, jeder Zeit mit allem aufhören zu können – wenn ich nur will.

84.

Ich habe keine Erinnerung an die Heimfahrt. Weil ich Zugfahrten generell langweilig finde, schlucke ich noch am Wiesbadener Bahnhof die ersten von ich weiß nicht mehr wie vielen Vesperax. Es grenzt an ein Wunder, dass ich unterwegs nicht verloren gehe und tatsächlich zu Hause ankomme. Dass meine Eltern nicht glücklich sind, mich so zu sehen, brauche ich wohl nicht extra zu erwähnen. Und wiederum wird nicht darüber geredet. Und wenn doch, dann weiß ich es nicht mehr.

Vesperax hat eine besondere Wirkung auf mich: Erst bin ich gut drauf und traue mich, Dinge zu sagen und zu tun, die ich sonst niemals getan hätte. Später kann ich aggressiv, unverschämt und sogar richtig böse werden. Ich und andere um mich herum erkennen mich unter dem Einfluss der Pillen nicht wieder. Dann verliere ich jede Kontrolle über mich und finde kein Ende mehr, ich schlucke solange welche runter, bis ich schließlich irgendwann bewusstlos in einer Ecke liege.

Wie enttäuscht müssen meine Eltern und meine Oma wohl gewesen sein, mich wieder so zu sehen? Was denken sie, als sie merken, dass die Therapie nichts gebracht hat, dass ich ganz im Gegenteil noch schlimmer drauf bin, als sie es jemals zuvor gesehen haben? Ich weiß es nicht.

Die Einzige, die nicht merkt, wie es um sie steht, bin ich selber. Für mich ist alles unter Kontrolle. Und wenn etwas mit mir nicht stimmt, dann ist es die Schuld der anderen. Und so finde und erfinde ich immer neue Ausreden, um mich weiter zuzudröhnen und mir meine Welt für mich erträglich zu machen. Nach einer Woche gehen mir langsam die Tabletten aus. Ich denke mit Angst an den Tag, an dem ich die letzte schlucken werde.

Es ist Freitagabend, mir bleiben noch drei Stück. In der Dorfschule findet ein Discoabend statt. Meine Eltern lassen mich in dem Zustand, in dem ich seit meiner Rückkehr bin, nicht arbeiten, und so beschließe ich, einfach mal rauszugehen und Spaß zu haben. Der Abend selber fängt gut an. Ich tanze, treffe alte Bekannte und erzähle nicht ohne Angeberei, was ich in der Zwischenzeit alles erlebt habe. Natürlich lasse ich die peinlichen Details aus und beschönige ein paar Dinge. Ich denke wirklich, die anderen merken nicht, dass ich drauf bin. Die stetig größer werdende Menge Alkohol, die mir durch die Kehle rinnt, verstärkt die Wirkung von den

Tabletten noch um ein Vielfaches. Ich glaube, selbst wenn ich mir die Hosen vor allen Leuten herunter gelassen hätte, wäre es mir nicht peinlich geworden, weil ich ganz einfach keine Hemmschwelle mehr spüre.

Auf dem Nachhauseweg revoltiert mein Magen, ich stehe an der Dorfkirche und kotze mir die Seele aus dem Leib. Dann wird alles schwarz. Wie lange ich bewusstlos am Boden liege, bevor mich jemand findet, weiß nur der liebe Gott.

85.

Als ich meine Augen öffne, liege ich nicht in meinem Bett in meinem Zimmer. Wo bin ich? Ich erkenne einen großen Saal, in dem mindestens zehn Betten stehen. Träume ich noch? Mein Herz rast. Wer ist die Frau, die neben mir auf dem Bett sitzt und sich vor- und zurückschaukelt? Tausend Fragen, tausend Ängste. Was ist mit mir passiert? Warum sind hier überall Gitter an den Fenstern? Ich will aufstehen. Warum bin ich festgebunden? Die Frau auf dem Bett antwortet mir nicht, sie wimmert nur vor sich hin. Ich bekomme Panik, fange an zu schreien, irgendjemand soll kommen und mich losbinden!

Bitte, bitte… ! Hört mich niemand? Endlich scheint jemand auf mich aufmerksam geworden zu sein. Eine Frau in einem weißen Kittel kommt an mein Bett und begrüßt mich in Französisch mit den Worten: „Guten Morgen, na endlich sind Sie wach, wir haben uns schon Sorgen gemacht.“ Sie schaut mich mit eindringlichem Blick an und erklärt weiter: „Sie sind hier in der geschlossenen Psychiatrie, Ihre Eltern haben sie gestern wegen Medikamentenmissbrauch hier einweisen lassen und wenn Sie keinen Ärger machen, das Medikament schlucken, welches ich Ihnen jetzt gebe, werde ich Sie losbinden." „Habe ich eine Wahl?", traue ich mich zu fragen. Ihr Lächeln ist Antwort genug, denn es sagt mir: Du kannst ja mal austesten, was passiert, wenn du nicht das machst, was ich von dir verlange. Ich verstehe. Sie hält mir einen Becher an den Mund, in dem eine klare Flüssigkeit ist. „Alles runterschlucken", sagt sie unnötigerweise. Das Zeug schmeckt ekelhaft süß und mein Magen zieht sich augenblicklich zusammen. Danach gibt sie mir noch eine kleine blaue Tablette, die ich Gott sei Dank mit etwas Wasser runterspülen darf. Das Zeug, das sie mir gegeben hat, muss der absolute Gehirnkiller sein. Sie hat kaum angefangen, mich loszubinden, da fühle ich, wie mein Körper leicht wird, wie in meinem Kopf alles einfriert und wie ich zu einer willenlosen Marionette werde. Mein Bewusstsein ist klar, ich verstehe alles, was um mich herum passiert, aber ich kann auf nichts mehr selbständig reagieren. So müssen sich Menschen fühlen, die im Koma liegen, aber trotzdem alles um sich herum wahrnehmen. Komischerweise kann ich den Befehlen von Oberst Weißkittel folgen, es ist wirklich so, als hält sie die Fäden der Marionette, die ich dank der Medikamente geworden bin, in den Händen.

86.

Nachdem ich von Weißkittel durch den restlichen Morgen ferngesteuert werde, habe ich Gelegenheit, mir meine Umgebung ein bisschen näher anzuschauen. Es gibt zwei Schlafsäle, die durch eine Glaswand voneinander getrennt werden. Im hinteren Teil vom Saal, in dem ich aufgewacht bin, gibt es eine Art Zelle. Diese wird durch eine Glasscheibe von dieser Saalseite getrennt, die Scheibe ist verstärkt durch Gitterstäbe. An der Wand der Zelle steht ein Tisch, auf dem eine Gummimatratze liegt, am oberen und unteren Ende sind Schlaufen befestigt. Mir ist sofort klar, worum es sich bei diesem Tisch handelt, und eins ist sicher: Ich will auf keinen Fall Bekanntschaft mit ihm machen! Dann entdecke ich ein weißgekacheltes Badezimmer, in dem drei riesige Badewannen mit Deckel stehen. Wenn man diese Deckel zuklappt, kann nur noch der Kopf rausschauen. Mir fällt spontan das Wort „Mittelalter" dazu ein. Dazu gibt es noch einen Aufenthaltsraum, in dem gegessen und am Abend ferngeglotzt wird. An allen Fenstern, die ich bisher gesehen habe, sind Eisengitter befestigt. Und wenn man mal an die frische Luft will, muss man einen Weißkittel bitten, einem die Tür zu einer Art Vogelkäfig zu öffnen, der direkt an den Aufenthaltsraum angrenzt.

Nachdem mich Weißkittel in einen alten unbequemen Fernsehsessel geparkt hat, schaue ich mir die anderen Frauen mal etwas genauer an. Es sind alle Altersklassen vertreten, es scheint so, als wäre ich die Jüngste, aber ich habe noch nicht alle Frauen gesehen, einige kommen erst gegen Abend zu uns, weil sie tagsüber in einer Werkstatt Idiotenarbeit verrichten müssen. Ich erkenne sogar eine von den Weißkitteln wieder: Sie war eine ältere Schülerin in dem Nonneninternat, in dem ich vor einer Ewigkeit, wie mir jetzt scheint, zur Schule ging. Ich tue so, als würde ich sie nicht erkennen. Selbst wenn ich wollte, könnte ich ihr die Gründe meiner Anwesenheit hier nicht erklären.

In meinem Sessel fühle ich mich wie eine Pflanze. Ich habe Angst davor, so weiterleben zu müssen. Was ist, wenn ich hier nie mehr rauskomme? Ich steigere mich immer mehr in dieses Horrorszenario hinein. Ich will nicht hier sein! Was haben sich meine Eltern nur dabei gedacht? In diesem Moment hasse ich sie so sehr, dass es keine Worte dafür gibt.

87.

Nachdem alle Frauen im Aufenthaltsraum eingetroffen sind, beginnt augenblicklich eine heftige Diskussion um das Fernsehprogramm des heutigen Abends. Mir ist alles egal, ich kann sowieso nur geradeaus starren. Den meisten sieht man nicht an, ob und welches Problem sie haben, aber bei Vereinzelten ist es offensichtlicher: Eine alte Frau läuft im Nachthemd, das hinten einen Urinfleck hat, mit einer Puppe im Arm immer im Kreis um den Fernsehtisch herum, eine andere, die nicht viel älter sein kann als ich, stopft sich den

Mund mit Zigarettenstummeln voll. Ich schaue ihr fasziniert zu: Sie hört beim Kauen nicht auf, nach vorne und hinten zu schaukeln, dabei hat sie ein seliges Grinsen im Gesicht, ab und zu läuft ihr ein bräunlich, gelblicher Speichelfaden den Mundwinkel hinunter. Stummelnachschub zu finden ist nicht schwierig, hier sind fast alle Frauen Raucherinnen. Dann ist da noch die Oma, die immer mit gepackten Koffern auf ihrem Bett sitzt, weil sie Angst vor einem Fliegeralarm hat. Und die Frau, die man an ihr Bett geschnallt hat, weil sie sich mit allem was spitz oder scharf ist, Löcher in die Haut gräbt.

Ich habe in meinem Leben noch nie so viele Frauen mit leeren Blicken gesehen. Eine junge Frau setzt sich mir gegenüber und erzählt mir, dass ihr Ehemann sie eingewiesen hat, um mit seiner Geliebten zu leben. Ich verstehe nur die Hälfte von dem, was sie mir erzählt, weil sie zwischendurch immer wieder anfängt zu weinen. Sie ist eine schöne Frau, und ich weiß nicht genau, ob ich ihr die Geschichte glauben kann. Ein Mann, der eine solche Frau loswerden will, gehört selber in die Klapsmühle.

Ein Weißkittel hat mir bei der abendlichen Medikamentenausgabe gesagt, dass ich am nächsten Tag einen Psychiater sehen werde und dass man mich danach an ein EEG-Gerät anschließen wird. Gott sei Dank, denke ich erleichtert, jetzt kann ich mit jemandem reden und erklären, dass ich nicht verrückt bin und hier nichts verloren habe, dass alles ein Missverständnis ist und sie mich gehen lassen müssen.

Am nächsten Morgen haben sie das Zeug, das mich wie ein Zombie werden lässt, ausgelassen. Ich kann mich wieder selbstständig bewegen und soweit es mir dort möglich ist, Entscheidungen treffen. Auf meine Frage, was das für ein Zeug war, bekomme ich vom Weißkittel nur zu hören: „Es ist gut für Leute wie dich!“ Ich glaube eher, dass es bequem und gut für die Weißkittel ist, weil sie mit Marionetten keinen Stress haben.

88.

Ich kann es kaum erwarten, den Psychiater zu sehen. Ich bin mir ganz sicher, dass ich nach dem Gespräch mit dem Facharzt von hier verschwinden kann. Nachdem ich mich geduscht habe, macht eine von den Frauen mich blöde an und schreit lauthals, ich habe ihre Haarbürste geklaut. Alle meine Versuche, sie zu beruhigen und ihr zu erklären, dass dies sehr wohl meine Bürste ist, regt sie nur noch mehr auf. Das ist mir zu blöde und ich rufe einen Weißkittel. Ich hatte ja keine Ahnung, dass das, was dann mit ihr passiert ist, zu den Standardmethoden gehört, die sie hier zur Beruhigung oder Bestrafung anwenden.

Jetzt sehe ich mit eigenen Augen, wozu die Zelle im hinteren Teil vom Schlafsaal dient. Die Frau wird von drei Weißkitteln nackt ausgezogen und dann auf den Tisch geschnallt. Alles Wehren und Schreien nützt ihr nichts. Eine Spritze später hört man keinen Ton mehr von ihr. Ihr Blick starrt nur noch ausdruckslos zur Decke. Scheiße! Ich muss hier raus!

Nach dem EEG bringen sie mich zum Psychiater. Der Mann sitzt da in seinem edlen Anzug und schaut wie der liebe Gott auf mich hinab. Ich bin sehr angespannt, denn schließlich hängt es von ihm und seiner Beurteilung ab, ob ich gehen darf oder bleiben muss. Um die Atmosphäre etwas aufzulockern, erzähle ich ihm einen Psychiater-Witz. Na ja, ich finde ihn gut, er lacht nicht. Danach zeigt er mir schwarze Tintenkleckse, die ich für ihn interpretieren soll. Das übliche Klischee also … Er stellt mir noch ein paar Fragen zu meinem Drogenkonsum, dann darf ich schon gehen. Das Ganze hat nicht mehr als eine halbe Stunde gedauert, aber auf meine Frage, ob ich die Anstalt verlassen darf, hat er mir keine Antwort gegeben und mich auf später vertröstet.

Es dauert nicht lange, bis ein Weißkittel mir erklären kommt, dass ich noch eine Zeit lang hier bleiben muss. Ich wäre am liebsten die Wände hochgegangen! Wie lange, will ich wissen, aber keiner kann oder will es mir sagen. In was für eine riesengroße Scheiße bin ich da nun wieder hineingeraten?! Wäre ich nur bei Udo geblieben.

89.

Ein Tag gleicht dem anderen: Ich sitze die meiste Zeit in einem Sessel und starre Löcher in die Luft. Es gibt nichts zu tun für mich. Ich bekomme Medikamente, die mir meinen

Entzug erleichtern sollen, aber das ist doch kein Grund, mich hier verblöden zu lassen. Die meisten der Frauen gehen tagsüber irgendwelchen Beschäftigungen nach, natürlich nur die Frauen, die dazu in der Lage sind. Wenn ich nicht bald hier raus komme, werde ich wirklich noch verrückt.

Die Frau, die sie auf den Tisch geschnallt haben, ist zwei Tage später wieder zu uns gelassen worden. Ich kann immer noch nicht glauben, was ich da mit ansehen musste: Sie haben die arme Frau zwei Tage lang nackt in ihrer Scheiße und Pisse liegen lassen, ab und zu hat ein Weißkittel nach ihr gesehen und ihr eine Spritze gesetzt. Ich dachte bisher, so etwas gibt es nur in Filmen.

Ich muss mir etwas einfallen lassen, damit ich hier raus komme. Wenn ich wenigstens anrufen dürfte, dann würde ich mich bei Udo melden und ihn um Hilfe bitten. Das schlimmste Gefühl für mich ist, hier so ausgeliefert und machtlos zu sein. Und dazu nagt diese Ungewissheit, wie lange ich noch hier bleiben muss, an meinem Gemüt. Auf alle meine Fragen bekomme ich immer nur dieselbe Antwort zu hören: Das entscheidet der Psychiater, er wird es Ihnen mitteilen, wenn er es für nötig hält.

Zwei Wochen sind vergangen, als die junge Frau, die ich aus dem Internat zurückerkannt habe, mir sagt, dass ich am nächsten Tag bei mir zu Hause anrufen darf. Seitdem suche ich im Geiste nach der einen guten Version, die ich meinen Eltern erzählen kann, um hier heraus zu können. Ich will unbedingt hier raus und jedes Mittel ist mir Recht. Nur mit einfachem Bitten und Flehen wird es nicht funktionieren, das ist mir klar.

Ich habe zwar eine Idee, weiß aber nicht, ob ich mich wirklich traue, das zu sagen, wenn es darauf ankommt … Ich fühle mich verzweifelt. Wie kann ich es schaffen, meine Eltern zu überzeugen?

Mir fällt keine bessere Idee ein, also … Ich schäme mich schon vorher und noch mehr im Nachhinein für das, was ich schlussendlich am Telefon zu meinem Vater sage, aber ich sehe keinen anderen Ausweg. Als es so weit ist und ein Weißkittel mir den Hörer hinhält, zittere ich am ganzen Körper. Und nur die Angst, in dieser Anstalt bleiben zu müssen, lässt mich folgenden Satz aussprechen: „Wenn ihr mich nicht hier raus holt, dann schwöre ich, werde ich meine Schwester umbringen." Ich habe so viel Überzeugungskraft in diesen Satz gelegt, wie ich gerade aufbringen konnte. Ich bekomme seine Reaktion gar nicht mit, denn ich kann gerade selber nicht glauben, dass ich mich getraut habe, ihm zu drohen und stehe irgendwie unter Schock. Natürlich hätte ich meiner kleinen Schwester nie im Leben ein Haar gekrümmt, geschweige denn sie umgebracht. Sorry Schwester, ich kann diese Worte nicht mehr rückgängig machen. Und auch wenn ich nicht wirklich daran glauben konnte, die Worte zeigen tatsächlich Wirkung.

90.

Am nächsten Morgen stehen tatsächlich meine Mutter und Papas Freund vor der Tür, um mich abzuholen. Ich bin zwar nur zwei Wochen in dieser menschlichen Abstellkammer gewesen, aber mir kommt es zehnmal so lange vor. Ich bin so erleichtert, diesem Gebäude den Rücken kehren zu dürfen, auch wenn die Bilder mich noch lange verfolgen. Ich hätte am liebsten losgeweint. Im Auto warte ich auf die Salve von Vorwürfen, sowas in der Art wie „wie kannst du nur?“ oder „du hast dich selber in diese Lage gebracht!“, und Ähnliches, aber es passiert nichts und niemand spricht mich auf das an, was geschehen ist. Was muss eigentlich passieren, damit endlich jemand mit mir redet?

Ich bin mit meinen Gedanken alleine. Daher schmiede ich schon während der Fahrt nach Hause neue Zukunftspläne. Ich beschließe, am nächsten Tag zu Udo nach Wiesbaden zu fahren. Ich verrate vorsichtshalber nichts von meinem Vorhaben, einerseits weil ich keinen Stress machen will und andrerseits weil ich natürlich ein wenig Angst habe, dass meine Eltern mir irgendwie einen Strich durch die Rechnung machen könnten.

Ich spüre, dass ich an einem Wendepunkt in meinem Leben angekommen bin und für mich wichtige Entscheidungen anstehen. Eine Idee findet mich. Ich werde Udo fragen, ob er nicht für ein paar Tage zu mir nach Hause kommen und sich alles in Ruhe anschauen möchte. Vielleicht können wir ja hier zusammen arbeiten und leben? Das wäre doch ein guter Plan, oder?

Aber erst einmal ist es mir wichtig, ihn wiederzusehen. Nach einem kurzen Abschied von meiner Familie und den Worten „Ich rufe euch an", mache ich mich also auf den Weg nach Wiesbaden. Ich hatte all die Zeit keinen Kontakt zu ihm und er wusste nichts von meiner Einweisung in die Psychiatrie. Dass ich ihn besuchen will, habe ich auch gar nicht erst versucht ihm mitzuteilen. Dementsprechend schaut er mich überrascht an, als er mich plötzlich vor der Tür von Burghards Wohnung stehen sieht. Ich bin auf gut Glück vom Bahnhof aus zu dieser Adresse gegangen, in der Hoffnung, dass er noch da wohnt. Ich weiß nicht, was ich gemacht hätte, wenn ich ihn da nicht angetroffen hätte. Ich falle ihm erleichtert um den Hals.

Jetzt lerne ich auch Burghard kennen. Er ist das, was man gemeinhin einen Traummann nennt, ein großer, blonder Typ mit einem Traumkörper, ein richtiger Dandy, eingebildet bis zum geht nicht mehr, schwul bis in die Fingerspitzen und ein grandioser Saxofon-Spieler. Wir sind uns vom ersten Moment an unsympathisch. Ich merke sofort, dass er in Udo verknallt ist. Er lässt mich auch deutlich spüren, dass ich in seiner Wohnung nicht willkommen bin. Nur dank Udos Überredungskünsten darf ich in seiner Wohnung bleiben.

91.

Auch in Udos Gesicht kann ich sofort eins erkennen: Er ist immer noch auf Heroin. Seine Pupillen sind nicht größer als Stecknadeln. Ein Blick in diese Augen genügt, um mich so gierig zu machen, dass ich ihn noch vor allem anderen frage, ob er was da hat. Burghard macht einen Aufstand. Er weiß, dass Udo Drogen nimmt, toleriert es auch bei ihm, aber er selber nimmt nichts. Als er nun mitbekommt, dass ich mir einen Schuss setzen will, benimmt er sich wie eine Furie und flüchtet dann aus der Wohnung. Beim Hinausgehen meint er noch, er wolle die Verantwortung nicht übernehmen, wenn eine kleine Göre sich eine Überdosis setzen würde und ich soll am nächsten Morgen verschwinden.

Mir war erst mal alles egal, ich will jetzt nur eine Nadel in meinem Arm spüren. Und morgen, wer weiß schon, was morgen ist? Damit beschäftige ich mich, wenn es soweit ist. Während Udo alles für einen Schuss vorbereitet, erzähle ich ihm, was mir in meiner Heimat passiert ist. Udo hatte schon einige Erfahrungen mit Psychiatrien hinter sich und ist ein wahrer Spezialist, was Medikamente und ihre Wirkung angeht. Er ist sich ziemlich sicher, dass dieses Mittel, welches mich zur Marionette werden ließ, Haldol gewesen ist, ein sehr beliebtes Medikament, um Patienten in der Psychiatrie ruhigzustellen. Sogar in diesem Moment, obwohl es für mich ja vorbei ist, überbekommt mich ein komisches, düsteres Gefühl, wenn ich an die Psychiatrie und die Frauen denke, die ich dort kennengelernt habe, die meisten von ihnen sind lebenslänglich da drinnen gefangen ohne Aussicht auf ein besseres Leben.

Udo hat während meiner Abwesenheit beinahe sein ganzes Geld ausgegeben. So ist er meiner Idee nicht abgeneigt, als ich ihm vorschlage, mit mir nach Belgien zu kommen. Was hat er schon zu verlieren? Anschauen kostet nichts, und vielleicht würde es ihm sogar dort gefallen und wir könnten uns was zusammen aufbauen. Und wenn nicht …, ja, was wenn nicht?

Ich habe die Vorstellung an eine Zukunft bei meinen Eltern immer noch nicht aufgegeben. Tief in mir wünsche ich mir ein harmonisches Familienleben, und dass alles gut wird, wir uns verstehen können, dass sie mir die Freiheit zugestehen können, die ich brauche, und dass ich für sie arbeite und sie stolz auf mich sind. So sieht mein Traum mit ihnen zusammen aus. Ich bin sogar bereit, mit den Drogen aufzuhören, denke ich bei mir, nur auf Alkohol will ich nicht ganz verzichten.

92.

Bevor wir nach Belgien fahren, machen wir uns noch ein paar schöne Tage. Das heißt im Klartext, wir sind von morgens bis abends zugedröhnt. Eine Bekannte von Udo hat uns für diese Zeit ein Zimmer überlassen, das wir nur verlassen, wenn wir zu Doktor Dimitrow oder nach Frankfurt fahren.

Mit dem Anruf bei meinen Eltern warte ich bis zum Ende der Woche. Ich bin total gespannt, was sie zu meiner Idee, ihnen Udo vorzustellen, sagen werden. Als ich meine Mutter am Telefon habe, klingt sie zwar nicht begeistert, sagt aber, dass es in Ordnung geht, wenn Udo und ich nicht im selben Zimmer schlafen und wenn wir uns benehmen würden.

Schon am nächsten Tag fahren wir also mit dem Zug bis Verviers, wo meine Mutter uns abholen kommt. Ich weiß nicht, welchen ersten Eindruck sie von Udo hat. Sie ist freundlich und stellt ihm viele Fragen, aber meine Mutter ist schwer zu durchschauen, und so kann es gut sein, dass sie nur geschauspielert oder ihm einfach nur genau auf den Puls gefühlt hat, ich weiß es nicht. Bei meinem Vater ist es ähnlich. Er ist freundlich und doch distanziert. Als die beiden sich dann aber an die Bar setzen, ein Bier zusammen trinken und sich Witze erzählen, denke ich, dass das Eis gebrochen ist.

Zwei Tage später kommt dann der ganz große Wendepunkt in meinem Leben. Nachdem ich Udo meiner ganzen Familie vorgestellt und ihm etwas von meiner Heimat gezeigt habe, treffe ich ihn spätabends an diesem besagten Tag in dem Zimmer, in das meine Eltern ihn einquartiert haben mit einer Flasche Cointreau. Am Morgen danach geht es mir elendig. Ich erinnere mich noch, dass ich irgendwann in mein Zimmer getorkelt bin. Mir war da schon so schlecht wie noch nie in meinem Leben. Dieses Zeug ist das schlimmste, was ich jemals getrunken habe, ich konnte gar nicht mehr aufhören zu kotzen. Und selbst im anbrechenden Tageslicht bin ich noch nicht dahinter. Ich hänge gerade mit dem Kopf über der Kloschüssel, als Sabine, meine alte Schulfreundin, an der Tür klopft und fragt, ob alles okay mit mir ist. Gerade in diesem Moment muss ich so heftig würgen, dass mir mein Zahnersatz in die Kloschüssel fällt. Das Ganze ist so ekelhaft, ich kann mich nicht überwinden, das Ding da herauszuholen. Deshalb spüle ich es zusammen mit der Kotze runter.

93.

Gott sei Dank war das mein altes Teil. Den neuen Zahnersatz, den ich in meinem Zimmer in einer Schublade aufbewahre, habe ich bis dahin nicht angezogen, weil er mir Schmerzen bereitet. Sabine, die immer noch vor der Tür wartet, versteht nicht, warum ich ohne ein Wort an sie zu richten an ihr vorbeistürme, um so schnell wie möglich in meinem Zimmer zu verschwinden. Ich will nicht, dass sie mich so sieht. Aber nachdem ich mich einigermaßen zurechtgemacht habe, um wieder zu ihr zu gehen, ist sie schon verschwunden. Sie muss einen tollen Eindruck von mir gehabt haben …

Weil es noch früh am Morgen ist, lege ich mich noch mal aufs Bett. Gerade bin ich eingeschlafen, da hämmert mein Vater an der Tür, reißt sie auf und schreit mich an: „Entweder stehst du jetzt auf und arbeitest oder du gehst!“ Ohne uns zu verabschieden fahren Udo und ich noch am selben Morgen zurück nach Wiesbaden.

Dass dieser eine Satz von meinem Vater mein ganzes Leben verändern sollte, ist mir zu diesem Zeitpunkt noch nicht bewusst.

Später in meinem Leben werde ich oft an diesen Moment zurückdenken und mir vorstellen, was gewesen wäre, wenn er anders reagiert hätte, wenn ich anders reagiert hätte! Hätte, hätte, hätte, wenn, wenn, wenn, …

Klar ist, von nun an liegt mein Schicksal in meinen Händen.

Teil 2

Einleitung

Die Jahre, die nun folgen, mit all dem, was ich erlebe, sind oft so schlimm, dass ich dir, liebem Leser, nicht alles erzählen werde. Nur so viel vorweg: Ich schaue dem Tod mehr als einmal ins Gesicht. Die Schutzengel, die mir zur Seite stehen, haben einen Full-Time Job. Ich fordere mein Schicksal mehr als einmal heraus, Russisches Roulette ist ein Kinderspiel im Vergleich zu meinem Leben. Ich frage mich immer wieder, warum ich überhaupt lebe. Ich denke, dass ich zu nichts nütze bin und eigentlich kein Recht habe, auf dieser Welt zu sein. Es ist doch so, dass es so viele kranke Menschen gibt, die alles für ein gesundes Leben geben würden. Und ich zerstöre nicht nur meinen Körper, sondern auch meinen Geist.

Aber irgendwie lebt in mir eine kleine Hoffnung, dass Gott (oder wer auch immer da oben das Sagen hat) sich etwas dabei gedacht hat, als er mir dieses Leben schenkte und dass ich doch noch mein Schicksal erfüllen werde und zu etwas gut sein werde.

Bei allem, was ich tue, will ich niemals bewusst andere Menschen verletzen oder ihnen schaden. Es mag sein, dass dies doch öfters geschehen ist, als mir lieb ist. Hiermit entschuldige ich mich bei all denjenigen, die ich enttäuscht, hintergangen, belogen und betrogen habe. Wenn ich könnte, würde ich vieles wiedergutmachen wollen. Aber dazu ist es zu spät, ich kann nur noch beschreiben, wie es zu manchen Situationen in meinem Leben gekommen ist.

Ich glaube nicht, dass ich ein schlechter Mensch bin. Nein, im Gegenteil, ich würde, wenn es nötig ist, mein letztes Hemd an einen fremden Menschen verschenken oder mein letztes Essen teilen. Ich kann auch nur sehr schwer Nein sagen, besser gesagt, ich kann überhaupt nicht Nein sagen. Diese Schwäche haben schon viele Menschen ausgenutzt und mich mit meiner dummen Ja-Sagerei sehr verletzt. Mir hat niemand gelernt, dass ein JA für einen anderen, ein NEIN zu mir selbst sein kann, und dass gesunde Selbstliebe auch klare Abgrenzung braucht. Ich war immer der Überzeugung, um geliebt zu werden, muss ich Ja sagen. Meine Sehnsucht, geliebt, verstanden und gebraucht zu werden, war immens groß. Und dennoch geht alles, was ich in meinem Leben angefangen habe, meistens fürchterlich in die Hose. Und eine angefangene Sache einmal zu Ende zu bringen, scheint immer wieder ein Ding der Unmöglichkeit zu sein. Auf halber Strecke werfe ich einfach das Handtuch. Ich habe weder einen Schulabschluss noch die Lehre beendet, die Therapie habe ich kurz vor dem Ende abgebrochen und so könnte ich noch zahlreiche Dinge aufzählen, die ich angefangen und nie beendet habe. Den Pullover zum Beispiel, den ich mir unbedingt stricken wollte, dem dann zum Schluss doch die Arme fehlen. Oder mein Wunsch, Gitarre spielen zu lernen, über drei Akkorde bin ich nie hinaus gekommen, aber ich wollte es unbedingt lernen. Dann war da noch der Turnverein, dessen Angebot ich ein paarmal wahrgenommen habe, bevor das mir schon zu langweilig wurde. Meine Selbstanalyse ist kritisch.

Die Zeit, in der meine Familie Einfluss auf meine Entscheidungen hat, ist nun endgültig vorbei, das will ich zumindest glauben. Aber so einfach läuft das nicht. Egal, wo ich auch bin oder was ich gemacht habe, meine Familie verfolgt mich wie ein Schatten. Ich werde immer genau wissen, wofür sich meine Eltern schämen würden und auf was sie stolz sein könnten. Ich werde immer wissen, wann ich sie bitter enttäusche und mich selbst dafür quälen. Denn ich möchte immer nur, dass sie mich lieben und stolz auf mich sind. Und auch jetzt, wo ich weggegangen bin, will ich unbewusst immer noch einen Weg finden, sie stolz zu machen und ihnen zu zeigen, dass ich mein Leben gut geregelt bekomme. In meiner Seele habe ich immer nach ihrer Liebe und Anerkennung gesucht.

Ich habe mich oft gefragt, warum gerade mir das alles passieren musste, die Antwort habe ich bis heute noch nicht gefunden.

Luxemburg den 11. Mai 2012

Spätherbst 1980 – Die Seele hinter der Mauer

1.

Als Udo und ich in Wiesbaden ankommen, bin ich vollgepumpt mit Vesperax, so dass Udo mich mal wieder führen muss. Ich will den Schmerz, der in meiner Seele und in meinem Herzen brennt, nicht mehr ertragen müssen. Medikamente und Drogen machen alles um so vieles erträglicher. Vollgepumpt ist mir dann auch völlig egal, was aus mir wird, wie es weitergehen soll. Am liebsten will ich nie wieder wach werden, immer weiter in meiner Traumwelt wandern und versinken, da kann mich keiner verletzen. In meiner Traumwelt bin ich stark, mein eigener Regisseur und Spielleiter und so ist meine Traumwelt immer warm, bunt und vollkommen rein.

Es ist Spätherbst und wir haben keine Wohnung, in der wir leben können. Udos Geld ist schon lange aufgebraucht. In den ersten Wochen in Wiesbaden dürfen wir noch bei verschiedenen Bekannten von ihm für ein oder zwei Nächte unterkommen, aber je näher der Winter heranrückt, umso schwieriger wird es, gutwillige Bekannte zu finden. Schon bald verbringen wir unsere erste Nacht draußen in einem Bushäuschen. Die Temperaturen sind weit unter null Grad gesunken und an Schlaf ist bei einer solchen Kälte nicht zu denken. Wir warten Stunde um Stunde, versuchen uns gegenseitig aufzuwärmen, aber selbst die Zeit scheint eingefroren zu sein und kein Mitleid mit uns zu haben. Am schlimmsten schmerzt die Kälte in Händen und Füßen.

Als um sechs Uhr morgens der erste Bus vor unserer Nase anhält und für uns die Türen öffnet, steigen wir dankbar ein. Die Wärme umhüllt uns. Es ist die schönste Wärme, die mein Körper je gespürt hat. Der Busfahrer muss Mitleid mit uns haben, denn er fragt weder nach einem Fahrschein noch nach Geld. Von unserem letzen Geld hatten wir uns am Abend zuvor eine kleine Flasche Schnaps gekauft, die sollte uns während der Nacht etwas aufwärmen, aber Udo hatte sie schon nach zehn Minuten leergetrunken. Er kann sich bei Alkohol einfach nicht beherrschen.

Weil Udo mit seinen Papieren vom Arbeitsamt geschlampt hat, muss er nun alle Anträge noch mal ausfüllen. An dem Tag, an dem wir Bescheid bekommen sollen, ob er sein Arbeitslosengeld wieder ausbezahlt bekommt, stehen wir schon eine Stunde vor Arbeitsbeginn an der Eingangstüre zur Behörde. Wir wollen die ersten in der Reihe sein, wenn der Schalter öffnet. Und es geschieht ein kleines Wunder: Udo haut so auf den Putz, dass sie ihm sogar eine Anzahlung geben. Es sind zwar nur dreihundert Mark, aber nach zirka drei Wochen ohne Geld, kommt uns das wie ein kleines Vermögen vor.

Als erstes statten wir Dr. Dimitrow einen Besuch ab und holen uns ein Rezept. Anschließend beschließen wir, endlich mal ins Hard-Rock-Cafe zu gehen, denn obwohl ich nun schon fast einen Monat in Wiesbaden bin, sind wir noch nie da rein gegangen. Für mich ist das wie ein Feiertag. Endlich kann ich mal einen Tag mit dem Betteln aufhören, denn nur so sind wir bisher über die Runden gekommen.

2.

Im Hard-Rock-Café trifft Udo auf eine alte Bekannte. Als sie unsere Geschichte hört, lädt sie uns ein, in ihrem Gästezimmer zu wohnen. Annette ist ein Typ Frau, der gerne die Dinge in die Hand nimmt, ihr Freund Martin wird erst gar nicht gefragt. Man merkt sofort, wer in dieser Beziehung die Hosen anhat. Annettes Wohnung ist in einem Altbau unter dem Dachgeschoss. Gerade stecken die beiden mitten im Renovierungsfieber, in fast allen Räumen wird gearbeitet. Beide kommen aus wohlhabenden Familien, Annette ist Anfang dreißig und arbeitet in der Firma ihres Vaters, der ein Vermögen mit Holz gemacht hat. Martin studiert mit seinen fünfunddreißig Jahren immer noch an der Uni in Mainz Politikwissenschaften.

Annette ist eine kleine, dünne Frau mit kurzem blondem Haar, die nie ihren Mund halten kann und immer das letzte Wort haben muss. Ihre positive Seite zeigt sich in ihrer

Großzügigkeit und Fürsorglichkeit. Aber wenn ihr etwas nicht passt, dann heißt es alle Mann in Deckung!

Martin dagegen ist ein großer Kerl mit schwarzem, schulterlangem Haar und einem dichten Vollbart. Die beiden sind nicht nur äußerlich total verschieden, ihre Wesen scheinen mir auch wie Eis und Feuer, soviel erkenne ich bereits in den ersten Stunden mit ihnen.

Unser Gästezimmer liegt im hinteren Teil der Wohnung. Es ist behaglich, mit Dachschräge und einem kleinen Bad nur für uns. Wir können unser Glück kaum fassen. Als Annette uns auch noch mit Möbel, die sie nicht mehr braucht, eindeckt, ist unsere kleine Welt fast perfekt. Es ist sozusagen mein erstes eigenes Zimmer.

Weil Udo die Sache mit dem Arbeitslosengeld in Ordnung gebracht hat, können wir sogar ein bisschen Miete zahlen und uns auch sonst in der Wohnung nützlich machen. Die ersten schwarzen Wolken ziehen auf, als Annette herausfindet, dass wir Drogen nehmen. Als sie uns das Zimmer angeboten hat, war ihr Udos Vergangenheit zwar bekannt, aber sie ist davon ausgegangen, dass er seit der Therapie clean ist. Um uns die Chance auf das Zimmer nicht zu verderben, waren Udo und ich uns einig, unseren Drogenkonsum zu verschweigen. Wieder so eine blöde Idee, als wenn alle Leute um uns herum blind wären. Annette ist alles andere als dumm, sie hat unser Spielchen sehr schnell durchschaut.

Weil ich Annette noch nicht gut kenne, gehe ich davon aus, dass sie uns vor die Tür setzen wird und nichts mehr mit uns zu tun haben möchte. Aber weit gefehlt, Annette will uns tatsächlich helfen. Es kommen weder Vorwürfe noch Anklagen. Das bringt mich total aus der Fassung. Das, was ich mir immer gewünscht habe, einen Menschen der mit mir redet und der mir zuhört, bekomme ich jetzt von einer fremden Frau. Und dann kann ich damit gar nicht umgehen. Was ist nur los mit mir? Erst jammere ich herum und wünsche mir, dass mal jemand für mich da ist, mir vertraut und an mich glaubt, und was mache ich?! Ich missbrauche das Vertrauen, enttäusche und mache alles kaputt. Vielleicht habe ich Angst, jemanden zu nahe an mich heran zu lassen, oder Angst davor, dass jemand es schaffen könnte, die Schutzmauer in mir einzureißen und mich wieder verletzlich zu machen. Vielleicht aber kann ich das Gute und Schöne im Leben einfach gar nicht zulassen.

3.

Annette gibt sich wirklich Mühe, mir in irgendeiner Form zu helfen und wäre ich alleine mit ihr, dann hätte es vielleicht auch klappen können, aber zwei Drogenabhängige, die sich gegenseitig immer wieder aufstacheln und heiß reden, dagegen kommt kein guter Wille von außen an. Ich glaube, dass es schon zu spät für mich ist. Die Drogen haben mich immer fester im Griff, die Mauer in mir ist zu hoch und die Angst vor der Realität zu groß. Annette lässt uns trotzdem noch in ihrem Gästezimmer wohnen, sie gibt auch gar nicht gerne vorschnell auf und sieht vielleicht noch Hoffnung, wo wir sie gar nicht fühlen wollen.

Um mich ein bisschen nützlich zu machen und auch um ihr zu danken, will ich ihr den Speicher aufräumen. Es liegt genug Gerümpel rum, man könnte einen Container füllen. Beim Aufräumen finde ich eine komische Lampe. Meiner Meinung nach ist es eine Bräunungslampe fürs Gesicht. Annette ist zur Arbeit, von Udo ist weit und breit nichts zu sehen und vom Aufräumen habe ich schon nach kurzer Zeit die Nase voll. Also, was macht man wenn man sich langweilt? Ich für meinen Teil bin neugierig auf dieses antike Lampenrelikt und teste es. Die Lampe funktioniert tatsächlich noch. Ich stelle sie etwa einen Meter von meinem Gesicht entfernt hin und schalte das Ding auf „volle Pulle". Dann bleibe ich etwa zwanzig Minuten im gleißenden Licht liegen. Zunächst spüre ich keinen Effekt, nur ein leichtes Ziehen an meiner Gesichtshaut. Das Ding ist ein Flopp, von Bräune ist im Spiegel nichts zu sehen und ein paar Stunden später habe ich die Lampe vergessen. Abends brennt zwar meine Haut ein bisschen, und ich schmiere etwas Salbe drauf. Damit ist das für mich erledigt. Vorerst.

Die Nacht wird zum unvergesslichen Alptraum. Ich erwache, weil meine Augen wie Feuer brennen, die Tränen laufen unaufhörlich und ich kann absolut nichts mehr sehen. Dazu kommen höllische Schmerzen, die ich mit nichts, was ich bisher gefühlt habe, vergleichen und auch gar nicht beschreiben kann. Ich schreie vor Schmerzen und Panik. Was ist, wenn ich nie mehr sehen kann? Ich bin kurz vor dem Durchdrehen. Annette fährt mich mitten in der Nacht zur Notaufnahme ins Krankenhaus. Natürlich ist kein Augenarzt anwesend. Ich weiß nicht, wie ich die nächsten Stunden überstehe, bis endlich ein Augenarzt nach mir schaut. Ich habe solche Schmerzen, dass ich nur die Hälfte von seinen Erklärungen mitbekomme. Ich heule und bettele ihn an, er solle mir endlich ein Schmerzmittel geben. Ich halte das einfach nicht mehr aus. Aber der Mistkerl hat anscheinend alle Zeit der Welt und untersucht erst einmal. Als die Untersuchungen beendet sind, stellt sich heraus, dass meine Hornhaut in beiden Augen verbrannt ist, aber dass ich noch Glück im Unglück habe. Hätte ich nur ein paar Minuten länger in diese Lampe geschaut, wäre mein Augenlicht nicht mehr zu retten gewesen. Zwei Wochen lang schützt ein Verband meine Augen, ich bekomme jeden Tag dreimal Tropfen verabreicht und darf unter keinen Umständen den Verband abnehmen oder ins Licht schauen.

4.

Während der zwei Wochen bleibe ich die ganze Zeit in der Wohnung. Ich habe viel Zeit zum Nachdenken und grübele die meiste Zeit über mein Leben. Ich stelle mir tausende von Fragen und drehe mich ständig im Kreis: Warum nur bin ich so geworden? Warum nehme ich Drogen? Warum kriege ich nichts auf die Reihe? Warum bin ich innerlich wie tot? Warum, warum, warum …?

Mit Udo kann ich über meine Gedanken nicht reden, er ist selbst eine zerbrochene Seele. Annette hört mir zwar zu, und ich weiß, dass ihre Ratschläge gut gemeint sind, aber letztendlich hilft mir der Satz, du musst es nur wollen, überhaupt nicht weiter. Immer wieder schleichen sich dieselben Fragen in mein Hirn: Warum gerade ich? Warum kann ich nicht normal sein? Welches Leben würde ich führen, wenn die Drogen nicht aufgetaucht wären? Was für ein Mensch wäre ich geworden? Hat das schon irgendjemand vorprogrammiert? Oder läuft das wie in einer schlechten Lotterie: Die einen ziehen das große Los und für die anderen bleiben nur die Nieten? Oder ist da oben ein Gott, der sich mit manchen von uns einen schlechten Scherz erlaubt? Vielleicht ist das alles auch nur eine Prüfung, und der große Manitu schaut von da oben auf uns herunter und wählt die aus, die das Spiel verstanden haben, um sie nachher zu sich zu holen, und die anderen müssen zurück auf Start und das Ganze beginnt für sie von vorne? Ich kann nicht aufhören, Fragen zu denken.

Während für mich die Nacht kein Ende zu nehmen scheint, lebt Udo in den Tag hinein. Die meiste Zeit ist er nicht da und lässt mich meine Ängste alleine ausstehen. Immerhin versorgt er mich mit den nötigen Drogen, damit ich nicht auch noch einen Entzug ertragen muss.

Irgendwann sind die zwei Wochen vorbei, und ich darf zum ersten Mal die Augen öffnen. Wenn man mir vorher die Tropfen verabreicht hat, dann nur in einem abgedunkelten Zimmer und immer nur mit halbgeschlossenen Augen. Und jetzt ist es endlich soweit: Ich sitze im Sprechzimmer meines Arztes und ich bin nervös. Die Angst, dass ich nichts sehen würde, dass ich die Schwärze den Rest meines Lebens ertragen muss, quält mich. Der Arzt versucht, mich zu beruhigen. Die Chancen würden gut stehen, meint er, aber ich will von alledem nichts hören, ich will nur die Binde weg haben und selbst sehen, wie meine Chancen sind. Am liebsten würde ich mir die Binde selber abreißen. Er wickelt den Verband auf, die letzte Lage wird losgelöst und ich traue mich nicht, die Augen zu öffnen. Aber ich kann ein leichtes Schimmern zwischen meinen Augenlidern erkennen. Das ermutigt mich. Das erste Licht, das nach den zwei Wochen auf meine Augen trifft, brennt wie Feuer, so dass mir die Tränen in die Augen schießen. Durch meinen Tränenschleier kann ich die Umgebung nur ganz verschwommen erkennen. Als der Arzt das Licht dimmt und mir eine Sonnenbrille aufsetzt, lässt der Schmerz etwas nach. Langsam gewöhnen sich meine Augen wieder an Licht, ich muss noch wochenlang eine Brille tragen und jedes grelle Licht vermeiden. Aber ich kann sehen. Der Arzt betont zum Abschied noch einmal, welches Glück ich gehabt habe, es habe nicht viel gefehlt, und ich wäre für immer blind gewesen.

5.

Unser Leben in Wiesbaden ist geprägt von der Suche nach Geld und Drogen. Meistens müssen wir mit Tabletten vorlieb nehmen. Heroin ist zwar unsere Lieblingsdroge, aber sie ist uns für den täglichen Konsum einfach zu teuer. Deshalb nehmen wir nur drei bis viermal pro Woche Heroin. Udo trinkt dazu noch jeden Tag bis zu einem halben Liter Schnaps. Haschisch gehört sowieso zu unserer täglichen Ration. Und wenn Trips auf dem Markt angeboten werden, sind wir die ersten, die in Erfahrung bringen, wer sie verkauft.

In der Wiesbadener Szene kennt jeder uns. Schon alleine weil ich erst sechzehn bin und aus Belgien komme, sind die meisten neugierig auf mich. Udo ist sowieso schon seit fast zehn Jahren hier zu Hause und mit seiner auffälligen Art bekannt wie ein bunter Hund. Wenn Udo an einem Ort auftaucht, steht er sofort im Mittelpunkt. Er hat eine Art an sich, die alle Menschen in seinen Bann zieht. Er betritt einen Raum, breitet seine Arme aus, so als wolle er alle Menschen, die sich dort befinden, umarmen. Immer wieder bemerke ich, wie die Leute sich einfach freuen, wenn er auftaucht. Er schafft es, innerhalb kurzer Zeit gute Laune zu verbreiten. Wenn er anfängt, Witze zu erzählen, ist es sicher, dass er alle Aufmerksamkeit für sich hat.

Udo kennt alle möglichen Menschen in Wiesbaden: Da wäre seine Ex-Freundin, die mal Modell war oder Leute wie Annette und Michael, nicht zu vergessen Burghard, der immer noch einen Hass auf mich schiebt oder der Bistro Besitzer, dem Udo noch dreihundert Mark schuldet. Sein Bekanntenkreis ist riesig groß und geht durch alle Schichten. Er kennt den Manager und den Penner, das Modell und die Nutte, den Spießer und den Hippie oder den Punk, und all die anderen, die nicht wissen, wohin sie eigentlich gehören sollen. All diese Menschen behandelt er wie Freunde, ohne Unterschiede in seiner Sympathie für den Einzelnen zu machen.

In seinem Dealer-Leben vor der Therapie versorgte Udo die Schickimicki Szene mit Koks oder anderen Drogen, die sonst so in Mode waren. Er selber nahm niemals Kokain oder Speed, er war von Natur aus ein Nervenbündel, seine Drogen mussten beruhigend sein und ihn vergessen lassen. Er wollte genau wie ich nichts spüren und alle Gefühle abtöten, mit Aufputschmittel wäre das nicht möglich gewesen. Bei Koks oder Speed arbeitet der Kopf auf Hochtouren und es kommen zu viele Gedanken und Gefühle in einem hoch, diese Erfahrungen sollte ich auch noch machen, aber das erst viele Jahre später.

Ich persönlich glaube, dass ich bei Udos Freunden und Bekannten nur als Anhängsel gesehen werde, das aufgrund von Alter und Erfahrungen nicht mitreden kann. Sie sind zwar immer alle freundlich zu mir, aber ich bemerke die Blicke, die sagen wollen: „Was will Udo denn mit der?" und „Wo hat er denn die aufgegabelt, die ist doch viel zu jung für ihn." Ich kann ihre Reaktion verstehen, denn die meisten von seinen Freunden sind schon älter und in meinen Augen sogar fast alles alte Knacker, die sowieso null Ahnung haben.

6.

Mein Verbrauch an Vesperax steht dem von Udo in nichts mehr nach. Die ersten Tabletten schlucke ich schon morgens, noch bevor ich aufs Klo gehe. Wenn dann die Wirkung einsetzt, kann ich aufstehen, ohne Angst haben zu müssen, gleich wieder umzukippen. Langsam, ohne dass ich selbst es bemerke, verändert sich mein ganzes Wesen. Ich bin in meinen Worten und Urteilen sehr schnell hart und unerbittlich. Wer mir in die Quere kommt, den mache ich zur Schnecke. Dabei kann ich richtiggehend böse und gemein werden, Aggressionen lassen sich nicht kontrollieren. Udo muss mich mehr als einmal zurückhalten, weil ich mich prügeln will. Ich verliere immer leichter das Gefühl für die Realität. Gleichzeitig wird meine Sehnsucht zu sterben immer größer.

Kurz vor Weinachten zertrümmere ich unser ganzes Zimmer bei Annette. Plötzlich habe ich so eine riesige Wut in mir, dass ich mich nicht mehr beherrschen kann. Alles fliegt durch die Gegend, alles was mir in die Finger kommt. Udos Schallplattensammlung ist danach um die Hälfte reduziert, die Blumentöpfe samt Inhalt liegen im ganzen Zimmer verteilt auf dem Boden und von den Möbeln steht nur noch der Kleiderschrank, und das auch nur, weil er aus massiver Eiche ist. Und warum das Ganze? Nur weil Udo noch bei seinen Bekannten bleiben und ich nach Hause gehen wollte. Ich bin also alleine nach Hause, tobe mich aus und erhoffe mir, mich danach besser zu fühlen. Als Udo dann später nach Hause kommt und die Bescherung sieht, wäre ich am liebsten im Erdboden versunken. Wie so oft fühle ich mich jetzt so leer und ausgelaugt, am liebsten will ich einschlafen und dann nie wieder aufwachen.

Nachdem ich aufgeräumt habe, was sich aufräumen lässt, gehe ich raus auf die Straße und überlege, ob ich vor einen Wagen springen soll. Diesen Schritt zu machen, traue ich mich dann doch nicht. Ich fühle mich in dieser Nacht – oder ist es bereits morgens? – so traurig und einsam, dass ich am liebsten geschrien hätte, aber ich stehe reglos da und schaue den Autos zu, die an mir vorbeifahren. Ich wünschte, ich könnte einfach in eins einsteigen und in ein neues, besseres Leben mitfahren. Ich hasse, was aus mir geworden ist. Alles, was ich kann, ist Drogen nehmen, klauen, Leute anschnorren oder über den Tisch ziehen, dealen und Scheiße bauen. Wirklich nichts, worauf ich stolz sein kann.

In dieser Zeit lerne ich Udos Schwester und seinen Bruder kennen. Wie bereits erwähnt, lebt die von ihrem Oberkommissar geschiedene Schwester mit ihrer Tochter in Limburg, bezieht Sozialhilfegeld, trinkt am liebsten Bier und wiederholt stundenlang, wie schlecht es ihr doch geht, und dass ihr Ex-Mann in die Hölle gehöre. Ihre Tochter ist eine eingebildete Schnepfe, die sich für den Nabel der Welt hält. Die beiden können uns nach unserem ersten Besuch nicht schnell genug wieder loswerden. Sein Bruder ist selbständig als erfolgreicher Autohändler und lebt mit seiner Frau und dem achtjährigen Sohn in einer Villa etwas außerhalb von Wiesbaden. Udo hat gehofft, mit unserem Besuch seinem Bruder etwas Geld abschwatzen zu können, aber alles womit er uns verabschiedet, ist ein feuchter Händedruck inklusive Ratschlag: „Bringt erst mal euer Leben auf die Reihe und geht arbeiten."

So schnell sieht der mich nicht wieder.

7.

Unser erstes gemeinsames Weihnachten wollen wir mit meiner Familie in Belgien verbringen. Mit dem Geld vom Arbeitsamt mieten wir uns einen Leihwagen. Ich hätte es nie zugegeben, aber meine Familie fehlt mir, es vergeht nicht ein Tag, an dem ich nicht an sie denke. Meine Oma und Iris vermisse ich am meisten. Bei meinen Eltern sind meine Gefühle sehr zwiespältig. Einerseits sagt mein Herz, dass ich sie liebe und auch brauche, dass ich sie am liebsten in die Arme nehmen würde, um sie nie mehr loszulassen. Aber die andere Stimme sagt ganz klar: „Sie haben dich verletzt, körperlich und seelisch, sie sind auf dir herum getrampelt und haben dich in eine Irrenanstalt eingewiesen, vergiss das nicht!" Daraufhin antwortet die eine Stimme wieder, dass sie sich vielleicht nicht anders zu helfen wussten und mich vor mir selber schützen wollten. Und das kann ich wiederum sehr gut nachvollziehen. Fakt ist, dass ich sie sehen möchte. Und was haben wir schon zu verlieren? Das schlimmste, was passieren kann ist, dass sie uns vor die Türe setzen.

Als mit dem Leihwagen alles geklärt ist, machen wir uns auf den Weg. Wir wollen die Strecke über Köln fahren und dann den Grenzübergang bei Aachen nehmen, um dann über Eupen nach Büllingen zu fahren. Bis zur deutsch-belgischen Grenze läuft alles gut. Es hat in den letzen Tagen viel geschneit, aber die Straßen sind fast alle freigeräumt und wir kommen gut voran. Als die Grenze in Sicht kommt, kriecht ein komisches Gefühl in meinen Magen. Die Zollbeamten halten jeden Wagen an, um sie zu kontrollieren, es sind sogar Suchhunde im Einsatz. Dummerweise haben wir außer Vesperax auch etwas Heroin dabei und das ist nicht gerade sehr einfallsreich in meinem Slip versteckt. Der Hund müsste nur an mir vorbei gehen, um zu riechen, dass ich etwas verstecke.

Als wir zum Beamten vorfahren, fragt er routinemäßig: „Ausweispapiere, Führerschein und Fahrzeugschein, bitte. Haben Sie illegale Waren dabei, Drogen, Waffen oder irgendetwas zu verzollen?“ – „Nein, wir haben nichts zu verzollen“, sagt Udo. „Wir werden eine Fahrzeugkontrolle durchführen. Wenn Sie jetzt noch etwas deklarieren möchten, wird sich das positiv für Sie auswirken, wenn Sie es jetzt sagen.“ Mittlerweile hat man Udo und mich getrennt. Udo ist kein unbeschriebenes Blatt und als solches erkannt worden. Deshalb verpasst man ihm vorsichtshalber Handschellen. Ich werde in ein kleines Büro verfrachtet, in dem ein junger Polizist versucht, mir ins Gewissen zu reden. Ich sei doch noch so jung, was ich es denn nötig hätte, meine Zeit mit einem Looser wie Udo an meiner Seite zu verbringen, ich könne doch viel bessere Kerle bekommen. Udo würde mich doch nur benutzen und irgendwann auf den Strich schicken.

Ich solle mir das alles doch noch mal gut überlegen, und wenn ich gegen ihn aussagen würde, dann könne man mir auch konkret helfen. Eine Unterschrift und die Sache sei erledigt. Ich höre stumm zu und denke nur, mein Gott, wann ist der Typ endlich fertig mit seinem Gelaber. Ich will fort. Um das am leichtesten zu erreichen, erkläre ich dem Polizisten, dass ich es mir überlegen werde.

Bei uns im Auto finden sie nichts. Nach ungefähr zwei Stunden Aufenthalt dürfen wir weiterfahren. Gott sei Dank haben sie keine Beamtin gerufen, um meine Unterwäsche zu durchsuchen.

8.

Ein paar Kilometer hinter der Grenze, müssen wir uns erst einmal beruhigen. Egal wie oft man kontrolliert wird, das Ganze ist immer mit enormem Stress verbunden. Erst nachdem wir uns einen Schuss gesetzt haben, hören meine Knie auf zu zittern. Dieses entspannte Gefühl nach dem Schuss ist auch eine gute Basis, um meiner Familie zu begegnen.

Zu allererst gehen wir meine Oma besuchen. Bei ihr fühle ich mich willkommen und ich spüre auch, dass sie sich wirklich freut, mich zu sehen. Ich spüre auch, wie sehr sie mich vermisst. Genau das brauche ich, um meinen Eltern einigermaßen gelassen gegenübertreten zu können. Zuerst serviert sie uns Kaffee zum Kuchen, den wir kurz vor der

Ankunft in Büllingen gekauft haben. Unseren Bäcker vermisse ich übrigens in der Ferne auch oft, er hat einfach das beste Brot und das beste Gebäck, das ich kenne. Beim Kaffee erzählen wir über alles Mögliche. Ich versuche ihr Wiesbaden zu beschreiben und erzähle von unserer schönen kleinen Wohnung. Sie hört gerne zu und obwohl sie körperlich so klein und zart ist, bringt sie es fertig, mir etwas von ihrer Kraft und Stärke mit auf den Weg zu geben. Nach ungefähr einer Stunde machen wir uns auf den Weg zum Hotel.

Bei meinen Eltern erwartet uns die Hektik der Vorweihnachtszeit. Das Hotel ist voller Gäste, jeder hat alle Hände voll zu tun, es gibt keinen Spielraum für ein Willkommensgespräch. Mein Vater bringt es wie immer fertig, dass ich mich augenblicklich in seiner Gegenwart eingeschüchtert und klein fühle. Ich gehe ihm so schnell wie möglich aus dem Weg. Ich glaube, dass ich zu dieser Zeit meinen Vater so langsam aber sicher von einem Sockel runterhole, auf den ich ihn irgendwann mal gestellt habe und im Gegenzug meine Mutter immer mehr wahrnehme. Oder sie mich. Sie gibt sich in jedem Fall Mühe, mir ihr Interesse für mich und mein Leben zu zeigen. Ich verrate ihr aber nichts Wesentliches über mein Innenleben, meine Ängste, meine Sorgen, sondern erzähle nur Oberflächliches.

Udo kommt mit allen gut zurecht und parkt sich mit einem Bier an die Theke. Sobald er sich etwas lockerer fühlt, läuft er warm und unterhält den ganzen Laden mit seinen Witzen. An die darauffolgenden Tage im Hotel habe ich nur sehr vage

Erinnerungen. Ich stehe die ganze Zeit unter Strom und versuche gute Miene zum bösen Spiel zu machen. Niemand um mich herum soll bemerken, dass ich auf Droge bin, aber da mache ich mir wohl etwas vor. Jeder, der mich kennt, muss die Veränderung bemerkt haben, die ich hinter mir habe. Ich bin nicht mehr dieselbe Person, die vor nicht einmal einem Jahr als naives, dummes Mädchen geglaubt hat, die Welt warte nur auf sie, um erobert zu werden.

Ich will die Menschen glauben machen, dass es mir gut geht, dass ich alles im Griff habe. Ich stelle Udo als meine große Liebe vor, mit der ich in Wiesbaden ein aufregendes, verrücktes Leben zelebriere. Ich erzähle, dass wir viele verrückte Freunde haben, mit denen wir alles Mögliche und Unmögliche unternehmen. Ich übertreibe maßlos in meinen Erzählungen, ich will alle um mich herum neugierig machen und jeden verblüffen, ja, und vielleicht will ich sogar alle neidisch auf mein Leben machen. Ich will von ihnen ein „Wow!“ oder ein „Toll!“ hören, ich will so gerne etwas darstellen, ich will beneidet werden und ich will genügend Aufmerksamkeit bekommen.

Aber alle Erzählungen sind nur eine buntgestrichene Fassade über einer meterdicken Mauer, die ich sorgfältig hochgezogen habe und die ich ständig auf Schwachstellen überprüfe, damit niemand das Häufchen Elend bemerkt, das sich dahinter verbirgt und das ständig zittert, sich unsicher und ängstlich, einsam und verbittert fühlt, das sich nach wahrer Liebe verzehrt und daran verzweifelt, nicht das zu sein, was sie gerne wäre, oder was die andern gerne hätten, das sie ist. Mir ist nur allzu bewusst, dass niemand in irgendeiner Form stolz auf mich ist. Worauf denn auch, was hatte ich denn zu bieten?

Wenn ich da meinen 15jährigen Bruder sehe, der in der Schule ehrgeizig und beliebt ist. Er hat ein Ziel, und für dieses Ziel ist er bereit, vollen Einsatz zu geben. Seine Freunde schauen zu ihm auf, und die Mädchen ihm nach. Er ist ziemlich gewachsen, seit ich ihn das letzte Mal gesehen habe. Ich gebe es nicht gerne zu, aber ich bin stolz auf meinen Bruder. Aber ich beneide ihn auch um all das, was ihm anscheinend so einfach in den Schoß fällt. Wie schafft er es? Wie bekommt er in meinen Augen immer genau das, was er will?

9.

Und dann ist da noch meine süße kleine sechsjährige Schwester Iris, clever und selbstbewusst und so charmant wie eh und je. Sie weiß noch immer jeden um den kleinen Finger zu wickeln und bekommt ganz selbstverständlich alles was sie will. Sie liebt Tiere über alles, besonders Pferde haben es ihr angetan. Es dreht sich alles um dieses Thema und mich würde nicht wundern, wenn über kurz oder lang eins dieser edlen Tiere bei uns im Garten steht. Sie wird meinen Vater so lange bearbeiten, bis er ihr nachgegeben hat. Ich würde es ihr von ganzem Herzen gönnen, denn obwohl sie alles bekommt, was sie möchte, hat sie doch kein Familienleben. Auch sie muss sich immer nach dem Hotel richten. Und wenn mal wieder keine Zeit da ist, wird sie zur Oma abgeschoben, ob es ihr gefällt oder nicht. Aber von uns dreien kommt meine Schwester am besten mit der ganzen Situation zurecht, denn sie wurde hineingeboren. Sie hat nie etwas anderes kennengelernt, für sie ist es normal.

Ich hatte mir gewünscht, dass die paar Tage, die wir als Familie zusammen sind für uns alle, wenn auch nicht schön, so doch wenigstens angenehm sein würden. Dass es keine negativen Ausfälle oder Unfälle meinerseits geben würde, war mir besonders wichtig. Ich wollte nicht schon wieder einen schlechten Eindruck hinterlassen. Das waren meine guten Vorsätze. Aber wie es meistens bei meinen Wünschen so ist, macht mir irgendetwas immer einen Strich durch die Rechnung.

Ich kann dieses Kapitel nur kurz und vage beschreiben, ihr werdet gleich verstehen warum.

Am Tag bevor wir zurück nach Wiesbaden fahren sollten, wollen wir meiner Oma noch einen Besuch abstatten, nicht ohne die Hoffnung, noch etwas Geld von ihr zu bekommen. Sie hat mir zwar schon mein Weihnachtsgeld gegeben, aber ich dachte, da sei vielleicht noch etwas mehr drin. Ich habe sogar mit dem Gedanken gespielt, sie zu beklauen, wenn sie uns nichts mehr geben würde. Viele Jahre später noch wird es mir immer ein Rätsel bleiben, wie ich die einzige Person, die mich immer verteidigt hat, gedanklich und tatsächlich immer wieder beklauen konnte, wie ich der einzigen Person, die immer zu mir gehalten hat, so etwas antun konnte, wie ich den einzigen Menschen, von dem ich mich trotz allem immer geliebt gefühlt habe, so hintergehen konnte. Das hatte sie nicht von mir verdient. Ich kann dich, Oma, nie im Leben genug um Verzeihung bitten für das, was ich getan habe.

Es kommt dieses Mal nicht zum Beklauen …

Wir sitzen in Omas Wohnzimmer. Der Fernseher läuft auf voller Lautstärke, weil eine Musiksendung gezeigt wird, die ich mir noch anschauen möchte, bevor wir losfahren. Ich weiß noch, wie ich vom Sofa aufspringe, weil gerade die Gruppe Pink Floyd angesagt wird. *The Wall*, ich kenne das Lied auswendig. Ich stehe vor der Kiste, singe aus voller Kehle mit, und dann … nichts mehr! Jemand hat meinen Stecker gezogen, nur Schwärze, nichts! Ich bin nicht mehr …

Ups! Der Stecker ist wieder drin. Wo bin ich? Ich liege im Hotel in meinem alten Kinderzimmer, jeder einzelne Muskel in meinem Körper fühlt sich an, als ob jemand mit einem Fleischhammer drauf gehauen hätte. Der alte Hausarzt steht neben dem Bett, ich verstehe nicht ganz, was er mir gerade sagen will. Ich habe furchtbare Kopfschmerzen, die Diagnose lautet epileptischer Anfall, ausgelöst von zu viel Medikamentenmissbrauch. Er hat mir irgendwas zum Entkrampfen gespritzt. Mir geht es gar nicht gut. Wie lange war ich weg? Wie bin ich ins Hotel gekommen? Und wo ist Udo?

10.

Ich verstehe immer noch nicht ganz, was mit mir passiert ist. Der Arzt sagt, dass durch meinen Medikamentenmissbrauch irgendwas in meinem Gehirn nicht mehr richtig läuft und dass die Strahlen, die vom Fernseher ausgesendet werden, diesen Anfall mit ausgelöst haben. Darf ich jetzt nie mehr fern sehen? Das ist meine erste Sorge. Und was ist das überhaupt für ein Sch ...? Wer hat denn von sowas schon mal gehört? Ich glaube, die wollen mich verarschen.

Udo hat sich die Zeit an der Theke vertrieben und hat nun einen gehörigen in der Krone. So können wir nicht zurückfahren. Die Abreise muss verschoben werden. Eigentlich will ich nur noch fort, zurück in diese Welt, wo mir nichts mehr peinlich ist, wo es mir egal sein kann, was die Leute über mich denken. Ich möchte die Menschen, an denen mir etwas liegt, nicht länger mit meiner Gegenwart belasten. Ich hatte mir so viel Mühe gegeben und dann endet das Ganze doch noch mit einem Beanspruchen von elterlicher und ärztlicher Hilfe. Wenn ich kein Risiko eingehen will, dann darf ich gar nicht erst zu Hause sein.

Wieder in Wiesbaden geht alles seinen gewohnten Gang: Besuche bei Dr. Dimitrow, Abstecher zur Frankfurter Szene, Rumhängen bei einem für mich neuen Bekannten. Für Udo ist es ein alter Bekannter aus dem Knast. Fritz ist der verrückteste Mensch, den ich seit langem kennengelernt habe. Er sieht aus wie ein junger Gott, ein Blick von ihm macht aus mir nur noch ein stotterndes Etwas mit weichen

Knien. Wie kann man mit Worten einen solchen Menschen beschreiben? Wenn ich schreibe „junger Gott“, dann ist das nicht übertrieben. Er ist groß mit athletischem Körperbau. Er hat ein Gesicht wie ein Engel. Das außergewöhnlichste an ihm sind seine Augen, eins ist blau, das andere braun. Und für ein Lächeln von ihm würde ich durch die Wüste Gobi auf allen Vieren kriechen.

Fritz ist genau wie Udo ein Waisenkind. Er durfte aber bei seiner Tante aufwachsen, die selber keine Kinder bekommen konnte. Diese Tante, eine herzensgute Frau, ist Inhaberin einer Konditorei in der Wiesbadener Innenstadt. Sie hat Fritz über alle Maßen verwöhnt und dabei, ohne es zu wollen, einen Psychopaten aus ihm gemacht. Fritz hat daher trotzdem auch mehr Zeit in allen möglichen Einrichtungen verbracht als zu Hause.

Aber mein Gott, was hat der Kerl für einen Charme ... Udo ist der einzige, von dem Fritz sich etwas sagen oder vorschreiben lässt. Wenn Fritz etwas gegen den Strich geht, kann es gut möglich sein, dass er sich im Zorn den Kopf an einer Wand blutig haut oder sich mit Glasscherben die Arme aufschlitzt. Er ist auch schon wegen irgendeiner Lappalie aus Raserei eine drei Meter hohe Mauer runtergesprungen und hat sich dabei den Fuß gebrochen. Um es ganz einfach auszudrücken: Fritz war und ist unberechenbar.

Obwohl ich mit Udo zusammen bin, reizt es mich enorm, etwas mit diesem verrückten Kerl anzufangen! Wenn ich ehrlich sein soll, dann will ich ihn unbedingt. Ich fange an, von ihm zu träumen und stelle mir vor, dass meine Liebe ihm helfen könnte, glücklich zu werden. Und auch er würde mich so sehr lieben, dass alle anderen Dinge und Probleme zu Nebensächlichkeiten werden könnten.

Habe ich schon erwähnt, dass auch Fritz eine Beziehung hat? Seine Freundin ist ein blondes, süßes Mäuschen, das so gar nicht zu ihm passt. Was die ganze Geschichte nun so richtig spannend und interessant macht, ist die Tatsache, dass Udo eben genau dieses Mäuschen auch ganz süß findet und wie ich bald bemerke, auch gar nicht abgeneigt ist, ihr an die Wäsche zu gehen.

11.

Bald schon gibt es uns nur noch im Viererpack. Einen ganzen Frühling lang machen wir gemeinsam Wiesbaden unsicher. Es ist eine schöne Zeit, in der wir, wenn uns danach ist, einfach die Partner austauschen. Es kommt nicht selten vor, dass ich abends neben Udo einschlafe und morgens neben Fritz wach werde. Bei Udo und Mäuschen war es nicht anders. Eifersucht ist ein Thema, das keiner von uns gerne anspricht, aber mit der Zeit tauchen die ersten Spannungen auf. Anfangs versuchen wir noch diese aufziehenden, dunklen Gewitterwolken zu ignorieren und machen Witze, um irgendwelche Unsicherheiten zu überspielen. Wir sind uns bewusst, dass es nicht immer so weitergehen wird, aber wir zögern das Unausweichliche so lange wie nur möglich hinaus. Es würde ganz sicher der Tag kommen, an dem wir Entscheidungen treffen müssten.

Es ist ein milder Frühling. Weil die Auseinandersetzungen mit Annette immer häufiger und nerviger werden, gehen wir nur noch zum Baden oder Kleiderwechsel in die Wohnung. Hinzu kommt noch, dass sie Fritz überhaupt nicht leiden kann. Er hat ihr irgendwann mal eine Ohrfeige verpasst, warum weiß keiner mehr so genau. Eben solche Situationen sind bei Fritz nicht ungewöhnlich. Im letzten Streit zwischen Annette und uns geht es um teures Fleisch, das sie für einen Abend mit Gästen gekauft hatte. Udo und ich sind allein in der Wohnung, haben Hunger und das Fleisch sieht sehr verlockend aus. So ein Filetstück kann einen schon verführen, besonders wenn man lange nichts Ordentliches mehr im Magen hatte. Wir waren gerade beim Essen, als sie wie eine Furie in unser Zimmer stürmt, uns die Teller aus den Händen reißt und rumschreit, dass sie endgültig die Nase voll von uns hat und uns nicht mehr in ihrer Wohnung sehen will. Sie gibt uns gerade mal zehn Minuten Zeit, ein paar Sachen zusammenzupacken und dann für immer aus ihrem Leben zu verschwinden.

Sie hat aber in ihrer Wut vergessen, die Wohnungsschlüssel zurückzuverlangen. Ich würde sie nicht daran erinnern, denn so einfach will ich es ihr nicht machen. Auf die Idee, dass unser Verhalten daneben ist und wir uns entschuldigen könnten, komme ich nicht. Im Gegenteil, ich finde, sie hat eine Quittung für den Rauswurf verdient. Annette hat eine kleine Schwäche, denn in ihrem Hinterhof hat sie sich einen kleinen Grasvorrat für den Eigenbedarf angepflanzt. Die Cannabispflanzen sind zwar noch nicht erntereif, aber was soll's, Rache ist süß.

Udo wäre von selbst nie auf die Idee gekommen, die Schlüssel zu behalten und damit noch mal in die Wohnung zurückzugehen. Darin unterscheiden wir uns total: er klaut nicht und er macht keine schrägen Pläne. Was das angeht, ist er ein kleiner Feigling. Deshalb überlässt er mir das Vergnügen, meinen Plan in die Tat umzusetzen und noch einmal alleine in die Wohnung zurückzukehren. Aus der Wohnung selbst nehme ich mit, was wir noch gebrauchen können. Die Pflanzen, die Annette mit viel Liebe züchtet, schneide ich genussvoll eine nach der anderen ab und stopfe alles in eine Plastiktüte. Ich hätte gerne das Gesicht von Annette gesehen, wenn sie vor den Überresten meiner Rache steht. Ich muss mich mit dem Gedanken zufrieden geben, dass sie vor Wut kochen und sich selber in den Arsch beißen wird, weil sie vergessen hat, uns die Schlüssel abzunehmen. Das Gras selber kann man zwar rauchen, aber es hat noch keine Wirkung. Ich finde trotzdem einen kleinen Idioten, der keine Ahnung hat und mir die Tüte für einhundert Mark abkauft. Er denkt noch, dass er mich übers Ohr gehauen und ein gutes Geschäft gemacht hat. Mit dem Geld kaufe ich Heroin. Und schlussendlich ist auch Udo ganz zufrieden mit meiner Aktion.

An meinen siebzehnten Geburtstag, der irgendwann in diese Frühjahrszeit fällt, kann ich mich nicht mehr erinnern.

Geburtstage sind mir sowieso egal geworden. Außerdem haben wir ganz andere Probleme.

12.

Jetzt stehen wir wieder auf der Straße. Unsere Klamotten und das Wenige, das wir besitzen, müssen wir nun immer mit uns rumschleppen. Das ist total umständlich und nervend. Wenn es nicht regnet und die Kälte uns nicht zu sehr zusetzt, dann schlafen wir im Wald oder in leer stehenden Häusern. Aber das ist keine dauerhafte Lösung, denn wann immer wir von der Polizei irgendwo aufgegriffen werden, vertreiben sie uns. Es kommt sogar vor, dass sie ihre Hunde auf uns hetzen, wenn wir eine in ihren Augen falsche Bewegung machen oder uns nicht schnell genug vom Acker machen.

Um solchen Erlebnissen mit der Polizei aus dem Weg zu gehen, wollen wir diese Nacht mal wieder im Wald schlafen. Fritz und Mäuschen sind auch dabei. Der Platz, den wir uns ausgesucht haben, ist an einem kleinen Weg gelegen. Tagsüber kommen immer Leute zum Grillen an diesen Ort. Wir sind schon öfter da gewesen und mögen diese Stelle. Auf dem Weg, der an einer kleinen Wiese vorbei führt, kommt man zum einem kleinen Waldhotel. Wenn hier mal ein Auto vorbeifährt, dann nur weil es Touristen oder Gäste sind, die eben dieses Hotel zum Ziel haben. Wir haben noch nie Ärger bekommen, im Gegenteil, oft halten die Leute an, um sich mit uns zu unterhalten. Wenn wir ihnen erzählen, dass wir auch hier schlafen, weil wir kein Zuhause haben, geben sie uns entweder Geld oder gute Wünsche mit auf den Weg. An diesem Abend ist alles anders. Den werden wir so schnell nicht vergessen.

Wir sind schon seit etwa einer Stunde an unserem Lagerplatz, als ein Geländewagen mit großen Scheinwerfern auf dem Dach an uns vorbeifährt. Vier Kerle sitzen drin und wir denken uns nichts dabei. Es ist noch hell kurz vor der Abenddämmerung. Wir vermuten, dass es Hotelgäste sind, die aus der Stadt für die Übernachtung zurückkommen. Als das gleiche Auto zum zweiten Mal an uns vorbeifährt, sind wir immer noch nicht alarmiert. Und beim dritten Mal machen wir Witze über den Fahrer, der wohl anscheinend zu besoffen ist, um das einzige Hotel zu finden, das an dieser Straße liegt. Ob wir ihm den Weg zeigen sollten? Wir mokieren uns und während wir noch erzählen und lachen, bricht die Dunkelheit über uns herein. Daraufhin ziehen wir uns ein paar Meter in den Wald zurück, um von der Straße aus nicht gesehen zu werden. Wir liegen gerade in unseren Schlafsäcken, als uns das Geräusch eines nahenden Wagens erreicht. Von unserem Platz aus können wir die Straße und die kleine Wiese gut überblicken, ohne selber gesehen zu werden. Ich glaube, wir haben in dem Moment alle vier das gleiche Gefühl von Bedrohung, als der Geländewagen anhält und die Scheinwerfer zur Wiese hin dreht. Einer nach dem anderen steigen die vier Typen aus dem Wagen. Weil die Szene von den Scheinwerfern angeleuchtet wird, können wir genau erkennen, dass sie alle Gewehre in den Händen halten.

Uns stockt der Atem. Einer der Kerle geht zurück zum Wagen, um mit dem Scheinwerfer das Gelände weitläufiger abzusuchen, die anderen stehen da und suchen mit den Augen den Waldrand nach uns ab. Keiner von ihnen sagt ein Wort, was die ganze Sache für uns noch beängstigender macht. Was würde passieren, wenn der Scheinwerfer uns trifft? Warum suchen sie nach uns? Denn dass sie nach uns suchen, ist uns klar. Wir verhalten uns ruhig und jeder von uns hält in diesem Moment den Atem an. Nur noch ein paar Zentimeter, dann trifft der Scheinwerfer auf unsere Füße, dann müssen sie uns sehen. Ich spanne meinen ganzen Körper an, mache mich bereit abzuhauen. Jeden Moment ist es soweit, dann hat er uns. Ich muss atmen, ich halte die Luft schon zu lange an, es ist kaum auszuhalten. Ich schaue die anderen an, sie sind auch bereit zu sprinten. Noch ein paar Millimeter …, im selben Moment, in dem ich aufspringen will, hält der Scheinwerfer plötzlich an, verharrt einen Moment und dreht dann ab. Die Kerle treffen sich in der Mitte der Wiese, einer tritt in einen Holzscheit, die anderen reden wild durcheinander, zu leise als dass wir etwas verstehen könnten, aber sie sehen frustriert aus.

Sie haben wohl feste damit gerechnet, uns noch anzutreffen. Einer zielt mit seinem Gewehr in den Wald hinein, aber er wird von seinen Kameraden davon abgehalten, einfach loszuschießen. Langsam, so als täte es ihnen leid, gehen sie einer nach dem anderen zurück zum Wagen. Als der Wagen schon eine Weile fort ist, kommen wir nach und nach wieder zu uns. Mäuschen fängt an zu weinen und schluchzt vor sich hin: *Die wollten uns umbringen, die wollten uns umbringen ...* Gott sei Dank haben wir nie erfahren, was sie eigentlich von uns wollten, aber eins ist mal sicher, sie hatten keine guten Absichten und in dieser Nacht hat wohl jeder von uns seinem Schutzengel ein Dankgebet geschickt.

13.

Am nächsten Morgen teilen Fritz und Mäuschen uns mit, dass sie nach Mainz zu Mäuschens Eltern fahren wollen. Mäuschen hat das Vagabundenleben satt. Sie konnte Fritz tatsächlich überreden, sie nach Mainz zu begleiten. Am Wiesbadener Bahnhof habe ich Mäuschen dann zum letzten Mal gesehen. Fritz, der es nicht lange in Mainz ausgehalten hat, erzählt uns später, dass sein Mäuschen wieder zurück in ein normales Leben gefunden hat und zur Schule geht.

Ich bin ein bisschen neidisch, denn insgeheim sehne ich mich auch nach festen Strukturen und Sicherheit, einfach nach einem normalen Leben. Ich stelle mir vor, wie es wäre, wenn wir eine kleine Wohnung hätten und male mir aus, wie ich sie einrichten würde. Dann würde ich Udo, wenn er von der Arbeit nach Hause käme, sein Essen kochen und am Wochenende würden wir in die Disco oder auf ein Festival gehen. Ich träume oft davon und kann es doch keinem erzählen. Denn das alles zuzugeben, das hätte nicht mehr zu dem Bild gepasst, das ich von mir nach außen abgegeben habe. Dieses Bild zeigt eine knallharte, junge Frau, eine die das Spießertum verabscheut, eine die mit spitzen Worten und Verachtung auf die Bourgeoisie spuckt.

Wenn mich mal jemand auf der Straße komisch anschaut, was mittlerweile oft vorkommt, da ich mir einen Ring in die Nase gesteckt habe und das noch nicht zum normalen Straßenbild gehört, zeige ich den Mittelfinger oder pöbele diese Personen an. Ich habe vor nichts und niemandem Respekt, mehr als einmal werde ich von der Polizei in Gewahrsam genommen, weil ich rumrandaliere. Ich schaffe es, jeden normalen Menschen zur Weißglut zu bringen. Einem Polizisten, der mich mit aufs Revier genommen hat, drohe ich eiskalt, eine Bombe vor die Tür zu legen. Er findet das gar nicht lustig und schickt mich für ein paar Stunden in eine Arrestzelle.

Zwischen mir und Udo knallt es auch immer öfter. Er ist glücklich und zufrieden, wenn er am Morgen seinen Flachmann mit Schnaps öffnen, und mit dessen Inhalt seine Pillen schlucken kann. In unserer Beziehung bin ich zu diesem Zeitpunkt die treibende Kraft, und obwohl er Arbeitslosengeld bekommt, schaffe ich mehr Geld mit meiner Bettelei zusammen als er. Ich bin manchmal stundenlang in der Fußgängerzone unterwegs und leiere meinen Spruch herunter: „Hast du mal ne Mark?“ Dabei versuche ich, so nett wie möglich zu klingen, an guten Tagen sind bis zu fünfzig Mark drin, an schlechten höre ich bei zwanzig auf.

Wenn man auf der Straße lebt, lernt man die komischsten Leute kennen. Da ist zum Beispiel Watzlav, der Stechapfel raucht und immer wieder aufs Neue beteuert, er habe das System gefunden, die richtigen Lottozahlen vorauszusagen. Er haust in einer kleinen Mansardenwohnung umgeben von Tabellen, Lottoscheinen und mindestens zehn Katzen.

Dann ist da noch die alte Hure, bei der wir eine Woche unterkommen dürfen. Sie lebt in einer Kellerwohnung zwischen einer Ansammlung von Erinnerungen aus besseren Tagen: Kleider, die nicht mehr passen, ein Bett, das viel zu groß ist und Geschirr, das schon seit Jahren nicht mehr gespült wurde. Bei ihr muss ich meine Gitarre, die ich noch immer mit mir rumschleppe, als Pfand lassen, weil ich ihr hundert Mark aus der Brieftasche geklaut habe.

Mit meiner Gitarre verliere ich ein weiteres Stück Halt in meinem Leben. Obwohl ich nicht spielen kann, ist sie doch so etwas wie eine Verbindung zu meinem Zuhause gewesen, etwas, worauf ich all die Zeit gut aufgepasst habe, etwas das Wert für mich hatte. Wenn mich keiner beobachtet hat, habe ich für mich gespielt. Dann wurde ich in meiner Fantasie mal wieder zum kleinen Star, der von den Menschen bewundert wird. Solange sie bei mir war, hatte ich noch ein Ziel, das Ziel zu lernen auf ihr zu spielen. Ich habe mir in dem Moment, wo ich die Gitarre als Pfand dalassen musste, feste vorgenommen, das geschuldete Geld so schnell wie möglich zu beschaffen und ihr zurückzugeben und mir meine Gitarre wieder zu holen, aber irgendetwas kommt dann immer dazwischen. Oder anders gesagt, die Drogen sind immer wichtiger. Wie auch immer, meine Gitarre habe ich nie wiedergesehen.

14.

Der Sommer wird zum Spätsommer und der wird zum Herbst. Solange die Sonne scheint, denkt man nicht an den Winter oder an die Kälte. Wie die Jahreszeiten, sehe ich sogenannte Freunde kommen und gehen. Mein eigenes, enges Universum besteht aus Chaos und Drogen. Jeder Tag kann der letzte sein, manchmal streift mich dieser Gedanke.

Udo und ich sind in dieser Nacht in einer Kneipe, in der sich die Luden mit ihren Nutten herumtreiben. Es ist das einzige Café in unserer Nähe, das noch geöffnet hat. Es regnet in Strömen. Mit unserem letzen Geld wollen wir versuchen, solange wie möglich in der Absteige sitzen zu bleiben, bis man uns rauswirft. Ich bin sehr müde und froh, endlich irgendwo im Trockenen zu sitzen. Udo und ich sitzen mit dem Rücken zum Fenster, wir haben gerade unsere Getränke bestellt, als neben meinem Ohr ein lauter Knall ertönt. Udo wirft sich reflexartig sofort auf den Boden, aber ich kapiere erst mal gar nichts. Als plötzlich noch ein Knall ertönt, schnallt mein Verstand dann doch, dass geschossen wird und zwar direkt auf und durch das Fenster, vor dem wir sitzen. Udo greift meine Hand und zieht mich zu sich auf den Boden. Ich sehe, dass da wo gerade noch mein Kopf gewesen ist, jetzt ein Loch in der Scheibe klafft. Mittlerweile liegen alle anderen Gäste flach auf dem Boden. Es ist wie in einem Film, alle sind erstarrt, keiner traut sich den Kopf zu heben. Der Barkeeper rührt sich als erster und gibt Entwarnung. Außer der Musik hört man keinen Ton und nachdem der erste aufsteht, folgen die anderen nach und nach. Bald sitzt jeder wieder an seinem Platz.

Nach ein paar Minuten ist alles wieder normal. Der Wirt entschuldigt sich und gibt eine Runde Freibier aus. Kein Grund die Polizei zu rufen, meint er, das Ganze müsse ja nicht an die große Glocke gehängt werden. Nachdem er sich vergewissert hat, dass von draußen keine Gefahr mehr droht, geht alles seinen gewohnten Gang. Udo und ich setzen uns vorsichtshalber an einen anderen Tisch, jetzt wo ich mich ein bisschen beruhige, wird mir erst bewusst, wie knapp die Kugel an meinem Kopf vorbei geflogen ist. Ich hebe ein Stück von den Scherben auf, die überall im Raum verteilt liegen, das Glas war ein paar Millimeter dick … Und noch lange nach diesem Ereignis habe ich die Scherbe mit mir herumgetragen. Wieder waren es nur ein paar Millimeter, die über Leben und Tod entschieden haben, über Udos Leben, über mein Leben. Mein Schutzengel macht anscheinend niemals Urlaub und mein Leben muss wohl noch einen tieferen Sinn haben. An dieser Situation hat mich keine Schuld getroffen. Dagegen werde ich bei manch anderen Gelegenheiten selbst den lieben Gott, meinen Schutzengel und mein Schicksal auf die Probe stellen.

15.

Im Herbst werde ich immer öfter krank. Mal habe ich Angina, dann Mandelentzündung dann wieder Angina. Als ich letztendlich mit hohem Fieber und Halsscherzen in die Notaufnahme komme, sagt der Arzt, es sei besser, mir die Mandeln zu entfernen. Er behält mich sofort da, um mich schon am nächsten Morgen zu operieren. Es verläuft auch alles soweit gut. Bis auf die üblichen Wundschmerzen habe ich keinen Grund zu klagen.

Ich liege mit einer Türkin, die erst vor wenigen Tagen in Deutschland angekommen ist, im selben Zimmer. Jeden Tag kommt ihre ganze Familie sie besuchen und bringt ihr immer irgendetwas zu essen mit. Was ihr genau fehlt, weiß ich nicht. Weder sie noch ihre Familie sprechen Deutsch.

Am dritten Tag nach meiner OP bin ich überrascht: es kommt keine normale Schwester in unser Zimmer, sondern ein Mann in einem Schutzanzug und Atemmaske! Was hat das zu bedeuten? Als ich ihm genau diese Frage stelle, antwortet er nur, ich solle das Zimmer nicht verlassen und abwarten, bis man mich aufklärt.

Normalerweise kommt Udo mich jeden Tag besuchen und bringt mir meine Vesperax oder anderes Zeug mit, aber an diesem Tag sehe ich überhaupt niemanden mehr. Nicht einmal die Familie meiner Bettnachbarin taucht auf. Okay, denke ich, die werden ihren Grund haben. Als wir dann auch kein Essen mehr gebracht bekommen, fange ich an, mir richtig Sorgen zu machen. Ich will wissen, was hier los ist. Als ich die Zimmertüre öffne, um jemanden suchen zu gehen, kommt mir auf dem Flur eine Krankenschwester entgegen, die aber mindestens fünf Meter Abstand zu mir hält. Sie sagt, ich solle sofort zurück ins Zimmer. Sie würde jemanden rufen, der mir erklären könne, was los ist. Wurde auch Zeit.

Was dann kommt, hätte ich nie für möglich gehalten! Die Türkin in meinem Zimmer hat offene Tuberkulose und ist hochgradig ansteckend! Jetzt verstehe ich den ganzen Aufwand mit dem Schutzanzug und der Atemmaske. Aber dass sie mich, obwohl sie wissen, dass ich eine offene Wunde im Hals habe, noch den ganzen Tag im gleichen Zimmer haben liegen lassen, das verstehe ich nicht.

Ich treffe eine Entscheidung und haue noch am selben Tag ab. Ich weiß nicht, was die da vorhaben oder auch nicht, mir ist das zu blöde, da spiele ich nicht mit. Dass ich ein großes Risiko für mich selbst und für andere darstelle, ist mir überhaupt nicht bewusst. Ich kenne die Krankheit gar nicht und wirklich aufgeklärt hat mich auch niemand. Bei einer späteren Untersuchung würde herauskommen, dass ich mich tatsächlich angesteckt habe. Aber zu dem Zeitpunkt der Untersuchung ist die Krankheit schon wieder verheilt, wenn man das so sagen kann. Zurückbehalten habe ich Narben in den Lungen. Davon, dass die Krankheit ausgebrochen war, habe ich in keinem Moment etwas bemerkt.

16.

Während der Herbst nun ins Land zieht und es immer kälter wird, fällt es uns immer schwerer, ein Dach für die Nacht zu finden. Ich habe mittlerweile in fast allen Cafés und Kinos

Hausverbot. Freunde mit einer Wohnung hat man in dieser Szene nicht viele, oder wenn man sie hat, dann nie für lange.

Es wird der kälteste Winter, an den ich mich erinnern kann. Um uns aufzuwärmen stellen wir uns tagsüber vor Geschäfte, die am Eingang ein Gebläse haben. Oder wir fahren eine Runde mit dem Bus. Der Bahnhof als Aufwärmstation ist auch immer wieder eine Alternative, aber sobald die Bahnhofspolizei auftaucht, ist es vorbei mit dem Aufwärmen. Es bleiben noch die McDonalds-Restaurants, aber dort sind wir auch nur geduldet, wenn wir etwas bestellen. So ein Tag hat unendlich viele Stunden, wenn es bitterkalt ist.

Die Nächte aber sind am schlimmsten, irgend so ein Arschloch hat uns unsere Schlafsäcke geklaut. Jetzt bleiben uns außer den Sachen, die wir am Körper tragen, nur noch zwei dünne Decken und eine Unterlage. Außerdem haben wir uns in irgendeinem Loch Filzläuse geholt. Kann es noch schlimmer kommen? Wir kaufen zwar ein Mittel dagegen, aber weil wir unsere Klamotten nicht wechseln können und uns auch sonst nicht waschen oder pflegen, ist alles vergebens. Die Viecher bleiben uns fast den ganzen Winter über treu. Naja, den Filzläusen ist wenigstens gut warm.

Irgendwann im Januar fahren wir für ein paar Tage zu Udos Schwester nach Limburg. Es tut uns gut, mal für eine Weile aus der Kälte zu kommen. Zwar müssen wir uns die Couch teilen, aber zwei dürre Gestelle wie wir es sind, brauchen auch nicht viel Platz. Lilos pubertäre Tochter, die noch zur Schule geht, ist gar nicht begeistert von unserem Besuch. Bei jeder Gelegenheit lässt sie mich spüren, was sie von uns beiden hält. Und nur weil Udo mich darum gebeten hat, es zu ignorieren, bekommt sie keinen Arschtritt von mir.

Am dritten Tag wollen wir ins Kino. Es läuft ein Zombie Film, den ich unbedingt sehen will. Ich bin ein großer Fan von solchen Filmen, und obwohl ich nachts vor Angst nicht schlafen kann und mir einbilde, Geräusche zu hören oder Schatten zu sehen, die sich bewegen, muss ich mir diese Filme immer wieder ansehen. Nach der Aufführung regnet es in Strömen und wir bestellen ein Taxi. Von der Innenstadt bis zum Haus von Udos Schwester sind es ungefähr zwanzig Minuten zu Fuß. Udo setzt sich nach vorne neben die Fahrerin und beginnt sofort ein Gespräch mit ihr. Weil sie abgelenkt ist, merkt sie nicht, dass ich in ihrer Handtasche rumwühle, die zwischen den beiden Vordersitzen steht. Es ist ein leichtes Spiel für mich, die Brieftasche an mich zu nehmen. Und wenn Udo geschaltet hätte, als ich der Fahrerin eine falsche Adresse nenne, wäre vielleicht nichts weiter passiert. Aber Udo hat nicht verstanden, was ich mit der falschen Anschrift im Schilde führe, korrigiert mich und nennt der Fahrerin die richtige Adresse. In diesem Moment hätte ich noch alles rückgängig machen können, die gute Frau hat immer noch nichts bemerkt. Aber aus irgendeinem Grund stecke ich die Brieftasche nicht zurück in ihre Tasche, sondern nehme sie einfach mit.

Als wir aussteigen, erzähle ich Udo auf dem Weg in die Wohnung, was ich gerade getan habe. Er flippt daraufhin aus, bekommt Angst vor den Konsequenzen und stottert nur noch herum. Es können nicht mehr als zehn Minuten verstrichen sein, als es schon an der Türe klingelt. Ich schaue aus dem Fenster, da stehen vier Taxis vor der Tür. Jetzt bin ich geliefert. Ich habe ziemliche Angst. Was werden sie mit mir machen, wenn sie mich in die Finger bekommen? Ohne groß zu überlegen, laufe ich ins Badezimmer, schnappe mir eine Rasierklinge aus dem Schrank und fange an, die Pulsadern aufzuschneiden.

17.

Wie soll ich den Zustand beschreiben, in dem ich mich befinde? Es ist, als ob ich völlig neben mir stehe und als ob jemand anders in meinem Körper steckt, über den ich keine Kontrolle habe. Ich fühle mich wie ferngesteuert. Der erste Schnitt ist nicht sehr tief. Während jemand wie verrückt an der Tür hämmert, mache ich einen zweiten und dann noch einen dritten Schnitt. Ich schaue zu, wie das Blut von meinem Arm in die Badewanne läuft, ich spüre absolut keinen Schmerz, aber in meinem Innern schreit alles um Hilfe. Was ist nur in mich gefahren? Warum mache ich das hier? Ich bemerke, wie hinter mir jemand die Tür aufbricht. Drei, vier Männer stürzen ins Bad. Die Taxifahrerin ist auch dabei, irgendwo hinter ihr sehe ich einen Polizisten, der versucht, die Situation zu erfassen.

Ich habe die Augen zugemacht, ich will nichts mehr sehen. Ich schäme mich. Ich spüre, wie mir jemand ein Handtuch um das Handgelenk wickelt. Ich werde auf zwei starke Arme genommen und hinausgetragen. Die Arme gehören dem Polizisten. Ich werde in ein Krankenhaus gebracht, dort werde ich genäht und verbunden.

Als Udo im Krankenhaus auftaucht, erzählt er mir, dass die Taxifahrerin keine Anzeige erstatten will, weil er die ganze Sache auf meine Medikamente, die ich nehmen muss, geschoben hat. Jetzt ist es an mir, die Ärzte zu überzeugen, dass eine psychiatrische Behandlung unnötig ist. Nachdem ich ein paar Tests gemacht und einen Psychiater gesprochen habe, darf ich wieder gehen.

Natürlich dürfen wir nicht zurück zu Udos Schwester. Genau genommen darf Udo schon zurück zu ihr, nur mich will sie nicht mehr sehen. Das kann ich verstehen. Udo hat aber schon all unsere Sachen mitgebracht und der Polizist, der mich ins Krankenhaus gebracht hat, fährt uns mit seinem Dienstwagen noch zum Bahnhof.

In Wiesbaden ist alles wie immer, wenn es nicht zu kalt ist, sind wir die meiste Zeit in der Fußgängerzone unterwegs. Um uns zu waschen, baden wir nachts in einem Brunnen. Es gibt viele warme Quellen in und um die Stadt herum. Schon zu Römerzeiten war Wiesbaden eine beliebte Kurstadt. Nachts, wenn die City ausgestorben ist, gehen wir zu „unserem“ muschelförmigen *Kochbrunnen-Springer*, der groß genug ist, dass sich zehn Leute reinlegen können. Das Wasser ist angenehm warm. Die Polizisten, die nachts Streife gehen, sehen das nicht gerne, aber solange wir nichts beschädigen und nicht zu laut sind, lassen sie uns meistens in Ruhe.

Das Leben auf der Straße ist verdammt hart. Oft vergehen Tage, ohne dass wir etwas essen. Wenn der Hunger zu groß wird, esse ich Reste aus der Mülltonne von McDonalds oder gehe in Selbstbedienungsläden und klaue mir das Essen aus dem Regal. Es gibt fast keinen Laden mehr, in dem ich nicht Hausverbot habe. Beim letzten Klauen bin ich erwischt und anschließend von der Polizei einem Jugendrichter übergeben worden. Der hat mich zu achtzig Stunden Sozialarbeit in einem Altenheim verurteilt. Das nehme ich notgedrungen in Kauf. Obwohl die alten Menschen total nett zu mir sind und das Füttern mir sogar Spaß macht, will ich diese Sozialstunden so schnell wie möglich hinter mich bringen. Ich brauche meine Energie zum Betteln und zum Beschaffen von Drogen. Das hier ist Zeitverlust und verfehlt seine pädagogische Erziehungsmaßnahme bei mir total.

18.

Wir haben trotz allen Widrigkeiten auch manchmal ein bisschen Glück, denn nicht weit von der Fußgängerzone entfernt haben ein paar Obdachlose ein altes Bordell in der Puffstraße besetzt. Die etwa zwanzig Zimmer sind zwar schon alle belegt, aber Kai, ein Freund von uns, lässt uns, wann immer wir nichts anderes finden, bei sich in seinem Zimmer übernachten. Das Haus steht schon lange leer, aber es gibt immerhin noch Strom und fließendes Wasser. Auf jeder Etage sind vier kleine Zimmer. Mehr als eine Matratze und ein kleiner Tisch passen da gar nicht rein. Es ist also eine Notlösung, besser als nichts. Kai ist wie ich siebzehn Jahre alt und kommt aus Mainz. Seine Mutter arbeitet bei einem Fernsehsender als Redakteurin, hat aber nie Zeit für ihren Sohn. In dem Haus ist immer etwas los. Die Menschen tun sich zu Gruppierungen zusammen: Da gibt es eine selbsternannte „Pennerfraktion“, die Punks, die Ökofreaks, die Junkies, aber auch Einzelkämpfer wie den verrückten Engländer, Kai, und, und, und, ...

Von Kai habe ich mir mein erstes Tattoo stechen lassen, das Yin-Yang-Zeichen, das ich vor einer Ewigkeit – wie mir jetzt scheint – zum ersten Mal in Amsterdam gesehen habe. Es hat höllisch weh getan, denn die ganze Prozedur hat er mit drei Nähnadeln und chinesischer Tinte in meinen Oberarm gestochen. Als die Qualen überstanden sind, bin ich sehr zufrieden mit dem Ergebnis. Das Zeichen begleitet mich bis heute und erinnert mich an sehr aufregende Zeiten.

Kai sollte nicht sehr alt werden. Ein paar Jahre später nur werde ich eine TV-Reportage sehen, die seine Mutter gemacht hat, in der ein gewisser Dr. Dimitrow angeklagt wird, Medikamente verbotenerweise an Jugendliche verschrieben zu haben. Kai wird zu diesem Zeitpunkt Selbstmord mit einer Überdosis Medikamente begangen haben. Um die Hintergründe zu verstehen und zu wissen, wie ihr Sohn überhaupt an die Medikamente kommen konnte, wird seine verzweifelte Mutter so lange recherchieren, bis sie auf die Spur eben jenen Doktors stößt, bei dem auch Udo und ich immer noch ein- und ausgehen.

19.

Nachdem ich die Hälfte der Sozialstunden im Altenheim, zu denen mich der Jugendrichter verurteilt hatte, abgearbeitet habe (was für mich schon viel heißen will), passiert mir ein kleiner Unfall. In unserem kleinen Zimmer gibt es keine Heizung, und wenn es allzu kalt wird, heizen wir den Raum mit einer kleinen Kochplatte, die neben der Matratze auf dem Boden steht. Irgendwie übersehe ich sie und setze mich darauf ohne irgendetwas von Hitze zu bemerken, bis mein Allerwertester feuerrot ist. Das ist schon sehr peinlich, zum Richter zu gehen, um ihm mitzuteilen, dass ich nicht arbeiten kann, weil ich mir den Arsch verbrannt habe. Es war eine sehr schlimme Verbrennung. Der Richter hat auch dementsprechend verständnisvoll reagiert. Danach habe ich zwar die Sozialstunden einfach ignoriert, bin auch nie wieder ins Altenheim gegangen, habe aber deswegen tatsächlich auch nie eine Mahnung bekommen.

Irgendwann im Februar wird Udo wieder verhaftet. Ich bin nicht dabei als es passiert. Im zuständigen Polizeirevier will niemand mir Auskunft darüber geben, was genau los ist. Aber nach Aussage eines Beamten soll er ins Gefängnis überführt worden sein und da auch so schnell nicht wieder herauskommen, wie der Beamte sich nicht verkneifen kann hinzuzufügen. Warum und wieso, keine Antwort. Auch die Mitbewohner im Haus drucksen nur herum und wollen nicht mit der Sprache heraus. Es scheint eine mysteriöse Geschichte zu sein. Ich habe keine Ahnung, wie es ohne Udo weitergehen soll. Nach ein paar Tagen hin und her überlegen, fasse ich den Entschluss, zu meinen Eltern nach Belgien zu fahren. Ich möchte sie um Geld bitten, damit ich einen Anwalt für ihn engagieren kann.

Weil ich keine Zeit verlieren will, mache ich mich noch am selben Tag auf den Weg. Ich muss die ganze Strecke schwarz fahren, weil ich nicht mal mehr Geld für ein Ticket habe, aber das ist meine kleinste Sorge. Ich komme so durch.

Zu Hause angekommen erfahre ich als erstes, dass mein Bruder einen ziemlich schlimmen Motorradunfall hatte und im Krankenhaus liegt. Er hat mehrere Knochenbrüche, eine schwere Gehirnerschütterung und bekommt nur am Rande mit, dass ich zu Besuch bin. Ich kann gut verstehen, dass meine Eltern jetzt andere Sorgen haben, als mir Geld für Udos Anwalt zu geben und deshalb erwarte ich auch nicht viel. Aber den Plan, den sie während den wenigen Tagen, die ich da bin, für mich aushecken, mit dem überrollen sie mich mal wieder total …

Als ich also nach ein paar Tagen wieder zurück nach Wiesbaden fahren will, bietet sich Papas Freund netterweise an, mich nach Aachen zum Bahnhof zu fahren. Natürlich freue ich mich über das Angebot und nehme dankend an. Ist meine Mutter dabei? Ich weiß es nicht mehr. Wir sind ungefähr zwanzig Minuten unterwegs, als mir auffällt, dass wir nicht den gängigen Weg nach Aachen fahren. Er erzählt irgendetwas von Bauarbeiten, die er umfahren will. Ich fange erst an, mir Sorgen zu machen, als ich einen Ort wiedererkenne, an den ich vor nicht allzu langer Zeit schon mal vorbei gekommen bin, und zwar auf dem Rückweg von der Psychiatrie.

20.

Zack! Die Tür hinter mir ist geschlossen. Ich schaue dem Wagen noch hinterher, wie er das Gelände verlässt und frage mich dann, warum ich nicht aus dem Wagen gesprungen bin, als noch Zeit war. Ich habe nicht einmal protestiert, habe mich wie ein Schaf zur Schlachtbank führen lassen. Wie konnte ich nur?

An der Tür stehen zwei Weißkittel, die auf mich gewartet haben. Sie begleiten mich in den Aufenthaltsraum, wo ich mich erst mal hinsetzen muss, bis mir ein anderer Weißkittel einen Becher mit Tabletten überreicht. „Sie kennen das Spiel“, sagt sie zu mir und zeigt dabei ihr nettestes Lächeln. Ich kann nicht fassen, dass ich wieder hier gelandet bin. Wie konnten sie mir das antun und für wie lange muss ich dieses Mal hier bleiben? Und was wird jetzt aus Udo? Mir wird ganz übel, wenn ich daran denke, dass ich hier wieder völlig ausgeliefert bin. Aber am meisten bin ich von meinen Eltern enttäuscht, nein, nicht nur enttäuscht, ich bin wütend!

Wütend darüber, dass sie noch immer nicht verstanden haben, dass sie so alles nur noch schlimmer machen. Jetzt habe ich noch einen Grund mehr, sie zu hassen. Das, was ich von ihnen gebraucht hätte, war das Gefühl, verstanden, geliebt und respektiert zu sein, aber aus irgendeinem Grund waren und sind sie nicht in der Lage, mir das zu geben.

Natürlich hasse ich meine Eltern nicht wirklich. Es macht mich traurig, dass ich es nicht schaffe, sie stolz zu machen. Wie schlecht muss ich sein, dass sie sich gezwungen sehen, solche Maßnahmen zu ergreifen? Mal wieder habe ich genug Zeit, mich zu fragen, warum ich so verkorkst bin, warum ich alles falsch mache, warum ich mich so dermaßen zu Dingen hingezogen fühle, die verboten sind und die normale Menschen anscheinend nicht tun. Wenn ich etwas Verbotenes tue, dann beschleunigt sich mein Herzschlag, das Adrenalin schießt in mein Gehirn und ich bekomme vor Aufregung feuchte Hände. Dann fühle ich mich lebendig. Um all das Verbotene zu vergessen und die schmerzhaften Gefühle nicht zu fühlen, brauche ich die Drogen. Heroin und Tabletten waren da, um zu vergessen. Zu vergessen gibt es mittlerweile schon so viel für mich.

Zu meiner großen Überraschung darf ich schon nach zwei Wochen wieder gehen. Ich weiß nicht, ob sie mich rechtlich nicht länger da behalten dürfen oder ob meine Eltern doch noch ein Einsehen hatten. Auf jeden Fall fahre ich direkt von der Psychiatrie zum Bahnhof nach Verviers und dann mit dem ersten Zug zurück nach Wiesbaden.

Mein Weg führt mich direkt in das besetzte Puffhaus, wo mich ein erstaunter Kai mit den Worten empfängt: „Wo warst du denn? Udo ist schon seit zehn Tagen raus aus dem Knast, er sitzt nebenan in der Kneipe.“ Bevor ich zu Udo gehe, frage ich Kai, ob er weiß, warum man Udo letztendlich verhaftet hat. Von ihm erfahre ich, dass erzählt wird, Udo habe mit ein paar jungen Leuten, darunter ein sechzehnjähriges Mädchen, in einem Steinbruch außerhalb der Stadt Drogen genommen. Das Mädchen muss wohl ausgerutscht und dabei einen Abhang hinuntergestürzt sein. Sie hat sich dabei das Genick gebrochen. Da Udo der Älteste der Gruppe und schon wegen Drogendelikten bekannt war, hat man ihm erst mal die Schuld an dem Unfall gegeben. Das musste ich erst mal sacken lassen.

Als ich ihn später in der Kneipe antreffe, ist er schon so betrunken, dass nicht mit ihm zu reden ist. Das Einzige was Udo mir mitteilt, ist die Anweisung der Polizei, sich einmal in der Woche auf dem Polizeirevier persönlich zu melden, bis die genauen Umstände des Unfalles geklärt werden. Was damals wirklich passiert ist, wurde niemals herausgefunden. Wenn ich Udo danach frage, weicht er mir immer aus. Hatte er etwas mit dem Mädchen? Mein Gefühl sagt ja. Wir halten es beide nicht so genau mit Treue. Was ist damals wirklich passiert? Alle, die etwas wissen können, machen ein großes Geheimnis darum. Und so erfahre ich von niemandem etwas Genaues. Und Udo wird diese Geschichte mit ins Grab nehmen.

21.

Ich werde bald achtzehn Jahre alt, aber nach feiern ist mir wie in den letzten Jahren überhaupt nicht zumute. Udo und ich liegen uns fast täglich in den Haaren. Das artet meistens in einer Prügelei aus. Außerdem haben wir keine Privatsphäre. In dem Haus ist es fast unmöglich, sich mal für ein paar Minuten zurückzuziehen. Okay, aber immer noch besser als auf der Straße zu sein. Unser größtes Problem ist, dass Kai einfach jeden bei sich übernachten lässt. Da liegen wir manchmal bis zu acht Leuten in dem kleinen Raum, der nicht größer als fünf Quadratmeter ist. Vor ein paar Tagen waren Journalisten vom Wiesbadener Tageblatt im Haus, sie wollten einen Bericht über die Zustände bei uns schreiben. Sie haben Fotos von uns gemacht, als wir auf einer Matratze sitzen und einen Joint kreisen lassen. Für uns war es eine kleine Abwechslung. Für ein paar Stunden haben wir uns wichtig gefühlt und sogar davon geträumt, dass sich etwas ändern könnte. Die Polizei kommt jetzt noch öfter zu Besuch, ansonsten ist alles beim Alten geblieben.

Das einzige Klo im Haus, das noch funktionierte, ist eines Tages auch verstopft. Es stinkt bestialisch. Irgendjemand hat Zeitungspapier rein geschmissen und natürlich will es keiner gewesen sein. Mir ist es egal, ich bin sowieso immer nebenan ins Café gegangen. Wenn nur dieser Gestank nicht wäre.

Für meinen achtzehnten Geburtstag hat Udo mir ein Kleid gekauft. Leider ist es mir viel zu groß und zu lang, es ist rosa mit Stickereien an den Ärmeln und am Saum, der Ladenbesitzer will es nicht mehr umtauschen. Schade, ich werde dieses Kleid niemals anziehen können.

Meinen Geburtstag feiern wir dann doch, und zwar mit allem, was es an Drogen auf dem Markt gibt: LSD, Koks, Heroin, Tabletten und natürlich jeder Menge Alkohol. Wenn man an einem ersten im Monat Geburtstag hat, ist der Vorteil ganz klar, dass die Leute ihr Geld noch nicht ausgegeben haben. In diesem Haus ist sowieso jede Gelegenheit willkommen, Geld für eine Feier zu investieren. Jeder der will oder kann, steuert etwas dazu bei. Die ganze Party dauert mehr oder weniger drei Tage. Habe ich in dieser Zeit geschlafen? Ich weiß es nicht mehr. Aber ich werde stündlich immer trauriger und verzweifelter. Sieht so meine Zukunft aus? Bin ich nächstes Jahr immer noch hier, dreht sich immer alles im Kreis wie eine Endlosschleife?

Ich würde gerne einen Weg aus meinem Dilemma finden, aber ich weiß nicht wie. Es ist der dritte Tag nach meinem Geburtstag, ich sitze auf der Fensterbank in der dritten Etage und schaue runter in den kleinen Hinterhof. Ich überlege, wie es wäre, wenn ich mich einfach fallen ließe, mich in die Hände des Schicksals begeben würde. Ich schaue noch einmal in den Himmel, mache die Augen zu und lasse mich seitlich in die Tiefe gleiten.

Es war nicht so, dass ich gedacht habe, jetzt bringe ich mich um. Nein, es war dieser Zustand, den ich beenden wollte, diese endlose Suche nach einem Ziel, diese stumpfe Leere und Hoffnungslosigkeit, all das wollte ich loswerden. Ich habe mal wieder nicht an Konsequenten gedacht …

22.

Da liege ich nun! Ein Häufchen Elend in einem schmutzigen Hinterhof. Ich höre laute Stimmen, die aus dem Haus kommen. Jemand hält meine Hand. Wie kommt es, dass da schon ein Sanitäter neben mir kniet? Ich war doch nicht bewusstlos, oder doch? Ich will ihnen gerne sagen, dass alles okay mit mir ist und dass sie wieder gehen können, ich habe keine Schmerzen, es ist alles ein Versehen …

Es müssen ein paar Stunden vergangen sein, denn ich wache in einem Krankenhauszimmer auf. Udo sitzt neben mir auf dem Bett und liest. Als er sieht, dass ich wach bin, fängt er vor Aufregung, Wut oder was auch immer an zu stottern, so dass ich nur die Hälfte von dem verstehe, was er mir erzählt. Die Polizei war in unserem Haus und wollte wissen, ob mich jemand gestoßen hat, ob ich Drogen genommen habe, usw. „Ach ja“, sagt er zwischendurch wie nebenbei, „du hast die drei unteren Wirbel angebrochen, einen Magenriss und eine Schädelfraktur.“

Als eine Krankenschwester ins Zimmer kommt, bestätigt sie mir, was Udo gerade gesagt hat und erklärt mir, dass ich die nächsten Wochen, ja wenn nicht sogar Monate wegen den angerissenen Wirbeln nur liegen oder stehen dürfe, aber in keinem Fall dürfe ich mich hinsetzen. Die Schädelfraktur müsse sich selbst heilen und für den Magenriss bekomme ich sofort ein Mittel, das wie flüssiges Gips aussieht. Und außerdem dürfe ich die nächsten drei Tage nichts essen, na dann Mahlzeit.

Nach zwei Tagen werde ich in ein anderes Zimmer zu einer älteren Frau verlegt. Um einen Entzug zu vermeiden und mich ruhigzustellen, geben sie mir Medikamente in den Baxter, aber es reicht mir nicht und so überrede ich Udo, mir Vesperax dazulassen. Großer Fehler! Die Mischung von Vesperax und den bereits eingenommenen Medikamenten verträgt sich gar nicht. Wie man mir später erzählt, will ich schon wieder aus dem Fenster springen. Hätte die alte Frau aus meinem Zimmer nicht Alarm gegeben, würde es mich heute nicht mehr geben, denn unser Zimmer liegt im achten Stockwerk. Ich selber kann mich beim besten Willen an nichts von alledem erinnern, aber für die Ärzte ist dies nun der beste Grund, mich in die Psychiatrie in Hadamar zwangseinzuweisen.

Hadamar ist im Gegensatz zu der Psychiatrie in Belgien hoch modern. Das ändert aber nichts an der Tatsache, dass man eingesperrt ist und keine eigenen Entscheidungen treffen kann. Ich hasse es, um alles und jedes bitten zu müssen, aber wenn ich hier wieder schnell raus will, dann muss ich wohl oder übel das Spiel nach ihren hauseigenen Regeln mitspielen. Mittlerweile habe ich genug Übung darin, den Psychiatern das zu erzählen, was sie hören wollen. Wenn sie hier genauso ticken wie die in Belgien – wovon ich einfach mal ausgehe – dann bin ich in maximal zwei Wochen wieder draußen.

Mein Magen hat sich von dem Riss erholt und ich darf endlich wieder feste Nahrung zu mir nehmen, was aber nicht so einfach ist, weil ich nicht im Sitzen essen darf. Dasselbe gilt fürs Fernsehen und für sonst alles, was man noch so im Sitzen macht. Wenn ich zur Toilette muss, dann setze ich mich schon hin. Und auch so im Alltag achtet niemand wirklich darauf, ob ich mich daran halte. Udo darf mich einmal in der Woche für zwei Stunden besuchen. Er erzählt mir, dass ein Bericht über mich in der Zeitung stand. Sie haben geschrieben, dass ich mich umbringen wollte, dass Drogen im Spiel waren, bla, bla, bla, ... Nur Mist! Ein erfundener Bericht, ohne vorher mit jemandem zu reden und ein paar Fragen zu stellen. Das ist total bescheuert.

Mit den anderen Frauen, die hier sind, habe ich bisher kaum Kontakt. Wenn ich mit jemandem rede, dann nur mit meiner Zimmergenossin. Sie ist eine Schwarze, kommt aus Paris und ist ziemlich verwirrt. Man hat sie orientierungslos und ohne Papiere am Limburger Bahnhof aufgegriffen. Sie ist überglücklich, mit mir reden zu können, denn ich bin die Einzige, die sich hier in Französisch mit ihr verständigen kann. In den nächsten Tagen soll sie nach Frankreich ausgewiesen werden.

23.

Beinahe zwei Wochen sind vergangen. Ich muss noch einmal zu einem Gespräch beim Oberarzt vortreten. Der entscheidet dann, ob ich gehen darf oder nicht, aber ich habe ein gutes Gefühl. Ich muss ihn nur davon überzeugen, dass ich mich nicht umbringen wollte. Was ich ihm erzählen werde? Ich bin mir noch nicht sicher, das entscheide ich, wenn ich vor ihm sitze, ach nein, wenn ich vor ihm stehe.

Ich habe es geschafft, ich werde noch am selben Tag entlassen! Das Gespräch hat nicht lange gedauert. Ich habe einen auf ganz cool gemacht und ihm erzählt, dass ich das Gleichgewicht verloren hätte, von wegen zu viel Alkohol, zu viele Drogen und zu wenig Schlaf. Ob er mir die Story geglaubt hat? Ich weiß es nicht, ist mir aber auch egal.

Nachdem ich die Entlassungspapiere unterschrieben habe und wieder meine eigenen Klamotten anziehen darf, kann ich es nicht erwarten, hier raus zu kommen. Jetzt muss ich nur noch ein Auto finden, das mich mit nach Wiesbaden nimmt. Ich stehe an der Straße, Daumen in die Luft und eine alte Ente hält an. Ein junges Hippie-Pärchen nimmt mich mit bis zum Wiesbadener Bahnhof. Ich gehe zu Fuß zum Haus. Dort wartet eine schöne Überraschung auf mich: Kai hat beschlossen, Udo und mir sein kleines Zimmer zu überlassen und ist zu einem Freund eine Etage tiefer gezogen. Damit habe ich nicht gerechnet. Ich freue mich sehr darüber! Endlich haben Udo und ich noch mal so etwas wie ein

Privatleben. Wenn man mal von dem Loch in der Wand zum Nebenraum absieht, können wir ungestört sein.

Mein Sturz aus dem Fenster hat einige Leute im Haus ganz schön erschreckt. Manche stellen mir Fragen, was denn mit mir los war, und andere gehen mir aus dem Weg, aber die meisten tun so, als wäre nichts gewesen. Auf dem Weg in unser Zimmer habe ich noch mal aus dem Fenster geschaut, aus dem ich „gefallen“ bin. Es ist doch ganz schön hoch, ich glaube, ich habe Glück gehabt, dass mir nichts Schlimmeres passiert ist. Außer leichten Kopf- und Rückenschmerzen habe ich keinen Grund, mich zu beklagen. Nur das Sitzverbot macht mir Probleme, ehrlich gesagt, vergesse ich es die meiste Zeit …

Natürlich hat Dr. Dimitrow auch von der Sache gehört und will mir keine Rezepte mehr ausstellen. Er hat mich doch tatsächlich einfach vor die Türe gesetzt! Hat er etwa doch so etwas wie eine Moral? Oder hat er nur Angst? Jedenfalls haben Udo und ich nun ein Problem, denn mit seinen Rezepten alleine kommen wir nie im Leben aus. Wenn ich nicht schnell einen anderen Arzt finde, dann wird es stressig.

Und dann kommt Kai wenige Tage später mit einer Einkaufstüte voll Medikamenten in unser Zimmer! Was für ein Engel! Sein Freund hat sich im Krankenhaus einen Arztkittel angezogen, um dann einen Giftschrank nach dem anderen auszuräumen. Das war selbst in meinen Augen schon ziemlich dreist, aber es hat sich gelohnt. Und weil der Kerl sich mit Arzneimitteln nicht gut auskennt, hat er Udo gebeten, einen Blick darauf zu werfen. Natürlich ist Udo total begeistert, denn er bekommt bei dem Deal die Hälfte von allen Mitteln, die etwas taugen.

Weil wir ja nichts verschwenden wollen, wagen wir ein gefährliches Spiel und testen alle Mittel aus, die wir nicht kennen. Jeder von uns stellt sich abwechselnd für Proben zur Verfügung. Ich glaube, wir haben alle mehr Glück als Verstand, denn es ist keinem von uns etwas passiert.

24.

Wenig später finde ich wieder einen Arzt, der mir Tabletten verschreibt! Dr. Müller ist zwar nicht so cool wie Dr. Dimitrow und ich muss ihn jedes Mal bearbeiten, um ein Rezept zu bekommen, aber am Ende gibt er mir immer, was ich brauche. Ich denke mir immer neue Geschichten aus, wie zum Beispiel: „Herr Doktor, jemand hat mir die Tabletten aus meiner Tasche geklaut" oder „Herr Doktor, mir ging es sooooo schlecht, dass ich ein paar Tabletten mehr nehmen musste" oder „Als ich die Tabletten geschluckt habe, ist mir schlecht geworden und dabei habe ich mich übergeben und musste dann neue nehmen. Bitte, Herr Doktor, ich verspreche dass ich erst in einer Woche wiederkomme." Was diese Geschichten angeht, bin ich sehr erfinderisch und lasse mich nicht so schnell abwimmeln. Ich glaube, dass ich nicht ein einziges Mal ohne Rezept aus der Praxis gegangen bin.

Seit Udo und ich das Zimmer für uns haben, streiten wir nicht mehr so oft. Wir schmieden sogar Hochzeitspläne.

Wie das Pläne schmieden praktisch aussieht? Wir sitzen auf der Matratze, es ist ein Tag wie jeder andere. Und ich sage: „He, Udo, wie wäre es, wenn wir heiraten?" Darauf Udo: „Warum nicht?" Darauf ich: „Okay, ich rufe meine Mutter an und sage ihr, dass sie alles in die Wege leiten soll." Das war's.

Wir wollen uns auf einem Standesamt in Belgien trauen lassen. Ich rufe wirklich am selben Tag meine Mutter an und bitte sie, das Aufgebot in unserer Gemeinde zu bestellen. Sie wird es machen, aber glücklich klang sie nicht gerade am Telefon. Wenn alles glatt läuft, können wir im Oktober heiraten. Warum wir das tun wollen und was wir uns davon versprechen? Ich kann nicht behaupten, dass wir aus Liebe heiraten. Es klingt wahrscheinlich berechnend, aber die Aussicht auf mehr Geld ist wohl der Hauptgrund für diese Idee. Und vielleicht langweilen wir uns auch in unserem Alltagstrott. Heiraten ist dann mal was anderes. Es gibt uns einfach die Gelegenheit, uns für einige Zeit mit etwas anderem als mit Drogen zu beschäftigen. Mit Romantik hat das wenig zu tun. Ich glaube auch, dass ich meinen Eltern eins auswischen will, aber das gebe ich erst viele Jahre später zu. Aber daran kann man eigentlich sehr gut erkennen, wie dumm und unüberlegt die ganze Sache doch von Anfang an ist. Ich weiß ganz genau, dass die Beziehung mit Udo nicht gut enden wird. Alle mich bremsenden und gut gemeinten

Ratschläge, bestärken mich allerdings nur, die Hochzeit durchzuziehen.

Wir bekommen tatsächlich einen Termin für Mitte Oktober. Meine Mutter kümmert sich um den ganzen Papierkram, es würde nur eine ganz kleine Zeremonie im Rathaus stattfinden. Als es soweit ist, dass wir nach Belgien aufbrechen können, bin ich mir nicht mehr ganz so sicher, ob es nicht doch besser wäre, die ganze Sache abzusagen. Aber dann ignoriere ich diese Zweifel und wir fahren los in unser Eheglück.

Wir haben nicht einmal Geld, um uns Ringe zu kaufen, also gibt es auch keine. Im Büllinger Dorfladen kaufe ich mir ein braunes Wollkleid vom Geld meiner Oma. Udo hat einen seiner Anzüge dabei. Wir wollen Geld bekommen, keins ausgeben. Wie eine Braut würde ich in dem Kleid zwar wirklich nicht aussehen. Aber was soll's, Augen zu und durch. Dieses Kleid kann ich danach zum Bedienen im Hotel gut weitertragen. Praktisch ist es in jedem Fall und bequem auch.

Der Tag der Hochzeit hinterlässt kaum Erinnerungen bei mir. Ich weiß dreißig Jahre später nicht einmal mehr, wer meine Trauzeugen waren. Mein Vater hat nach der Trauung für uns gekocht, Kalbsnieren mit Kroketten. Nach der zweiten Flasche Wein endet dieser Tag, wie so oft bei meinem Vater und mir, mit einem Riesenstreit. Aber immerhin darf ich mich jetzt offiziell Astrid Grünewald nennen.

Schon nach zwei oder drei Tagen fahren wir wieder zurück nach Wiesbaden. Wir schämen uns nicht, wir haben es viel zu eilig, unsere Geldgeschenke in Drogen umzusetzen. Wir haben so um die vierhundert Mark in der Tasche.

Wenn jemand glaubt, nach meiner Hochzeit hätte ich mich anders, erwachsener gefühlt und dadurch erreicht, dass die anderen mich jetzt respektieren oder für voll nehmen, der irrt sich. Vielleicht habe ich selbst am meisten eine solche Metamorphose erhofft. Aber ich bin noch immer das gleiche traurige, mit sich und der Welt unzufriedene, verkorkste Mädchen. Wenigstens sind Udo und ich in unserer Einsamkeit miteinander verbunden. Uns verbindet mehr als die Drogensucht.

Wenn ich über die ganze Hochzeitsgeschichte nachdenke, gefällt mir am besten, dass nun niemand mehr über mich bestimmen kann. Ich bin zwar erst siebzehn, aber durch die Heirat gelte ich trotzdem als volljährig. Als Belgierin bin ich erst im Alter von einundzwanzig Jahren volljährig, aber durch die Heirat umgehe ich diese drei, vier Jahre Wartezeit.

25.

Gut dreißig Jahre später werde ich mich fragen, was eigentlich Udos Gründe waren, mich zu heiraten, was ihn dazu getrieben hat. Aus Liebe war es bestimmt nicht. Wir haben uns nie ernsthaft über diesen Schritt unterhalten. Die treibende Kraft war sicherlich ich. Ich wollte mehr als den

Alltagstrott und wollte auch ihn aus diesem Leben von Schlaf, Flachmann, Drogen herauslocken. Ich habe immer gefühlt, dass das nicht alles sein kann. Aber er war zufrieden damit. Ich habe ihm von meinem Traum, eines Tages nach Indien zu reisen, erzählt. Hatte er Träume, Wünsche, Vorstellungen? Eigentlich weiß ich nicht viel über ihn, wer er wirklich war, was ihn begeistern kann. Er hat in seiner eigenen kleinen Welt gelebt, wenn man das denn leben nennen kann. Ich glaube, er wusste, dass er jung sterben wird. Er wollte auch nie richtig mit den Drogen aufhören. Er hat den Kampf lange aufgegeben, schon vor unserer Hochzeit. Das ist der große Unterschied zwischen uns beiden: Ich wollte da raus. Damals war es mir noch nicht so klar, aber im Rückblick kann ich es gut erkennen.

Aber eins kann ich mit Bestimmtheit über Udo sagen: Er war kein schlechter Mensch, die Umstände waren nicht gut für ihn und auch nicht für uns, denn ich hatte ihm auch nicht viel zu geben. Wir gaben uns zwar gegenseitig etwas Halt, wobei genau dieser Halt uns beide eben genau in dieser ganzen Scheiße gehalten hat. Aber rückblickend ist man meistens schlauer.

26.

Ich brauche wohl nicht weiter zu erwähnen, dass in Wiesbaden alles beim Alten bleibt. Unser Drogenalltag wird im Grunde nur unterbrochen, wenn mal wieder eine Razzia durchs Haus fegt oder wenn einer von uns beiden austickt. Das eine hat meistens mit dem anderen zu tun.

Hin und wieder passiert dann doch wieder etwas Aufregendes: Eines Nachts werden Udo und ich von einem fürchterlichen Geschrei auf der Straße geweckt. Es hört sich so an, als würde da gerade einer abgestochen. Weil ich sehr neugierig bin, gehe ich ans Fenster. Da liegt doch tatsächlich Mike, ein Engländer, der auch ab und zu im Haus übernachtet, mitten auf der Straße, beide Beine komisch verrenkt und brüllt sich vor Schmerzen die Seele aus dem Leib. Natürlich laufe ich zu ihm runter, um ihm helfen zu wollen. Udo hält das für keine gute Idee und bleibt lieber im Zimmer. Als ich unten ankomme, stehen schon die ersten Zuschauer parat. Anstatt zu helfen, glotzen alle nur blöde rum. Das macht mich sauer. Es ist sofort klar, was mit Mike passiert ist: er hat den Schlüssel vergessen und wollte dann idiotischerweise an der Fassade ins Haus einsteigen und ist mal eben wieder runter gefallen. Es sieht so aus, als hätte er beide Beine gebrochen. Ich frage in die Runde, ob schon jemand den Krankenwagen gerufen hat und bekomme, oh Wunder ... keine Antwort! Mir gegenüber auf der anderen Straßenseite steht ein Zuhälter mit zwei seiner Nutten im Arm. Ich weiß, dass er ganz in der Nähe eine Bar besitzt und fordere ihn auf, anstelle zu glotzen, den Krankenwagen zu rufen, aber anstatt zu reagieren, grinst er mich an und sagt mir, ich solle verschwinden oder ich bekäme den Hintern von ihm versohlt. Oh, oh, das kann ich so auf keinen Fall auf mir sitzen lassen und will zu ihm rüber, um ihm eine runter zu knallen. Großer Fehler, Astrid, denkt es zu spät in mir. Als ich kurz vor ihm stehe, zieht er aus seiner Jackentasche eine Pfefferspray Dose und spritzt mir eine volle Ladung ins Gesicht.

Dieser elende Schei……. das Arsch……. &%§&%!&"$%$, Mist........ %&%&% Verdamm………..!!! Das war ganz link! Ich habe vor lauter Brennen und Schmerzen im Gesicht nicht einmal mitbekommen, dass inzwischen der Krankenwagen endlich da ist. Der Notarzt hat Gott sei Dank Wasser dabei, um mir die Augen auszuspülen.

Als ich dann etwas später immer noch rasend vor Wut und mit hochrotem Kopf in unser Zimmer stürme, erzähle ich Udo, was mir passiert ist, fordere ihn auf, doch bitte diesem Arschl... mal die Meinung zu geigen und das sofort. Aber der liebe Udo schaut mich seelenruhig an und meint nur: „Selber schuld, du blöde Kuh, was legst du dich auch mit einem Zuhälter an.“ Und so kann ich sehen, wie ich mit meiner Wut und mit meinem verletzten Stolz fertig werde. Natürlich hatte Udo Recht, sich nicht mit diesem Typen anzulegen. Aber ein ritterlicher Beschützer hätte mir auch gefallen.

Mike taucht Wochen später mit zwei Krücken laufend wieder im Haus auf, dieses Mal durch die Tür hinein und nicht über die Fassade.

27.

Wenige Monate nach unserer Hochzeit merke ich, dass etwas mit mir nicht stimmt. Mir ist andauernd übel, ich kann kein Essen mehr bei mir behalten, ich bin schon sehr dünn und die ganze Kotzerei gibt mir den Rest. Ich bin mir sicher, dass ich einen Magentumor habe. Jeden Tag die Tabletten auf nüchternem Magen, kaum essen und wenn, dann schon gar keine gesunde Nahrung. Das kann ein Magen auf Dauer nicht aushalten. Zum Arzt will ich aber nicht, der hätte mir nur geraten mit den ganzen Drogen aufzuhören. Und so schleppe ich mich Tag für Tag immer schwächer auf den Beinen durch die Gegend. Die meiste Zeit bleibe ich in unserem kleinen Zimmer auf der versifften Matratze liegen. Draußen ist es wieder bitterkalt geworden, aber immerhin haben wir ein Dach über dem Kopf. Den kleinen Elektrokocher lasse ich die ganze Zeit auf Hochtouren laufen. Wir haben Glück, dass die Stadt uns nie das Wasser oder den Strom abstellt, denn dafür bezahlt hat nie einer von uns.

Während ich in der Kälte zittere, fällt mir der vergangene Winter ein. Udo und ich wären einmal fast erfroren, als wir im Vollrausch draußen eingeschlafen sind. Ich bin damals nur wach geworden, weil ich mir in die Hose gepinkelt habe. Peinlich ja, aber es hat uns das Leben gerettet.

Mit meiner Übelkeit gehe ich jetzt nur noch raus, wenn es gar nicht mehr anders geht. Das Schnorren, das mir sonst immer leichtgefallen ist, kostet mich jetzt alle Kraft, die ich noch habe. Es ist im Winter sowieso schon schwer genug, weil jeder es eilig hat, wieder in die warme Wohnung zu kommen. Niemand hat Lust, die Hände aus den Taschen zu nehmen. Wenn dann noch so ein fremdes Gespenst auf einen zukommt und einen anspricht: „He, haste mal ne Mark?“, dann nehmen die meisten sofort ihre Beine in die Hand und schauen einen nicht mal mehr an. Unser Essen kommt nun meistens aus den Mülleimern von McDonalds oder sonst woher. Der Hunger treibt einen dazu, nicht hinzuschauen, was man isst oder gar wählerisch zu sein.

Ende Januar muss Udo mal wieder zum Arbeitsamt, um – Gott weiß warum – irgendwelchen Papierkram zu erledigen. Weil es mir an diesem Tag mal etwas besser geht, begleite ich ihn. Das Büro liegt auf der ersten Etage. Alles geht glatt und nach nicht einmal einer viertel Stunde können wir schon wieder gehen. Das gibt schon mal ein gutes Gefühl. Ich sehe noch die Treppe, die wir wieder runter gehen müssen, und dann wird mir schwarz vor Augen und ich klappe zusammen.

28.

Wie viele Stunden war ich fort? Keine Ahnung. Als ich die Augen wieder öffne, sehe ich mindestens fünf Krankenschwestern und drei Ärzte um mich herum. Sie haben mich ganz ausgezogen, mich an Armen und Beinen festgeschnallt und mir sogar meine Prothese aus dem Mund genommen. Meine Beine sind auseinandergespreizt. Ein Gefühl von unendlicher Scham steigt in mir hoch. Noch bevor ich etwas sagen kann, spricht der Arzt am Fußende des Tisches mich an und sagt mit ernster Miene: „Junge Frau, Sie sind im vierten Monat schwanger.“

Bumm! Wie ist das möglich? Ich erkläre ihm, dass das gar nicht sein könne, ich hätte schon seit Jahren meine Tage nicht mehr gehabt, aber er meint nur: „So ist es aber, finden Sie sich damit ab.“ Ich sollte es schon gewohnt sein, dass man nicht sehr einfühlsam mit mir umgeht, und dennoch verletzt mich die Art und Weise, wie der Arzt mir diese Nachricht mitteilt. In meinem Kopf dreht sich alles. Ich stehe unter Schock. Ich sei eine Treppe von mindestens zehn Stufen runtergefallen und könne sehr dankbar sein, dass nichts Schlimmeres passiert ist, meint er noch, bevor er mit seiner ganzen Entourage im Schlepptau verschwindet, mich mit meinen Ängsten und Fragen alleine lässt. Wo ist eigentlich Udo? Er sollte jetzt bei mir sein.

Ich muss wohl wieder ohnmächtig geworden sein, denn plötzlich liege ich in einem Krankenwagen, der mit Blaulicht und Sirene durch die Gegend fährt. Neben mir sitzt ein ganz junger, gut aussehender Sanitäter. Wenigstens hat man mich jetzt zugedeckt, aber meine Prothese habe ich immer noch nicht im Mund, und das ist mir sowas von peinlich. Ich würde gerne fragen, was da gerade mit mir passiert, aber ohne meine Zähne rede ich nur unverständlich und halte deshalb lieber meinen Mund. Irgendwie überwinde ich mich dann doch noch und frage ihn, wo man mich hinbringt. Hadamar heißt meine nächste Station, genauer gesagt, die geschlossene

Abteilung für ... tja, für was wohl. Es gibt einen richterlichen Beschluss für eine Zwangseinweisung.

Ich weiß nicht wirklich, was das bedeutet. Dieser Richter darf wohl darüber entscheiden, was mit mir und meinem ungeborenen Kind passiert. Deshalb fühle ich zuerst mal Erleichterung, denn so brauche ich für mich selber vorerst keine Entscheidungen zu treffen. Ich konzentriere mich auf die Frage, wie es weitergehen kann.

29.

Ein kalter Entzug ist grausam, aber noch grausamer ist er, wenn er dir aufgezwungen wird. Ohne eigene Kleidung, ohne irgendetwas, das mir persönlich gehört, werde ich in ein Zimmer eingeschlossen. Ein Bett, ein Nachtschrank und ein Klo, das ist alles was man mir zugesteht. Es gibt ein Fenster, ja aber es ist vergittert und so klein wie ein Mauseloch. Ich darf dreimal am Tag raus in ein Raucherzimmer und abends eine Stunde Fernsehen. Der Entzug ist schlimm, außer Tee und trockenes Brot behalte ich nichts in mir drin. Mein Bett ist jede Nacht klatschnass geschwitzt, ganz zu schweigen von den Krämpfen in den Beinen, dem Durchfall und den Schweißausbrüchen. Ich bekomme Depressionen und denke nur noch an Selbstmord. Dass da in meinem Bauch ein kleines Leben heranwächst, ist mir immer noch nicht so richtig bewusst. Es redet auch keiner mit mir, es ist alles so unwirklich, so als würde es jemand anderem passieren.

Na endlich! Nach zehn langen Tagen, bekomme ich zum ersten Mal Besuch von Udo. Er darf mir ein paar persönliche Sachen bringen. Er sieht nicht gut aus, stinkt nach Alkohol und ist high von Tabletten. Er muss wohl von den Ärzten von der Schwangerschaft erfahren haben. Er ist jedenfalls im Bilde, als er mich besuchen kommt. Dass er der Vater von dem Winzling ist, steht Gott sei Dank außer Frage. Noch ein paar Monate früher hätte die Sachlage ganz anders ausgesehen. Weder Udo noch ich waren immer treu und mit dem Thema Verhütung habe ich mich nie auseinandergesetzt. Wer weiß, vielleicht laufen auch von Udo noch ein paar Exemplare durch die Weltgeschichte. Er erklärt mir, dass man mich wahrscheinlich aus Deutschland ausweisen wird. Wir haben kaum Zeit zu reden, da muss er schon wieder gehen. Zum Abschied versichert er mir noch, dass wenn es jemals zu einer Ausweisung kommen würde, er Deutschland mit mir verlassen wird.

Ich kann mir immer noch nicht vorstellen, dass ich bald Mutter werden soll. Wenn ich in den Spiegel schaue, kann ich keinen Unterschied feststellen. Mein Bauch ist so flach wie ein Bügelbrett und wie eine zukünftige Mutter sehe ich nun wirklich nicht aus.

Nach zwei Wochen fange ich so langsam an, mich zu erholen. Ich kann nachts wieder ein paar Stunden am Stück schlafen. Und so ganz langsam freunde ich mich mit dem Gedanken an, eine Mami zu werden. Dass ich mein Baby mit meiner Drogensucht in Gefahr gebracht habe, verdränge ich. Daran will ich nicht denken. Ich rede mir ständig ein, dass schon alles gut werden wird. Der Gedanke an eine Abtreibung ist mir nicht einmal gekommen. Nein, ich will dieses kleine Wunder als ein neues Geschenk in meinem Leben willkommen heißen.

30.

Nach ungefähr drei Wochen bestätigt die Klinikleitung, was Udo schon angedeutet hatte: Ich soll aus Deutschland ausgewiesen werden. Man sagt mir auch, dass es dem Kind soweit gut geht. Mir fällt ein riesengroßer Stein vom Herzen, denn bei dem ganzen Dreck, den ich genommen habe, ist das nicht selbstverständlich.

Jetzt wird es ernsthaft Zeit an die Zukunft zu denken, aber wo soll ich hin? Mir fällt nur eine lebbare Idee ein: Ich muss meinen inneren Schweinehund überwinden und zu Hause anrufen. Ich kann mein Kind ja nicht auf der Straße zur Welt bringen und auf Udo kann und will ich mich nicht verlassen. Als ich abends den Hörer in die Hand nehme, sind meine Knie ganz schön weich. Ich hoffe nur, dass meine Mutter am anderen Ende der Leitung abnehmen wird und nicht mein Vater. Als ich dann ihre Stimme höre, weiß ich nicht, was ich sagen soll und lasse sie erst mal reden. Sie erzählt mir, dass unsere Lassie gestorben ist. Sie musste sie zum Tierarzt bringen, alle seien sehr traurig, besonders Oma und Iris. Lassie ist sechszehn Jahre alt geworden, zum Schluss war sie fast blind, inkontinent und Stufen laufen konnte sie auch schon länger nicht mehr. So vom Tod meiner Freundin und Spielgefährtin zu erfahren, macht mich sehr traurig. Ich konnte mich nicht mal von ihr verabschieden. Mein Vater habe sie hinter dem Haus in Omas Garten begraben, da wo sie immer so gerne gespielt hätte, redet meine Mutter weiter, es sei so das Beste gewesen, sie habe zum Schluss kein schönes Leben mehr gehabt. Das ist das letzte, was ich jetzt hören will. Wir reden weiter über Belangloses, aber irgendwie läuft das Gespräch nicht so, wie ich mir das vorgestellt habe. Ich traue mich einfach nicht, ihr die Wahrheit zu sagen. Als sie erklärt, sie müsse auflegen, es seien gerade Gäste angekommen und es sei da noch ein Berg Wäsche zu bügeln, gebe ich mir einen Ruck.

„Hmm, öhhh“, druckse ich noch einen Moment rum und dann: „Mama, ich muss dir was sagen, ich bin schwanger, sitze schon seit drei Wochen hier in der Psychiatrie und werde in ein paar Tagen aus Deutschland ausgewiesen.“ Stille. Ich glaube, sie hat sich gerade hingesetzt. Oder ist sie gar in Ohnmacht gefallen? Ich kann mir nicht verkneifen zu denken, dass ich jetzt gerne ihr Gesicht sehen würde. „Und jetzt?“, fragt sie mit ihrer angenehmen, ruhigen Stimme, „wie stellst du dir das vor?“ – „Könnten wir nicht bei euch wohnen? Natürlich nur bis wir was Eigenes gefunden haben; Ihr habt doch genug Platz“, sage ich ganz kleinlaut. „Da muss ich erst mit Papa reden“, unterbricht sie meine Versuche, mich zu rechtfertigen. „Am besten rufst du morgen noch mal an!“ Es bleibt mir ja nichts anderes übrig, denke ich bei mir und hasse dieses Gefühl, von ihnen abhängig zu sein.

31.

Ich habe Angst vor der Zukunft, weniger für mich als für mein ungeborenes Kind. Was kann ich ihm bieten? Ich kann ja kaum für mich selber sorgen. Das sind die Gedanken, die sich in meinem Kopf drehen, immer und immer wieder. Wenn meine Eltern uns nicht helfen, dann weiß ich auch nicht weiter. Ich fühle mich mal wieder so ..., wie soll ich das beschreiben? So verloren, so hilflos, versunken in einem schwarzen Loch, ich habe keine Kontrolle mehr, keinen Halt und ich habe so gut wie kein Vertrauen in mich oder in Udo. Ich fühle mich meiner neuen Aufgabe überhaupt nicht gewachsen. Bis jetzt musste ich mich immer nur um mich selber kümmern, hatte keine Verantwortung, habe von einem Tag in den nächsten gelebt und mein Leben war mir so gut wie nichts wert. Ich spüre, ich muss meine Einstellung grundlegend ändern, muss mir einen Anker suchen und meinen negativen Gefühlen den Kampf ansagen.

Ich lasse ein paar Tage vergehen bis zu meinem nächsten Anruf zu Hause. Meine Mutter sagt mir dann am Telefon, dass wir fürs erste zu ihnen ins Hotel dürfen, natürlich nur, bis wir etwas Eigenes gefunden haben, und auch dabei will sie uns helfen. Sie sagt, dass sie schon mit einer Bekannten geredet hat. Es gibt eine freie Wohnung in einem Haus, das hinter Omas Haus liegt, Luftlinie vielleicht 50 Meter. Mir fällt ein Stein vom Herzen. Jetzt wird alles gut, da bin ich mir sicher. Ich kann es kaum erwarten, Udo die gute Nachricht mitzuteilen. Ich kann nicht sagen, ob er sich freut mitzukommen oder ob er einfach keine Perspektive mehr in

Wiesbaden sieht. Jahre später werde ich denken, dass ich besser alleine zurückgefahren wäre …

Meiner Entlassung steht jetzt nichts mehr im Wege. Der Termin ist schon in ein paar Tagen, es steht nur noch ein Gespräch mit dem Psychiater an, dann kann es endlich in ein neues Leben gehen. Am Tag meiner Entlassung steht Udo schon am frühen Morgen vor der Tür, unser ganzer Besitz in zwei Plastiktüten verstaut. Er ist bis oben hin mit Alkohol und Medikamenten vollgestopft, kriegt keinen geraden Satz mehr heraus. Er sagt, er habe die ganze Nacht draußen in einem Bushäuschen verbracht, um mich pünktlich abholen zu können. Hoffentlich ist er einigermaßen nüchtern, wenn wir bei meinen Eltern ankommen, denke ich, denn ich habe Angst, dass sie uns direkt wieder rauswerfen, wenn sie ihn in diesem Zustand sehen.

Als wir nach ein paar Stunden Zugfahrt, die mir unendlich lang und anstrengend vorgekommen sind, im Bahnhof in Verviers ankommen, bin ich mit meinen Nerven am Ende. Udo hat die ganze Zeit rumgepöbelt, Leute beleidigt und mich am Rande eines Rückfalls gebracht. Wie ich es geschafft habe, nichts zu nehmen, ich weiß es nicht. Irgendwo tief in mir drinnen habe ich die Kraft gefunden zu widerstehen und so würde es auch für den Rest meiner Schwangerschaft bleiben! Das war das Versprechen, das ich meinem Baby und mir gegeben habe.

32.

Dass wir nicht lange bei meinen Eltern bleiben würden, war klar. Nicht einmal zwei Wochen nach unserer Ankunft bekommen wir den Schlüssel zu unserer ersten gemeinsamen Wohnung. Die konfliktgeladenen Spannungen, die immer noch bei meinen Eltern vorherrschen, sind für uns alle unerträglich. Ich packe zwar im Hotel mit an, wo ich nur kann, aber ich habe permanent das Gefühl, nicht erwünscht zu sein oder zu stören. Es ist genau so wie damals, als ich noch dreizehn oder vierzehn war.

Ich muss mir eingestehen, dass ich immer noch Angst vor meinem Vater habe. Selbst wenn überhaupt kein Grund dazu besteht, halte ich nach irgendwelchen Anzeichen von Zorn oder Missmut bei ihm Ausschau. Ich will ihn in keinem Fall provozieren und streiche wie eine verängstigte Katze durch die Räume, wenn er in der Nähe ist. Das Verhältnis zu meiner Mutter ist zur Zeit stressfreier. Meine Mutter wirkt auch relativ gelassen, jedenfalls nach außen hin. Sie ist nach wie vor schwer durchschaubar, immer korrekt, ich würde fast sagen, eine kühle Dame, eine die nichts so schnell umhaut.

Ich bin jetzt fast im fünften Monat schwanger. Da, wo früher ein flacher Bauch war, zeichnet sich jetzt eine leichte Wölbung ab. Ich schaffe es sogar, meinen Zigarettenkonsum einzuschränken. Meine erste Zigarette rauche ich immer erst nach dem Mittagessen, denn mir wird morgens immer noch leicht übel. Das vereinfacht den Verzicht.

Wir haben zwar jetzt eine Wohnung, aber uns fehlt es an allem. Und so verbringen wir unsere Zeit tagsüber entweder bei meiner Oma oder im Hotel, bis wir so nach und nach das Nötigste für den Haushalt zusammen haben. Das Haus, in dem unsere Wohnung ist, liegt am Ende einer Sackgasse und gehört einer Schulfreundin meiner Mutter. Für fünftausend Franken mieten wir die zweite Etage, die erste Etage ist an eine Frau vermietet, die nur alle paar Monate mal vorbei kommt, um sich mit ihrem Geliebten ein paar schöne Stunden zu machen. Es ist kein schönes Haus: es ist kalt und nur schwer zu heizen. Wir haben ein Wohnzimmer, in dem auch die Kochecke integriert ist sowie ein Schlafzimmer. Das Badezimmer liegt im ersten Stock und wird mit der anderen Mieterin geteilt.

Das Geld, das wir zum Leben brauchen, verdiene ich mir im Hotel mit leichten Arbeiten wie Bügeln, Spülen oder hinter der Theke helfen. Udo hilft natürlich auch mit, so gut es eben geht. Es macht ihm auch nichts aus, denn so ist sein Alkoholkonsum immer gesichert. An Tabletten, geschweige denn an Drogen, ist in unsrer Gegend nicht so leicht ranzukommen wie in einer Stadt, aber ihm scheint der Alkohol im Moment zu reichen.

Den ersten Ultraschall-Termin muss ich leider alleine wahrnehmen, denn Udo hat mittlerweile eine Arbeit als Fahrer für eine beschützende Werkstätte gefunden. Er muss Lieferungen ausfahren. Es ist wirklich ein ganz cooler Job, und das Geld, das er verdient, kommt genau richtig.

33.

Ich bekomme ein Mädchen, ich kann sie auf dem Monitor erkennen. Das heißt, ich versuche die Hinweise des Arztes zu erkennen, er scheint sich sicher zu sein. Es geht ihr gut, alle Werte sind im grünen Bereich. Der Geburtstermin wird für Mitte Juli errechnet. Als würde sie meine Erleichterung spüren, bekomme ich einen festen Tritt in den Bauch verpasst. Ich habe sie vor ein paar Tagen schon einmal gespürt, es war nur ein leichtes Klopfen und Reiben, ganz zart hat sie sich bemerkbar gemacht. Ich habe immer noch keine Vorstellung, wie es sein wird, wenn sie mal da ist, aber ich will mir die größte Mühe geben und ihr all meine Liebe schenken.

Udo ist jetzt immer öfter abends fort. Er hat sich sehr schnell hier eingelebt und in verschiedenen Kneipen eine Menge Saufkumpane gefunden. Meistens schlafe ich schon, wenn er wieder heimkommt. Oder oftmals tue ich auch nur so, denn seit ich selber nichts mehr zu mir nehme, kann ich den Geruch nicht mehr ertragen. Ich verlange von ihm, damit aufzuhören, mache ihm Vorwürfe und doch verbringt er lieber seine Zeit mit anderen.

Ich bin tagsüber viel bei meiner Oma, sie ist schon in die achtzig Jahre alt und braucht ein bisschen Hilfe im Haushalt. Mein Bruder hat auch noch sein Zimmer bei ihr, aber weil er noch zur Schule geht, sieht man ihn so gut wie nie. Meine Schwester, die kleine Nervensäge, ist mittlerweile acht Jahre alt und redet immer noch nur von Pferden, Pferden und nochmals Pferden. Das ist alles, was sie interessiert.

Zum Sommerbeginn haben wir fast alle Möbel zusammen. Es sind keine besonders schönen, aber ich finde es gemütlich bei uns. Unser Wohnzimmer haben wir mit Rattan Möbeln ausgestattet. Die altmodische Blümchen-Tapete wird durch weiße Raufaser-Tapete ersetzt. Weil ich Pflanzen liebe, ist jedes Fenster damit zugestellt. Wir haben sogar einen Garten und eine Wiese neben dem Haus. Aus dem Wohnzimmerfenster können wir das Haus von Oma sehen. Alles in allem ist unsere Situation gar nicht so schlecht. Weil schon der Sommeranfang 1983 sehr heiß beginnt, verbringe ich so viel Zeit wie ich kann draußen an der frischen Luft. Ich kaufe mir zum ersten Mal in meinem Leben ein Minikleid. Es hat alle Farben des Regenbogens und ist so geschnitten, dass ich es bequem bis zum Ende der Schwangerschaft tragen kann. Ich liebe es!

Bis Anfang Juli entwickelt sich mein Bauch zu einer kleinen Kugel, aber dass ich viel zugenommen hätte, kann ich nicht behaupten. Ich bringe so gerade 57 Kilo auf die Waage. Wenn man bedenkt, dass ich normal so um die 47 Kilo wiege, ist das nicht viel.

34.

Als ich am 5. Juli morgens mit Bauchschmerzen aufwache, denke ich erst noch, ich hätte vielleicht etwas Falsches gegessen. Oder liegt das Baby falsch? Nach ein paar Stunden geht es mir wieder viel besser und ich gehe zur Arbeit. Gerade im Hotel angekommen, geht das mit den Schmerzen wieder los. Meine Mutter meint, wir sollen doch besser mal unseren Hausarzt kommen lassen. Nach einer kurzen Untersuchung bestätigt er uns, dass die Wehen eingesetzt haben und dass ich schon mal meinen Koffer packen soll. Jetzt bekomme ich es doch mit der Angst zu tun. Ich bin noch gar nicht vorbereitet, habe gedacht, dass mir noch mindestens zwei Wochen Zeit bleiben würden. Udo dagegen ist die Ruhe selbst. Er ist Gott sei Dank sofort nach der Arbeit nach Hause gekommen, ich hätte ihn sonst nicht erreichen können. Und so fahren wir abends um 22 Uhr zum Krankenhaus nach Malmedy. Mittlerweile bekomme ich alle 9 bis 10 Minuten meine Wehen, aber der diensthabende Arzt schickt uns doch noch mal nach Hause. Er meint, dass es bestimmt noch bis zum nächsten Nachmittag dauern wird, bis das Kind zur Welt kommt. Ich solle versuchen, noch etwas zu schlafen oder ein Bad nehmen. Als ob ich jetzt noch schlafen könnte, der hat gut reden. Ich wäre lieber da geblieben, aber es blieb uns nichts anderes übrig als noch mal zurückzufahren.

Den Rest der Nacht verbringe ich abwechselnd mit Stöhnen und Fluchen. Irgendwann fällt uns ein, dass wir uns noch nicht auf einen Namen geeinigt haben. Udo will sie Alice nennen. Es läuft derzeit ein Film mit dem Titel „Alices Restaurant“ und er findet den gut. Ich würde sie lieber Jasmin nennen, denn ich mochte den Blumennamen schon immer. Als wir am frühen Morgen wieder ins Krankenhaus fahren, sind wir uns immer noch nicht einig. Meine Wehen sind mittlerweile so heftig, dass ich es kaum noch aushalte. Ich werde in ein Zimmer gebracht, in dem es so heiß ist, dass mir schon nach ein paar Minuten der Schweiß in Strömen am Körper runter läuft. Der Blick aus dem Fenster gewährt mir eine wunderschöne Aussicht auf einen Bach, die ich wegen der Schmerzen aber nicht genießen kann. Um meinen Bauch ist der Wehenschreiber geschnallt. Ich würde ihn am liebsten abreißen. Ich habe das Gefühl, total von dem Ding eingeengt zu sein. Udo kommt und geht. Er kann mein Gestöhne wohl nicht so gut ertragen. Die Stunden ziehen sich wie Gummi in die Länge und irgendwann steht fest, dass es ein Problem mit dem Herzschlag von meinem Baby gibt. Ich gebe zu, dass ich sehr erleichtert bin, als es heißt, wir müssen einen Kaiserschnitt machen. Es gebe nur ein Problem, sagt man mir, alle OP-Räume seien noch besetzt, ich müsse mich noch etwas gedulden. Die Schmerzen sind jetzt so heftig, dass ich nur noch schreien kann. Ich habe das Gefühl, dass ich von innen zerreiße. Udo springt im Dreieck und legt sich mit den Krankenschwestern an, weil nichts passiert. „Warum hört sie nicht auf zu schreien", fragt er und die Schwester meint, „Och, Ihre Frau wird wohl ein bisschen weh haben". Daraufhin Udo: „Ich knall dir gleich eine, dann hast du auch ein bisschen weh." Es ist das letzte, was ich noch mitbekomme, bevor ich in den OP-Saal geschoben werde, Udos Stimme, der lauthals die Schwestern anschreit.

Dieses wundervolle Gefühl der Schmerzbetäubung ist unbeschreiblich wohltuend. „Zählen Sie von 100 runter und wenn

Sie wieder wach werden, sind Sie Mutter“, das sind die schönsten Worte, die ich seit langem gehört habe.

35.

Der 6. Juli 1983 um 14 Uhr 15, Alice Jasmin Katarina ist da, 2400 Gramm schwer und 42 cm lang. Sie ist da, aber nicht in meinem Arm. Die ersten drei Tage muss sie zur Beobachtung auf der Kinderstation bleiben, vorsichtshalber, sagt der Arzt, aber es gehe ihr gut. Ich darf trotzdem nicht zu ihr und verstehe die Welt nicht mehr. Ich fühle mich nicht gut, habe starke Schmerzen und als auch noch eine andere Mutter mit ihrem Baby zusammen in mein Zimmer verlegt wird, ist es aus. Ich kann nicht mehr aufhören zu weinen.

Das erste Treffen mit Alice ist beängstigend. Sie ist so klein, so zerbrechlich und so wunderschön. Jetzt bin ich also Mutter. Ich habe mir vorgestellt, dass jetzt irgendetwas Besonderes mit mir passiert, dass ich mich anders fühlen würde, aber nein, ich bin immer noch dieselbe. Ich schaue in ihr kleines Gesicht und kann nur Angst in mir spüren. Die Schwestern nehmen mir die Kleine bald wieder aus den Armen. Sie merken, dass ich noch überfordert bin. Ich weiß nicht, wie ich mich verhalten soll und lasse alles über mich ergehen. Ich komme mir schlecht vor. Nichts ist so, wie ich es mir vorgestellt habe. Wie soll ich ihr jemals gerecht werden?

Udo kommt und geht nach wie vor, wie es ihm gerade gefällt. Meistens ist er angetrunken. Das macht mir noch mehr Angst. Ich weiß, dass ich mich nicht auf ihn verlassen kann. Als ich nach neun Tagen entlassen werde, weiß ich nicht, ob ich mich darüber freuen soll.

Auf dem Rückweg vom Krankenhaus machen wir erst einen Besuch bei meinen Eltern im Hotel. Ich möchte meinem Vater sein erstes Enkelkind vorstellen und habe Alice extra das allerschönste Kleidchen angezogen. Sie sieht aus wie ein kleiner Engel. Wir haben ihr einen Weidenkorb gekauft, den man bequem tragen kann und in dem sie ungestört schlafen kann. Als mein Vater sie das erste Mal sieht, kann ich ein Lächeln auf seinem Gesicht erkennen. Er sagt: „Elle est belle." Ja, sie ist schön. Meine Mutter hat uns schon im Krankenhaus besucht. Ich glaube, dass ihr die Kleine gut gefallen hat, aber sie ist halt keine Frau großer Worte.

Direkt danach sind wir zu meiner Oma gefahren, wo auch meine kleine Schwester auf uns wartet. Meine Oma ist jetzt Uroma. Sie ist sehr stolz. Nachdem alle Alice ausreichend bewundert haben, fahren wir nach Hause. Mir ist schon beim Eintreten ins Haus mulmig. Ich muss alleine fertig werden. Die ersten Tage sind noch ziemlich aufregend, aber nach und nach bekomme ich Routine in meinen Alltag mit Baby: Wickeln, füttern, schlafen legen. Weil ich nicht genug Milch habe, bekommt Alice schon von Anfang an die Flasche. Ich lerne auch ganz schnell, dass sie am liebsten in meinen Armen einschläft. Manches Weinen kann so ganz leicht gelindert werden. Davon profitieren wir beide, denn es entsteht so eine wunderbare Nähe zwischen uns.

Udo ist mir keine große Hilfe. Nach der Arbeit kommt er kurz nach Hause, um zu etwas zu essen und dann ist er auch schon wieder fort. Ehrlich gesagt, es ist mir egal. Das Geld, das er verdient, bleibt sowieso in den Kneipen. Wenn er abends betrunken nach Hause kommt, fliegen meistens die Fetzen zwischen uns. Wir sitzen zum Beispiel beim Abendessen. Alice bekommt mittlerweile schon feste Nahrung, sie mag am liebsten die Gläschen mit Karotten und Gehacktes. Für Udo und mich mache ich fast jeden Abend Bratkartoffel mit Schnitzel. Udo liebt Bratkartoffel. Als er mit seinem Essen fertig ist, frage ich ihn, ob er nicht die Kleine weiter füttern kann, damit ich auch noch etwas Warmes in den Magen bekomme. Alice trödelt nämlich ganz gerne und macht Faxen. Das kann ja nicht zu viel verlangt sein, oder? Aber er verschwindet einfach mit einem Nein aus der Tür. Dann raste ich aus und renne ihm hinterher, frage ihn, was das soll. Er steht mit hochrotem Kopf vor mir, stottert, ich soll ihn ja in Ruhe lassen, dass es sonst knallt, dann dreht er sich einfach um und schlägt die Tür hinter sich zu. Hätte Alice nicht angefangen zu weinen, ich wäre hinter ihm her, um ihn in die .... zu treten.

Obschon ich genau wissen müsste, was es heißt, süchtig zu sein, kann ich für sein Verhalten kein Verständnis aufbringen. Ich fühle ihn nicht als Partner, sondern als zusätzliche Belastung. Deshalb ist es besser, er ist gar nicht allzu oft zu Hause.

36.

Die Monate vergehen. Alice ist ein wundervolles Baby und macht mir nur Freude. Natürlich haben wir beide auch unsere kleinen Meinungsverschiedenheiten. Wenn es darum geht, im eigenen Bettchen zu schlafen, ist sie wie schon gesagt meistens der Meinung, dass es sich schöner in meinen Armen einschläft und weiterschläft. Am Anfang liebe ich diese Momente auch, aber je größer sie wird, umso schwerer und anstrengender wird es. Sie kann stundenlang in meinen Armen schlafen, aber sobald ich sie in ihr Bettchen legen will, wird sie wach und das Geschrei geht los. Ich habe wieder mit der Arbeit im Hotel angefangen und kann sie nicht stundenlang halten. Das Geld, das Udo verdient, reicht vorne und hinten nicht aus.

Es hätte alles so schön sei können. Ich denke nur selten an Drogen, habe gar kein Bedürfnis danach, und wenn Udo nicht gewesen wäre, hätten wir nicht einmal Alkohol im Haus. Es hört sich schlimm an, aber mittlerweile hasse ich Udo. Er hat sich einen Gebrauchtwagen gekauft, nur um damit noch öfter unterwegs zu sein. Ich gehe soweit, mir zu wünschen, er möge doch eine andere Frau kennenlernen und mich für sie verlassen. Aber was auch immer er mit anderen Frauen erlebt, er verlässt mich nicht.

Oft kommt er spät abends betrunken nach Hause und nimmt mir auch noch das Geld ab, das ich im Hotel verdient habe, damit er seine Touren fortsetzen kann. Es ist ihm egal, dass wir das Geld zum Leben brauchen. Wenn ich mich weigere, schlägt er mich. Anfangs lasse das alles noch über mich ergehen, versuche ihn mit Worten zur Vernunft zu bringen, aber in seinem betrunkenen Zustand ist er für mein Bitten und Betteln nicht empfänglich, nüchtern allerdings auch nicht.

Es gibt auch noch schöne Momente, aber sie sind zu selten. Die anderen Momente machen mir das Leben zu schwer und fallen viel mehr ins Gewicht. Wenn ich in dreißig Jahren zurückdenken werde, dann werden die schönen Erinnerungen alle verblasst, die unschönen Momente aber werden sich wie Narben eingebrannt haben. Apropos schlechte Zeiten: Udo verliert seine Arbeit wegen Trunkenheit am Steuer. Das war irgendwie vorherzusehen und ich bin nicht sehr erstaunt darüber. Im Gegenteil, es wundert mich, wie lange er die Arbeit so überhaupt behalten konnte. In dem Zustand, in dem er manchmal losgefahren ist, war er eine Gefahr für sich und für alle anderen Verkehrsteilnehmer. Er hat noch Glück gehabt, das er nie einen Unfall mit dem Firmenwagen gebaut hat. Seine Arbeitszeit hat gerade lange genug gedauert, damit er nach der Kündigung Arbeitslosengeld beziehen kann. Das Schlimmste an der Geschichte ist, dass er jetzt nichts mehr zu tun hat und viel mehr zu Hause ist, als mir lieb ist. Ich gehe ihm so oft wie möglich aus dem Weg.

Das Beste in meinem Leben ist Alice! Sie entwickelt sich toll. Ihr gefällt Musik, am liebsten hört sie Billy Idol, dabei klatscht sie in die Hände und strahlt. Sie bekommt gar nicht genug von seiner Musik und die Platte läuft von morgens bis abends. Ich bin so stolz auf die Kleine, sie ist mein kleines

Wunder. Wenn ich bedenke, von wo wir beide herkommen und was schon alles passiert ist. Ich danke Gott, dass sie gesund ist und dass sie ein ganz normales Mädchen ist. Nur unsere Zukunft macht mir immer noch Angst.

37.

Zwischen Udo und mir geht gar nichts mehr. Wir berühren uns nicht mehr, wir reden nur noch das Nötigste miteinander und immer öfter schlagen wir aufeinander ein. Ich kann auch ein Biest sein und ihn ganz schön provozieren. Aber wir können nicht miteinander reden, er nimmt auf gar nichts Rücksicht und ich halte das manchmal nur mit Sarkasmus und Provokationen überhaupt aus. Ich kann auch nicht gut ertragen, dass er sein genussvolles Leben auf meine Kosten voll auslebt und alle Verantwortung an mir hängen bleibt.

Eines Tages, Alice ist so um die acht, neun Monate alt, gehe ich mit ihr einkaufen. Ohne groß zu überlegen oder mir auch nur einen Gedanken zu machen, kaufe ich mir eine Flasche Martini. Abends, als die Kleine im Bett liegt, setze ich mich draußen vor die Tür und schenke mir ein Glas ein.

Dieses eine verflixte erste Glas bringt mich wieder dahin, wo ich eigentlich nie mehr hin wollte.

Ich habe die ganze Flasche alleine leer getrunken und als Udo irgendwann in der Nacht nach Hause kommt, bin ich richtig in Stimmung, um ihm alles an den Kopf zu werfen, was in meiner Nähe ist. Mein ganzer Frust, mein ganzer Hass und meine ganze Enttäuschung brechen sich Bahn und hinterlassen einen Scherbenhaufen. Gott sei Dank bekommt die Kleine von all dem nichts mit. Am nächsten Morgen werde ich mit einem blauen Auge, blauen Flecken und geprellten Rippen wach. Udo sieht auch nicht viel besser aus, ich habe ihm das Gesicht und den Rücken zerkratzt. Die Wohnung ist ein einziger Trümmerhaufen, zerbrochenes Geschirr liegt zwischen Blumenerde und kein einziges Bild hängt mehr an der Wand.

So wie ich aussehe und so wie ich mich fühle, kann ich nicht arbeiten gehen. Das können wir uns gar nicht leisten. Sehr schlimm. Udo und ich hatten uns zwar im Laufe der Nacht irgendwann wieder versöhnt, aber ich weiß genau, dass es nicht anhalten wird.

Das Schlimmste aber ist, obwohl ich einen riesen Kater habe, verspüre ich schon am frühen Morgen eine unbändige Lust auf Alkohol.

Etwa 30 Jahre später:

Beim Schreiben dieses Buches frage ich mich, warum ich damals nicht stärker war. Ich weiß mit absoluter Sicherheit, dass diese erste Flasche der Anfang von meinem persönlichen Versagen war. Ich kann nur mir alleine die Schuld für all das geben, was da noch kommen sollte, denn nie hat mich jemand gezwungen, zu trinken oder wieder Drogen zu nehmen.

Es gab zwar Umstände, die es mir nicht gerade leicht gemacht haben und ich fühlte mich immer noch alleine und von niemandem verstanden. Meinen Eltern brauchte ich nicht mit meinen Problemen zu kommen, sie mussten doch selber mit ihrem ganzen Kram fertig werden. Freunde, die mir helfen würden, gab es nicht und die paar Bekannten, die ich hatte, gehörten zu Udos Saufkumpanen.

Mein Schicksal nahm also seinen Lauf. Zuerst war es Alkohol, doch schon bald reichte mir der Alkohol nicht mehr und ich besorgte mir in der Apotheke Codein Hustensaft oder andere Sachen, die high machen. Alice war immer bei mir. Ob sie etwas mitbekommen hatte? Bestimmt. Trotzdem versuchte ich jeden Tag, das Beste für sie zu machen. Heute weiß ich, es hat nicht mal annähernd gereicht. Ich war viel zu sehr damit beschäftigt, mir irgendwelche Sachen reinzuziehen. Es tut mir so leid und ich wünschte mir, ich könnte die Zeit wieder zurückdrehen.

Aber zurück zum eigentlichen Geschehen …

38.

Meine Oma Bobon ist gestorben. Es ist Mitte März 1985 und Papas Mutter liegt tot in der Badewanne, sie ist eingeschlafen und ertrunken. Hat sie zu viel Alkohol getrunken? Ja, das ist gut möglich. Ich glaube, sie war nie wirklich glücklich in ihrem Leben. Ich habe sie immer als sehr hart empfunden, aber das Leben war auch nicht immer gut zu ihr. Sie hat viel gearbeitet, hat sich um ihren 23 Jahre älteren Mann kümmern müssen. Kurz nach dem Zweiten Weltkrieg hat sie einen Sohn an Lungenentzündung verloren. Die letzen Jahre hat sie bei ihrer Schwester gewohnt, gar nicht weit von unserer Wohnung entfernt. Ich habe ihr nicht wirklich nahe gestanden und ihr Tod geht mir auch nicht sonderlich nahe. Abends steht die ganze Familie in einem Kreis in ihrer Küche zusammen: Mein Vater und sein Bruder, ihre Schwestern mitsamt den Enkelkindern. Wir sind so um die fünfzehn Leute. Es herrscht Stille, alle haben die Köpfe gesenkt. Nach und nach schaue ich mir die Gesichter an, und bleibe zu allerletzt an dem von meinem Vater hängen.

Einen Moment lang schaue ich ihn an und aus einem Impuls heraus gehe ich zu ihm hin, um ihn in den Arm zu nehmen. Als ich kurz vor ihm stehe, schaut er zu mir auf, sein Blick ist abweisend und kalt, ich kann noch nicht einmal meine Arme heben, da stößt er mich auch schon von sich. Eine Sekunde stehe ich vor Schreck wie gelähmt mitten im Raum, alle schauen entsetzt zu mir, hier und da sehe ich peinlich berührte Blicke und die Stille ist wesentlich bedrückender als zuvor, um nicht zu sagen bleischwer. Meine Beine bewegen sich wie von selber in die hinterste Ecke. Ich versuche, mir nicht anmerken zu lassen, wie verletzt ich bin. Mit aller Kraft halte ich meine Tränen zurück, in meinem Magen liegt ein tonnenschwerer Stein. Meine Hände sind eiskalt und in meinem Kopf ist ein ohrenbetäubendes Rauschen. Hasst er mich so sehr? Warum tut er mir das an? Ich wollte ihn doch nur trösten, ihm zeigen, dass ich für ihn da bin. Es ist schlimm für mich.

Ich will nur noch fort, mich irgendwohin verkriechen. Ich fühle mich mal wieder vollkommen wertlos, unerwünscht und ... Ich versuche die richtigen Worte zu finden, um das Chaos in mir zu beschreiben. Dieses Ereignis hat sich tief in meine Seele gebrannt und es ist etwas in mir zerbrochen. In diesem Moment schwöre ich mir, nie wieder auf andere Menschen zuzugehen.

Die Beerdigung und das ganze Drumherum rauschen an mir vorbei. Tagsüber trinke ich Alkohol und abends, wenn Alice im Bett ist, kiffe ich. Udo macht es genauso, nur noch extremer. Ich versuche immer noch, ihn so oft wie möglich zu meiden, gehe, wenn im Hotel nichts los ist, zu meiner Oma, um ihr zu helfen. Sie kommt kaum noch alleine zurecht. Sie ist so klein und zerbrechlich geworden. Meine Mutter kommt jeden Mittag vom Hotel zu ihr nach Hause, um mit ihr zu essen und ihr ein bisschen Gesellschaft zu leisten. Mein Bruder kümmert sich an den Wochenenden um sie, wenn er am Wochenende vom Studium nach Hause kommt. Er verfolgt konsequent seine Zukunftspläne, später als Maschinist zur See zu fahren. Er wird seine Träume wahr machen.

39.

Meine Zukunft steht nach wie vor in den Sternen. Ich überlege in letzter Zeit immer öfter, wie Alice und ich aus dieser Sackgasse entkommen können. Das Leben, so wie es gerade ist, ist für mich nicht mehr auszuhalten. Ich bin wieder voller blauer Flecken, habe ein Loch im Bein, das genäht werden muss. Wir beleidigen und provozieren uns gegenseitig so lange, bis einer von uns zuschlägt. Irgendwann habe ich aufgehört mich zu wehren, denn ich ziehe bei seiner Kraft sowieso immer den Kürzeren. Ich bin das alles so satt. Das kann ich dem Kind doch nicht zumuten, das muss einfach aufhören. Ich weiß nicht, wen ich um Hilfe bitten kann oder wo ich bleiben könnte, um aus dieser Atmosphäre auszubrechen. Am sichersten fühle ich mich bei meiner Oma, aber helfen kann sie mir auch nicht. Wie soll das nur weitergehen?

Wenn ich mit dem Kinderwagen durch das Dorf spaziere, spüre ich die Blicke der Leute in meinem Rücken. Ich laufe nur noch mit gesenktem Kopf durch die Gegend, zu sehr fallen die Prellungen in meinem Gesicht auf. Was die Leute wohl über mich reden? In so einem kleinen Dorf wird viel getratscht. Ich will gar nicht wissen, wie oft ich schon das Dorfgespräch Nummer eins war und doch schauen sie alle weg, wenn es darum geht, Hilfe zu leisten. Ist das nicht traurig?

Die Zeit geht ins Land. Alice, mein kleiner Wirbelwind, wird bald zwei Jahre alt. Mit ihrem blonden Haar und ihren blauen Augen sieht sie immer noch aus wie ein kleiner Engel. Sie ist das Ebenbild von Iris im gleichen Alter.

Bei uns läuft alles beim Alten und es passiert, was ich schon lange befürchtet habe: Udo baut im betrunkenen Zustand einen Unfall. Er sei nicht verletzt, sagt der Bekannte, der mich um zwei Uhr morgens aus dem Bett klingelt. Er fragt, ob ich mit zur Unfallstelle kommen möchte, seine Freundin würde solange bei Alice bleiben. Der Unfall hat sich in einem Nachbardorf ereignet, es dauert nicht mal zehn Minuten, bis wir da sind. Von weitem sehe ich schon das Blaulicht der Polizeiwagen. Also wenn das keine Ironie des Schicksals ist, denke ich bei mir. Er ist mit überhöhter Geschwindigkeit in den voll geparkten Parkplatz einer Kneipe gefahren. Als ich in die Kneipe reingehe, sehe ich Udo mit einem Polizisten am Tisch sitzen. Meine erste Frage, ob niemand verletzt sei, beantwortet der Polizist mir mit einem Nein, aber alle sieben Autos und ein Mofa seien Schrott. Wow! Mehr fällt mir dazu nicht ein.

Er hat den Rekord der Ostkantone gebrochen! Das steht so in der nächsten Tageszeitung, ein schönes Foto ist auch noch dabei. Wie er das geschafft hat, ohne selbst verletzt zu werden oder andere zu verletzen, weiß ich nicht. Es scheint mir wie ein Wunder.

40.

Ich arbeite viel im Hotel und tue es gerne, um aus unserer häuslichen Situation auszubrechen. Udo passt in der Zeit auf Alice auf. Wenn ich spät nachts nach Hause komme, erwartet er, dass ich ihm Alkohol mitbringe. Meistens versuche ich, eine Flasche von was auch immer aus dem Hotelkeller zu klauen. Mir ist nicht wohl dabei, aber er lässt mir keine Wahl, denn wenn ich nichts mitbringe, nimmt er mir das Geld, das ich verdient habe ab und verschwindet damit in eine Kneipe.

Ich habe mir auch hin und wieder ein paar Peinlichkeiten geleistet, so ist das nicht. Wir sind in der Zeit, in der in Südafrika gegen die Apartheid gekämpft wird und natürlich bin ich auch dagegen. Nelson Mandela sitzt im Gefängnis und es ging ein Schrei der Empörung um die Welt. Dass ich meinen Senf auch dazu geben muss, ist ja klar. Was macht also jemand wie ich? Ich gehe in den Keller. Dort steht noch ein Eimer mit weißer Farbe. Den schnapp ich mir und gehe mitten in der Nacht zur größten Mauer im Dorf, um darauf in großen Buchstaben zu schreiben:

FREE NELSON MANDELA. Ich bin so beschäftigt mit meinem Plan, dass ich nicht bemerkt habe, wie ich den ganzen Weg von der Mauer bis zu Hause eine eindeutige Farbspur hinterlasse. Am nächsten Morgen will ich mir mein Werk noch mal anschauen, und was sehe ich? Nichts!??? Was ist passiert? Da haben die Gemeindearbeiter doch tatsächlich schon früh am Morgen dafür gesorgt, dass mein Protest verschwindet. Ich habe nie eine Anzeige oder eine

Rechnung dafür bekommen, aber sie müssen gewusst haben, wer das geschrieben hat, denn die Spur, die ich hinterlassen habe, war nur allzu sichtbar noch da.

Es gibt noch so Vieles, was ich aus dieser Zeit erzählen könnte. Zum Beispiel die Tatsache, dass ich die Dorfpolizisten irgendwann mit „ihr Arschlöscher" tituliere und dafür eine Strafe von tausend Franken bezahlen muss: Udo und ich sind spät abends mit unserem alten Auto unterwegs. Alice ist bei meinen Eltern im Hotel. Es ist ein Freitagabend, wir kommen aus einer St. Vither Kneipe. Natürlich haben wir beide getrunken und geraten kurz vor unserem Dorf in eine Verkehrskontrolle. Ich war schon sehr geladen, es gab unterwegs mal wieder einen Streit um irgendeine Bagatelle. Dass der Polizist nur seine Arbeit macht und uns aus dem Verkehr ziehen will, passt mir so gar nicht in den Kram und so lasse ich meinen ganzen Frust an ihn aus. Ich glaube, zu der verbalen Beleidigung habe ich ihnen auch noch den Mittelfinger gezeigt. Wir dürfen dann unser Auto stehen lassen und müssen den Rest vom Weg zu Fuß nach Hause gehen. Tja, mein Fazit: Lege dich nicht mit einem Polizisten an, die Rechnung kommt bestimmt.

41.

Ein paar Wochen nach Alice zweitem Geburtstag fällt mir auf, dass meine Periode schon seit über drei Wochen ausgeblieben ist. Nein, nein, nein, das kann nicht sein, ist mein erster Gedanke, ich kann und will nicht noch ein Kind bekommen. In den letzten Monaten hatten Udo und ich nur ein einziges Mal Sex. Es stellt sich heraus, dass dieses eine Mal gereicht hat. Alles in mir sträubt sich dagegen, noch ein Kind zu bekommen. Zudem hat der Arzt mir geraten, mit einer neuen Schwangerschaft mindestens drei Jahre zu warten, die Kaiserschnittnarbe könnte sonst aufplatzen. Als ich Udo davon erzähle, macht er mir eine Szene, als ob ich alleine Schuld daran hätte. Aber das ist mal wieder typisch, alles bleibt an mir hängen. Wir sind uns aber einig, wir wollen das Kind nicht. Ich mache so schnell wie möglich einen Termin in Lüttich aus, muss aber erst ein Gespräch mit einer Psychologin durchstehen. Udo begleitet mich. Die Psychologin ist französischsprachig. Sie stellt mir alle möglichen Fragen, warum Dies und wieso Jenes. Und sie fragt, ob es nicht doch auch andere Möglichkeiten gebe. Weil Udo sie nicht versteht, sitzt er nur teilnahmslos stumm daneben. Irgendwann wird es ihm zu blöde, er steht auf und verlässt ihr Büro. Nach weiteren zehn Minuten habe ich endlich das Papier, welches ich für die Abtreibung brauche. Ich mache sofort einen Termin im Krankenhaus aus, in vier Wochen soll der Eingriff über die Bühne gehen. Ich rechne aus, dass ich dann in der zwölften Woche schwanger bin, gerade noch so am Limit für eine Abtreibung. Etwas später hätten sie den Eingriff nicht mehr gemacht. Ich erzähle niemandem von meiner Absicht, möchte mir keine Vorwürfe oder Predigten anhören, es ist schon schwer genug. Die Zeit bis zu dem Termin will kein Ende nehmen, ich möchte das hinter mich bringen. Ich verbiete mir auch, über das kleine

Leben in mir nachzudenken. Wenn mich doch mal mein Gewissen plagt, dann beruhige ich es, indem ich mir sage, dass es für mich wegen der alten Schwangerschaftsnarbe zu gefährlich ist.

Als es dann soweit ist, fährt Udo mich früh am Morgen nach Lüttich. Ich muss eine Nacht im Krankenhaus bleiben. Eine Krankenschwester bringt mich in mein Zimmer, in dem schon eine junge Frau liegt. Udo ist nicht einmal mit ins Krankenhaus reingekommen und hat sich direkt aus dem Staub gemacht. Wahrscheinlich geht er sich jetzt erst einmal besaufen, mutmaße ich.

42.

Nachdem ich meine paar Sachen in Schrank und Bad eingeräumt habe, komme ich mit der jungen Frau ins Gespräch. Sie erzählt mir, dass sie einen Tag vorher ihr Baby verloren hat und bricht dabei in Tränen aus. Gott sei Dank fragt sie nicht weiter nach, warum ich da bin, denn ich hätte es nicht übers Herz gebracht, ihr die Wahrheit zu sagen. Ich frage mich ungläubig, wie die Verantwortlichen hier im Krankenhaus mich mit dieser Frau zusammen in ein Zimmer legen können. Als ihre Familie zu Besuch kommt, schleiche ich mich aus dem Zimmer, ich kann diesen Menschen nicht in die Augen schauen. Es ist so ungerecht, denke ich, die einen wollen ein Kind und können nicht und die anderen können und wollen nicht. Abends bekomme ich eine

Schlaftablette gereicht und die Schwester sagt mir, dass ich direkt am nächsten Morgen in der Früh zum OP gebracht werde. Ich habe kaum die Augen zugemacht, da ist es auch schon Morgen. Ich habe so tief geschlafen, wie schon lange nicht mehr. Nach dem Frühstück, welches für mich aus einer Tasse Tee besteht, werde ich auch schon mit einem Rollstuhl abgeholt und in einen kleinen OP-Saal geschoben. Nachdem ich zehn Minuten gewartet habe, kommt eine Ärztin mit einer Assistentin und sagt in einem herablassenden Ton, ich solle mich auf den Untersuchungsstuhl setzen, die Beine breit machen und still halten. Ich frage nach, ob ich keine Betäubung bekomme oder etwas gegen die Schmerzen. Darauf antwortet sie mir, dass das nicht nötig sei und macht sich beim Reden schon an mir zu schaffen. Was dann kommt, werde ich nie vergessen: Die Schmerzen sind so schlimm, ich denke, die zerreißt mich da von innen. Mit irgendeinem Instrument, welches laute Sauggeräusche macht, hat sie in mir rumgewühlt, als wäre ich ein totes Stück Fleisch. Dabei unterhält sie sich ganz zwanglos mit der Assistentin, als wären sie alleine unter sich. Als die Ärztin dann zu ihrer Assistentin sagt, dass es ein Mädchen ist, kann ich einen Schrei nicht mehr unterdrücken. Ich solle mich nicht so anstellen, ich hätte es doch so gewollt, ist ihr abschätziger Kommentar auf meinen Schrei. Als nach einer halben Stunde endlich alles vorbei ist, fühle ich mich leer und am Ende meiner Kräfte. Die Ärztin verschwindet, ohne sich zu verabschieden und lässt ihre Assistentin mit mir zurück, um mich zurück in mein Zimmer zu bringen, wo Udo schon auf mich wartet.

Ich will nicht darüber reden, sage ich ihm sofort und merke, dass er nach Alkohol riecht. Am liebsten würde ich jetzt auch etwas trinken, um das Erlebte schnell zu verdrängen. Ich will nur noch nach Hause, mich ins Bett legen, mich verkriechen, nichts mehr hören, nichts mehr sehen. Alice ist in dieser Zeit bei meiner Oma geblieben, ich muss sie noch ein paar Stunden da lassen, bevor ich mich bereit fühle, mich mit ihr zu beschäftigen. Ich brauche ein bisschen Zeit für mich.

43.

Es ist Spätherbst geworden und langsam stimmt sich die Welt auf die Weihnachtszeit ein. Meiner Oma geht es nicht gut, sie ist 86 Jahre alt. Obwohl ihre Gesundheit immer schlechter wird, möchte sie nicht in ein Krankenhaus. Irgendjemand ist immer bei ihr, um ihr zu helfen, da wo sie gerade Hilfe braucht. Oft sitzt sie in ihrem Sessel und döst vor sich hin. Sie sieht dann ganz entspannt aus. Wenn sie dann wach wird, spielt meistens ein Lächeln um ihren Mund. Iris verbringt ihre Freizeit nach der Schule mit ihren geliebten Pferden und mein Bruder muss für seine Prüfungen lernen. Und so sind meine Mutter und ich am meisten bei Oma.

Zwischen Udo und mir gibt es nur noch böse Worte, Streit, Schläge und Beleidigungen. Es ist nichts besser geworden. Wir gehen uns aus dem Weg, so gut es geht. Für Alice versuchen wir den Schein noch etwas zu wahren, aber das fällt uns von Tag zu Tag schwerer. Ich warte immer noch auf ein Zeichen des Himmels, auf irgendeine Gelegenheit, die Situation zu verändern, aber das Wie will mir einfach nicht einfallen. Ich fühle mich gebunden und abhängig und sehe den Ausweg nicht. Aber es muss bald etwas passieren, sonst gibt es noch Mord und Totschlag.

Um die Weihnachtszeit ist das Hotel ausgebucht. Wir feiern wie jedes Jahr unsere Familienfeier ein paar Tage früher bei uns im Hotel, wenn noch nicht der ganz große Stress vorherrscht. Meine Mutter hat einen Christbaum aufgestellt, damit die Gäste auch bei uns in Stimmung kommen. Ich liebe diese Momente, wenn alle unter dem Weihnachtsbaum versammelt sind, Lieder singen und auf die Geschenke warten. Die kleine Alice bekommt in diesem Jahr sicherlich die meiste Aufmerksamkeit, ihre Bäckchen sind ganz rot vor Aufregung und Freude, dabei tanzt sie um uns herum. Oma sitzt in einem Sessel mit einem Glas Rotwein, schaut sich das Ganze mit glänzenden Augen glücklich an. Es ist das erste Jahr seit langem, dass wir alle wieder versammelt sind, denn irgendeiner hat immer gefehlt. Mein Vater hat uns ein Festessen gezaubert, Iris und Alice wollen davon aber nichts wissen und essen lieber ihre geliebten Spaghetti mit Ketchup. Meine Mutter trinkt einen Aperitif und sieht gelassen und glücklich aus. Nach dem Essen darf Alice mit ihrem neuen Dreirad um die Tische fahren. Sie schreit vor Freude und Glück.

Es ist ein wunderschöner Abend, der bis spät in die Nacht andauert. An diesem Abend sind wir alle glücklich und zufrieden ins Bett gegangen. Welch schöner, harmonischer

Abend, als hätten wir es geahnt, dass dieser Abend ein letztes Geschenk sein würde.

44.

Am nächsten Tag wollen wir uns noch einmal zum Mittagessen bei meiner Oma treffen, aber dazu soll es nicht mehr kommen. Als mein Bruder meiner Oma beim Aufstehen helfen will, findet er sie tot in ihrem Bett. Sie hat noch versucht aufzustehen, ist dann aber zurück in die Kissen gesunken, sie ist ganz friedlich und leise von uns gegangen, so wie sie es gewollt und verdient hat. Am nächsten Tag hätte sie ins Krankenhaus gemusst, um eine Blutwäsche gemacht zu bekommen, medizinisch notwendig aber eigentlich gegen ihren Willen. Und so ist ihr diese Erfahrung erspart geblieben. Sie ist in ihrem geliebten Haus gestorben mit einem schönen Fest am Vorabend, bei dem die ganze Familie harmonisch versammelt war. Ein guter Moment, um friedlich zu gehen.

Als mein Bruder um 11 Uhr morgens zu Udo und mir nach Hause kommt, um uns Bescheid zu sagen, ist sie schon ein paar Stunden tot. Ich beeile mich, werfe nur schnell eine Jacke über und laufe die Strecke von uns bis zu ihrem Haus, ich stürme die Treppe hinauf und höre schon von weitem verschiedene Stimmen aus ihrem Zimmer. Als ich zur Schlafzimmertür hereinkomme, kann ich nichts erkennen, weil schon ein paar Tanten um ihr Bett stehen. Meine Mutter steht mit roten Augen starr in einer Ecke und unser Hausarzt packt gerade seinen Notfallkoffer wieder ein. Langsam gehe ich zu Oma, schaue ihr ins Gesicht und denke, sie ist nicht tot, sie schläft nur. Irgendjemand hat ihr die Hände gefaltet und ihr einen Rosenkranz hineingelegt.

Tante Marga fragt mich, ob ich helfen kann, sie zu waschen und anzuziehen. Natürlich sage ich ja, obwohl ich mich fürchte ihren toten Körper zu berühren. Das will ich aber vor der ganzen Verwandtschaft nicht zugeben. Nachdem wir Oma zurechtgemacht haben, kommt der Leichenbestatter mit einem Sarg, sie soll unten im Wohnzimmer aufgebahrt werden. Nachdem ich kurz nach Hause bin, um mich um Alice zu kümmern und um Udo Bericht zu erstatten, mach ich mich wieder auf den Weg zu Omas Haus. Iris sitzt mit verweinten Augen zwischen den Verwandten, die Oma die letzte Ehre erweisen wollen, ganz verloren am Küchentisch. Ich setze mich zu ihr, möchte sie trösten, aber mir fallen keine Worte ein, denn eigentlich brauche ich selber Trost. Alle paar Minuten geht die Tür auf und Leute, die ich kaum kenne, geben mir die Hand, um mir ihr Beileid auszudrücken. Als ich eine Minute zur Ruhe komme und in mich gehe, wird mir klar, dass ich den ganzen Tag noch nicht geweint habe. Was ist mit mir los? Bin ich denn so kalt geworden? Nein, es ist die Mauer, die ich um mich aufgezogen habe. Ich will meine Gefühle, meine Schwäche nicht zeigen.

Meine Mutter ist am Boden zerstört, sie trifft der Verlust am härtesten, denn wenn es so etwas wie Normalität in ihrem

Leben gegeben hat, dann ist die mit Omas Tod nun verschwunden.

Am 23. Dezember 1985 wird meine Oma in dem Familiengrab neben ihrer Tochter, die während dem Zweiten Weltkrieg an Masern gestorben ist, begraben. Es ist ein großes Begräbnis. Oma war sehr beliebt und durch ihr Schuhgeschäft überall in der näheren Umgebung bekannt.

45.

Omas Tod hinterlässt eine riesengroße Lücke. Sie war der Mittelpunkt in unserem Leben, der Anker, der alles irgendwie zusammenhält. Sie fehlt uns allen. Ihr Haus ist leer, mein Bruder schläft noch manchmal da, wenn er an den Wochenenden nach Hause kommt. Ich denke, dass das Haus bald verkauft wird.

Es ist gut, dass das Hotel am Jahresende Hochsaison hat und ausgebucht ist. Wir können uns mit Arbeit ablenken und haben auch ohne Oma alle Hände voll zu tun. Tagsüber ist Alice bei mir im Hotel mit ihren fast zweieinhalb Jahren flitzt sie überall herum und will schon fleißig mithelfen. Abends bringe ich sie nach Hause zu Udo und gehe, wenn sie im Bett liegt, nochmal ins Hotel zurück, um die Abendessen mit zu bedienen. Manchmal, wenn es an den Wochenenden sehr spät wird und ich noch nicht nach Hause will, gehe ich raus. Meistens finde ich eine Mitfahrgelegenheit bei uns im Hotel. Irgendein Gast findet sich immer, der lieber noch feiert als ins Bett zu gehen. Meistens müssen wir in die nächste Kleinstadt fahren, um noch ein offenes Lokal zu finden, aber das ist mir egal, Hauptsache nicht nach Hause. Hin und wieder gehe ich auch mit dem einen oder anderen Typen ins Bett. Zwischen Udo und mir läuft schon lange nichts mehr. Ich vertrage es nicht mal mehr, wenn er mich anfasst. Er ekelt mich regelrecht an. Wenn ich mit einem Kerl im Bett liege, vergesse ich für ein paar Augenblicke die Welt um mich herum, fühle mich begehrt und schön – so wie es schon vor Jahren für mich war.

46.

Alice bekommt auch immer mehr mit, dass zwischen Mama und Papa etwas nicht stimmt. Von unseren nächtlichen Streits mit dem dazugehörigen Geschrei ist sie schon mehrmals wach geworden. Auch sie weint dann und will damit gar nicht mehr aufhören. Unsere Prügeleien hat sie noch nicht miterlebt, aber wenn das so weiter geht, kann das gar nicht ausbleiben.

Der große Knall lässt nicht auf sich warten. An einem sonnigen Frühlingstag im März, Alice hält gerade ihren Mittagsschlaf, ergibt mal wieder ein Wort das andere zwischen Udo und mir, irgendein Blödsinn ist der Auslöser, es ist selten etwas wirklich Wichtiges. Es geht mal wieder so weit, dass wir aufeinander losprügeln. Alles was nicht solide ist, geht zu Bruch. Udo schlägt, ich kratze, Udo tritt mich, ich beiße, … Ich sehe nur noch verschwommen durch ein zugeschwollenes Auge, mein Kiefer hat auch etwas abbekommen und ich spüre, als eine Rippe an meiner linken Seite bricht. Udo hat im ganzen Gesicht Kratzspuren und ich halte Büschel von seinen Haaren in der Hand. Als er mit einem Messer auf mich losgeht, laufe ich weg direkt ins Hotel, um mir Hilfe zu holen. Ich versuche meinen Eltern die Situation zu erklären, da steht er auch schon mit Alice auf dem Arm vor dem Hotel und ruft mir zu, ich solle rauskommen, sonst würde er mich und meinen Vater umbringen. Geistesgegenwärtig geht meine Mutter zu ihm nach draußen und holt ihm die Kleine aus den Armen, um sofort mit ihr wieder reinzukommen. Ich bekomme noch mit, wie die Polizei ihn vor dem Hotel verhaftet. Ich glaube, mein Vater hat sie gerufen.

Als unser Hausarzt nach mir schauen kommt, rät er mir nach Lüttich in ein Frauenhaus zu gehen. Ich habe eine gebrochene Rippe, mehrere tellergroße Blutergüsse, einen angebrochenen Kiefer und ein riesengroßes Veilchen. Meine Mutter bringt mich noch am selben Abend in das Frauenhaus, Udo wird für zwei Tage wegen unerlaubtem Waffenbesitz festgehalten. Er muss die Waffe bei sich gehabt haben, als er vor dem Hotel verhaftet wird. Woher und seit wann er eine Waffe hat, weiß ich nicht. In Lüttich komme ich mit zwei Koffern an, einen für Alice und einen für mich. Ich will ein ganz neues Leben anfangen, noch einmal bei null beginnen. Wenn nicht jetzt, wann dann.

Dass für mich die richtige Hölle noch kommen sollte, wusste ich zu dieser Zeit noch nicht. Mein Absturz wird tief und ich komme schon wieder manchmal nur knapp mit dem Leben davon. Es wird nicht immer einfach sein, alles ehrlich so aufzuschreiben, wie es geschehen ist. Aber ich werde mir diesen Spiegel vorhalten, denn ich schulde es zuerst meinen beiden Mädchen und auch mir, damit ich mit meiner Vergangenheit abschließen kann.

NACHWORT

Ich wollte schon immer ein Buch schreiben und habe auch anderen Menschen in meiner Umgebung immer wieder davon erzählt. Ich habe so viel erlebt, das würde bestimmt ein Bestseller, habe ich prophezeit. Ich habe mir oft vorgestellt, wie es wäre wenn ich es wirklich schreiben würde. Wie würde ich es nennen? Wie würde es aussehen? Dieses Buch spukt schon so lange in meinem Kopf herum, es hat nur etwas gebraucht, bis ich es geschrieben habe. Einen Grund es nicht anzufangen, gab es immer (dazu brauche ich eine Schreibmaschine, habe aber keine, später hieß es, dazu brauche ich einen Computer, habe aber keinen, und sowieso…).

Vor ein paar Jahren bin ich zu Besuch bei meinen Eltern und meine Mutter sagt zu mir: „Astrid, warum schreibst du kein Buch?“ Hm ja, einen Computer habe ich mittlerweile, also worauf noch warten? Und dann werde ich Oma! Plötzlich wird mir bewusst, wie alt ich geworden bin. Vielleicht bleibt mir gar nicht mehr so viel Zeit, wie ich denke. Was kann ich meinen Töchtern und meinem Enkel hinterlassen? Was ist, wenn mir etwas passiert? Schreiben ist ein guter Weg. Ich hätte ihnen nie all das erzählen können: Wer ich wirklich bin, wie es zu all den Katastrophen kommen konnte, warum ich mit Drogen angefangen habe. Ich bin für meine Töchter eine Fremde. Mit diesem Buch möchte ich das ändern, möchte ihnen einen Teil meiner wahren Geschichte erzählen, wann auch immer sie sie lesen wollen. Sie haben ein Recht darauf zu erfahren, warum ihre Mutter nicht die Kraft hatte, sich um sie zu kümmern, aber immer einen Weg fand, sich Drogen zu besorgen. Ich komme aus einem kleinen Dorf, wo Kinder wohlbehütet sind und doch bin ich in diesen Strudel hineingeraten. Meine Geschichte könnte die eines jeden anderen Mädchens sein. Warum ich? Diese Frage begleitet mich mein Leben lang. Ich gebe niemandem die Schuld, möchte niemanden schlechter machen als er war, aber auch nichts beschönigen. Sucht hat selten schöne Begleiterscheinungen. Und vielleicht kann das Buch dem einen oder anderen eine Hilfe sein, ein Erkennen, eine Unterstützung oder aber auch Warnung und Vorbeugung. Das ist mein Anliegen, der Grund, warum ich meine Geschichte öffentlich machen will.

Ich erzähle aus meinem Leben und versuche die Ereignisse aus meiner Erinnerung heraus so genau wie möglich wiederzugeben. Es gibt einiges, das ich für mich behalte, denn es fällt mir auch nach vielen Jahren schwer, darüber zu reden. Manche Ereignisse sind so schlimm und erniedrigend, dass ich mich noch heute dafür schäme.

Es gibt so viele Menschen, bei denen ich mich entschuldigen möchte und es nicht mehr kann, weil sie nicht mehr auf dieser Erde sind.

Mit diesem Buch möchte ich denen zeigen, die vielleicht heute noch kämpfen, dass es sich lohnt durchzuhalten, jeder Tunnel hat mal ein Ende. Heute habe ich ein schönes Zuhause, eine Freundin, die mich so liebt, wie ich bin. Und mein Traum, ein Buch zu schreiben, ist wahr geworden.

Und wenn sich jemand fragt, warum wir für das Titelbild mein Yin-Yang-Tattoo gewählt haben: Es steht symbolisch für schwarze Tage und helle Tage. Aber auch für die innere Zerrissenheit, die ich über Jahre hinweg gespürt habe, es steht für den Tanz zwischen Gut und Böse, für den Wunsch, gut sein und meine Eltern stolz machen zu wollen, um dann doch immer wieder das Falsche zu wählen und die immer gleichen Fehler zu machen. Es steht für meine Schattenseiten und für meine liebenswerten Seiten, die ich selbst erst einmal finden und wertschätzen lernen musste, um mein inneres Yin und Yang in Balance zu bringen.

Astrid

im April 2015

DANKE

Es ist ein schönes Gefühl, danke sagen zu dürfen:

Danke an meine beiden Töchter. Obwohl ihr so viel mit mir durchmachen musstet, geht ihr mutig euren Weg.

Danke kleine Schwester Iris, durch dich ist dieses Buch zu etwas Konkretem geworden, du hast als Allererste an dieses Buch geglaubt und mir Mut gemacht. Nicht zu vergessen, du hast den Kontakt zu meiner Verlegerin Claudia hergestellt.

Danke Mama, du stehst nach all den Jahren noch zu mir und hast mir mit viel Geduld alle meine Fragen beantwortet, die ich während dem Schreiben hatte.

Danke an dich Catia, meine geliebte Frau, dass du nie an mir gezweifelt hast und mich auch in schweren Zeiten immer wieder aufgemuntert hast.

Danke an „meinen“ Doktor Flesch, der mich nach mehr als dreizehn Jahren immer noch als Patientin erträgt und nie aufgehört hat, mich aufzubauen.

Zum Schluss möchte ich mich bei dir, Claudia, bedanken, ich nenne dich nicht Verlegerin, ich nenne dich meine Freundin, du machst meinen Traum wahr.

Astrid

Fortsetzung

Als ich vor ein paar Jahren angefangen habe, meine Geschichte aufzuschreiben, hätte ich es nie für möglich gehalten, dass daraus zwei Bücher werden könnten. Aber tatsächlich habe ich beim Schreiben selbst bemerkt, wie viele erzählenswerte Meilensteine es in meinem Leben gegeben hat.

Also liebe Leser, hier eine kleine Vorschau, wie es nach meinem überstürzten Umzug ins Frauenhaus nach Lüttich weitergeht:

Ich erzähle davon, wie ich kurz nach einem Wohnungsbrand meine Tochter an eine Pflegefamilie verliere, wie ich mich neu verliebe und wieder enttäuscht werde, wie ich in die Drogenhölle abstürze, mich verkaufe, betrüge, deale, und, und, und, … Ich werde erneut vergewaltigt und habe dem Tod wiederholt ins Gesicht geschaut und lebe dennoch. Ich erzähle vom Gefängnis, von korrupten Polizisten und von solchen, die helfen wollen. Und ich erzähle von meiner zweiten Schwangerschaft. Meine Geschichte nimmt ein gutes Ende, aber bis es so weit ist, muss ich durch einen langen, schwarzen Tunnel gehen. Heute weiß ich, es hat sich gelohnt, zu kämpfen und bis zum Ende zu gehen.

1.Auflage 2015

Cover- und Porträtfoto: Alice Peters

Herstellung & Covergestaltung: Hans Kock, Bielefeld

Printed im Germany

ISBN 978-3-9815720-1-8